谁说我不强

青梅酱 著

Qing Mei Jiang

中国言实出版社

图书在版编目(CIP)数据

谁说我不强 / 青梅酱著 . -- 北京：中国言实出版
社, 2023.9

ISBN 978-7-5171-4604-9

Ⅰ . ①谁… Ⅱ . ①青… Ⅲ . ①长篇小说—中国—当代
Ⅳ . ①I247.5

中国国家版本馆 CIP 数据核字（2023）第 188970 号

谁说我不强

责任编辑：王蕙子
责任校对：王建玲

出版发行：中国言实出版社
   地 址：北京市朝阳区北苑路180号加利大厦5号楼105室
   邮 编：100101
   编辑部：北京市海淀区花园路6号院B座6层
   邮 编：100088
   电 话：010-64924853（总编室） 010-64924716（发行部）
   网 址：www.zgyscbs.cn 电子邮箱：zgyscbs@263.net

经 销：新华书店
印 刷：长沙鸿发印务实业有限公司
版 次：2024年1月第1版 2024年1月第1次印刷
规 格：880毫米×1230毫米 1/32 10.5印张
字 数：238千字

定 价：54.80元
书 号：ISBN 978-7-5171-4604-9

目 录

SHUI SHUO
WO BU QIANG

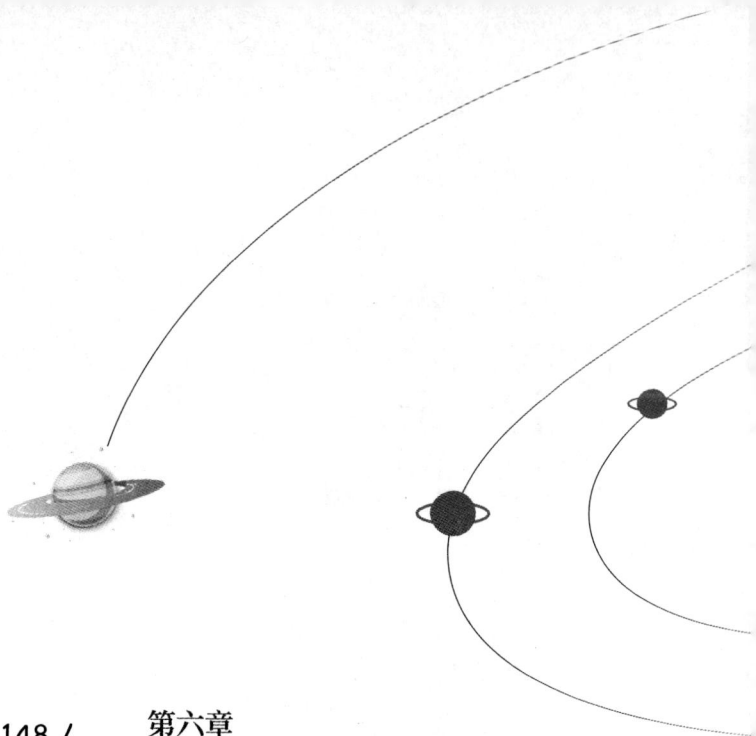

第一章
原来他叫路景宁

星际×年　帝星

人类经过漫长的历史进化，出现了一种名为"气能"的特殊力量。拥有气能的群体在长期优胜劣汰的规则下，逐渐演变为两种类型。

一种是拥有极强爆发力，天生适应战场的勇士，无所畏惧的——无畏者。

而另一种气能温和的是安愈者，可以梳理治愈强大力量留下的创伤，是无畏者的最佳辅助。

"你听说了吗，今年新生里居然有五十个安愈者！"

"不是吧，这么多？我记得我们那届只招了二十个而已。"

"也不知道学校是怎么想的，据说上一届安愈者的毕业率才不到10%，就算是勉强毕业的那几个，最后也都被分配到军区医院做护士了，是军部编制外的。"

"你们又不是不知道，安愈者的群体属性特殊，送进军校大多就是为了镀金，还要什么编制？能够毕业就算不错了！"

今天是帝海军事大学开学的日子，几个高年级学生来校门口义务迎接新生，趁着空闲，聚在一起有一句没一句地聊起了天。

其中一个面容精干的平头男生无意中一抬头，正好瞥见了遥遥走来的一个人影，不由语调微微一滞："嘿，这长得也太带感了！"

其他人被他的话吸引了注意力，看过去第一眼就愣住了。

金色的发丝反射着阳光的热情，就冲这张如同上天精雕细琢的工艺品般的容貌，一眼就可以看出对方安愈者的身份。

帝海军事大学里虽然安愈者数量稀缺，但平日里也总会时不时在路上遇见一两个，却从来没有像现在这样只是被对方的视线淡淡扫过，就隐约感到有些窒息。

这几位高年级学生愣了好半晌才回过神来，殷切地问："这位同学，需要送你去宿舍吗？"

在帝海军大这种无畏者和安愈者比例接近99：1的军事院校，安愈者的存在简直如国宝般稀有。

路景宁却习以为常，轻轻地挠了挠发丝："我不去宿舍，就是来问个路，我们学校的竞技馆怎么走？"

平头隐约间可以感觉到这个安愈者和平常看到的那些好像不太一样，一开始并没有多想，这时候才不由愣了一下："你要去竞技馆？"

路景宁问："嗯？开学挑战，不是在竞技馆里进行的吗？"

有人先反应了过来，给他指了路："看到那个顶部是三角形的建筑了吗，那就是。"

路景宁回头看去，顿时了然，笑眯眯地朝他们挥了挥手："谢了。"

他拎着单肩包的姿势有那么几分吊儿郎当，没再多说什么，一转身就朝着竞技馆的方向懒散地走去。

几个人看着他离开，有些蒙地交换了一个眼神，无声地交流着。

安愈者什么时候也对那种打打杀杀的挑战赛感兴趣了？

参赛当然是不可能的，难道是有朋友在那？

路景宁早就走远了，压根不知道那些人的小心思，又或者说，从来没在意过，他裤袋里的通讯器隐约振动了两下，取出来看了眼呼入源，兴趣淡淡地选择了接通，还没等对面开口，自己反倒不耐烦地说道："行了行了别催了，我马上就到了！"

隔着电话，可以听到另外那头震耳欲聋的欢呼声，就连于擎苍这样粗狂的声音都一度被彻底湮没："你能不能快点？！我们新生的场子都快要被砸烂了！"

路景宁似笑非笑地哦了一声："怎么的，不是说无畏者一个个都挺有能耐的吗？这会儿一个能打的都没有了，居然要指望我这个安愈者，不嫌丢人？"

于擎苍本人就是一个无畏者，听得吐出一口老血："你嘲讽归嘲讽，不带连坐的！高年级要这么容易被我们挑翻，军事学院几学期的课难道是白学的？再说了，指着你怎么了？就你这一干架六亲不认的样子，哪里像是个安愈者了？"

"你确定？"路景宁挑眉，"我怎么就不像安愈者了？"

于擎苍要是站他跟前，能把通讯器直接糊到那张写满自恋的脸上："路景宁，你给我快点！不管怎么样你都是大一新生，要丢脸也连带着一起丢，别以为可以撇清关系！"

路景宁把通讯器拿远了几分，等到于擎苍暴走结束之后，才懒洋洋地说："知道了，知道了，马上到。"

说完，不等于擎苍反应，就直接挂断了通讯器。

他抬头看着近在咫尺的三角屋顶建筑，嘴角微微浮起几分薄笑："新生挑战赛？真的是，搞事情啊……"

新生开学挑战赛，是帝海军大历年来的传统。

所有新生均可在开学当天自主挑战高年级学长，如果胜利，便可为自己接下来的学习生涯争取更多军事资源。

说是这么说，但是新老生之间的实力毕竟天差地别，别说一挑三了，就算能够碰运气打赢一位学长的，一年也出不了一两个，所以这种挑战，也被称为"菜鸟送死环节"。

即使如此，为了赢取本身就非常紧张的军事资源，但凡对自己实力稍有自信的新生，都会萌生出一丝试一试的念头。

而在这种无畏者横行的军事学院里，安愈者在体能上本就不占优势，历年来的安愈者新生基本上都是非常有自知之明地选择默默放弃挑战机会。所以，那些学长自然下意识地认为路景宁是去找人的，根本没往参赛上做半点联想。

路景宁对那么点学校资源其实也看不太上，就是纯粹不喜欢那些无畏者天生高人一头的优越感。说是去为新生争口气，倒不如说是准备去砸了全校无畏者的场子。

从小到大，路空斌就盼着能够有个无畏者继承家业，谁料一连生到路景宁这个老三，也依旧是个安愈者，一气之下干脆从小就把路景宁当成无畏者来抚养。

路景宁面上虽然没说，但他心里那个结从小到大从来都没有消失过。随着年纪的增长，行事也就更加放纵起来，像极了一只浑身长满刺的刺猬，逮谁扎谁。

就在这次开学前的暑假，他刚刚经历了一次气能体检，当时医生说他的气能有些特殊。

回忆起当时的情景，路景宁不由有些想笑。

啧，那些无畏者有什么好，还不是一站在他跟前就要双腿发软？现在早就不是以前安愈者弱势的年代了，谁的气能更强，运用得更好，谁才是真正的老大！

路景宁想着，就这样一只手扛着单肩包，迈着六亲不认的步伐走进了竞技场。

本以为于擎苍这只哈士奇会摇着尾巴三跪九叩地把他这个救世主给请进去，结果在门口站了半天，愣是没看到那个熟悉的大块头。

路景宁不由地拧了拧眉，拿出通讯器："于擎苍你怎么回事？我在门口了，不知道来接一下？"

好半天，电话那头才传来于擎苍粗狂的声音："啊啊啊，等等啊，稍微等等啊！我看完这局就过去！爽，这打得也太带感了！"

"……"

路景宁回复："看完这局你也不用过来了！"

没给于擎苍苦苦哀求的机会，他面无表情地挂断了通讯，抬头往场馆中央看去。路景宁现在站的位置看不到台上的具体情况，但是可以看到正中央那巨大的液晶屏幕。

台上身材高挑的男生恰好一脚踹翻了对面那人，动作干脆利落得如教科书一般，没有半点拖泥带水，看得出来，是经受过专业的作战训练。

路景宁若有所思地挑了挑眉，似乎明白了刚才于擎苍这个没出息的家伙为什么会沦陷了。即使在他这种挑剔得近乎苛刻的人眼中，屏幕上的那张脸也堪称完美。

只是这个人全身上下都散发着一种淡淡疏远的气场，这种独特的气势在战场上很适合给敌方制造压迫感。

但这是对普通人而言，在路景宁看来，脑海里只剩一个尤为贴切的形容词：装起来了。

不过无畏者这个品种向来自大，稍微有实力的自傲一点也是正常。路景宁眯着眼睛站在那看了一会儿，就拎着背包朝报名处走去。

挑战赛进行到现在已经接近了尾声，报名处的老师也正全神贯注地看着场上的比赛，眉目间满都是对这位优秀新生的惊叹。

直到一张信息卡扔到桌上，他才后知后觉地回过神来，便听到眼前的男生笑吟吟地说："老师，我要报名。"

抬头第一眼就被那头灿烂的金发晃得差点睁不开眼。

这位老师每年都负责新生登记，却也已经很久没看到这么好看的学生了，不由得微微愣了一下。

他把学生信息卡拿过来扫描了一下，在信息栏中看到了安愈者的登记属性，神色不由有些迟疑，好心地提醒道："这位同学，挑战赛虽然是学校组织的活动，但真不是随便玩玩的。一时没收力导致在医院躺上十天半个月的大有人在，你看，要不要再考虑一下？"

路景宁当然知道对方的想法，心里冷笑，面上却只是散漫地挑了挑眉："不用考虑了。"

老师看着他那张过分惹眼的脸庞，无奈地叹了口气，摇着头给他完成了登记，心里更是可惜。

这种精致好看的安愈者就适合安排在后方做吉祥物，现在却非要往战场上跑，看来，也只能寄希望于对面的高年级生温和一些了。

毕竟，这么好看的一张天使脸庞，弄伤了实在可惜。

路景宁到得比较晚，新生挑战赛已经基本接近尾声，这时候站在台上的那个新生应该是排在他前面的最后一个挑战者。

他看了一下旁边显示的对战信息牌。

新生的名字叫闻星尘，台上的对手是一位大三学长。

如果不是双方肩膀上色泽不同的勋章可以轻易地区分出两人的身份，光从两人的身高来看，很容易让人觉得闻星尘才是那个高年级学生。

路景宁不由得多瞄了几眼，心里略酸。

啧，无畏者别的不咋滴，身高上的基因倒是真强，别看他一米八的个子，虽然混在普通人里也绝对不算矮，可是跟那些个基因优良的一米八几的无畏者比起来，依旧显得有些不够看的。

而且，这个叫闻星尘的新生显然并不是徒有身高。

按照于擎苍的描述，在这人上场之前，大一新生基本上一个就被虐翻一个，场面完全是一面倒的趋势，这样的结果导致大一这边的士气一度陷入低迷。

现在场上的局面却显然已经完全反过来了，闻星尘目前已经连续战胜了两个高年级学长，只要再赢一场，就可以达成入学一挑三的辉煌成就。

连赢三局，和碰运气拿下一两局，概念可就完全不同了。

据说，帝海军大已经整整三年没人能完成这样的挑战了。

这时候不只是忽然间士气高涨的大一新生们，就连在场观战的四大学院的导师们，脸上隐约间都透着一丝激动。不枉一下午坐到屁股疼，终于让他们等到绝佳的好苗子了，必须抢！

路景宁靠在旁边的柱子上，歪着头一脸意味深长的笑。

就在刚刚，他发现了一件非常有意思的事情。

虽然场上的对战过程看起来精彩万分，但是从他所在的预备区看去，却恰好瞥见了几个很难觉察的小动作，场上这个叫闻星尘的新生，似乎正在一步步谋划着不动声色地去输掉这场挑战赛。

这个发现似乎有些匪夷所思，路景宁虽然也有些想不明白，不过，他对此也没有太大兴趣，只是仰头懒洋洋地打了个哈欠。

有些犯困。时间不早了，他只想早点上场，结束后好回宿舍舒舒服服地补上一觉。

闻星尘不出意料地输掉了挑战，从场上下来的时候，脸上一如既往地挂着清清淡淡的表情，似乎并没有因为新生阵营满满的沮丧而受到影响。离场的途中会经过备战区，他从过道经过时，忽然传来一个语调调侃的声音："兄弟，打得辛苦了。"

备战区的角落里没漏入太多光线，抬头看去，才发现墙壁旁边靠着一个人，正抬着一张招摇至极的脸，笑眯眯地看着自己。

闻星尘显然没想到会在这里遇到一个安愈者，出于心里的疑惑微微拧了拧眉心。

这眉头一拧，路景宁多少也猜到了他的心思，心里不爽，顿时皮笑肉不笑地补充了一句："啊，不对，应该说，演得辛苦了。"

闻星尘终于仔细地看了看他，深邃的眼睛里似乎有隐约的寒光，意味不明。这样的视线要是落在其他人身上确实是威慑力十足，奈何路景宁却从来不吃这一套，懒散地靠在墙边，似笑非笑地对上了他的注视，俗称挑衅，唯恐天下不乱，说的就是他这种人。

闻星尘的声音低沉："你看出来了？"

路景宁挑了挑眉："求我别说出去？"

"那倒不用。"闻星尘忽然低不可闻地轻笑了一声，礼貌至极的语调里，带着一抹意味不明的揶揄，"就是惊讶，没想到打个挑战赛，还这么受人关注。"

路景宁满头雾水。这话的味道是不是不太对？怎么忽然间就好像变成了他对这家伙别有所图似的？

琢磨了一下，路景宁正欲反唇相讥，却见闻星尘已经转身走了，遥遥地只留下了一句意味不明的"挑战赛加油"，高挑修长的背影透着一股子从容淡薄。

如果不是刚才讥讽时那双眸子里透着一丝幽暗的情绪，恐怕真要被这副不食人间烟火的禁欲模样给唬了去。

最主要的是他路景宁居然在嘴仗上吃了别人的亏？

路景宁迈开步子正准备追上去，恰好有个穿着职工制服的中年男人走了进来，催促道："X9879号，怎么还不上去？"

路景宁内心：……什么玩意儿？

中年男人刚进门正好和他正面撞上，不由错愕了一下，忽然就不催了："同学，如果你现在改变主意弃赛的话……"

路景宁好不容易控制住呼之欲出的白眼，不耐烦地道："没改变主意，不弃赛，这就上去！"

说完，把肩上的背包往旁边的位子上一扔，也不走台阶，一只手撑在台面上稍微一个用力，便轻轻松松地翻身跳上了挑战台。

众人才刚刚从闻星尘失利的沮丧中缓过神来，一瞬不瞬地盯着入口处期待着下一位挑战者。谁料没看到半个人影，反倒被这过分浪荡不羁的出场方式给惊到了。

第一反应，哇，看起来又是一个高手！

第二反应，这个高手看起来好像有点清瘦。

再然后，这个高手长得似乎过分好看。

最后，这个高手……居然是个安愈者？！

全场震耳欲聋的欢呼声持续不到两秒，瞬间陷入了一片诡异的沉寂，唯有角落里一个中气十足的粗嗓子在鬼哭狼嚎地咆哮着："啊啊啊啊啊路景宁你终于上来了！"

在一片寂静当中，这样的呐喊声显得尤其突兀，字字清晰。

场内的所有人下意识地朝那边看去，只见一个魁梧的身影在激动地扭动着大粗腰，一脸期待。

场上的路景宁当然也听到了于擎苍那近似燃烧生命的应援，出于丢人，用一副"我不认识这货"的冷漠态度面无表情地站在那里，连眼角的余光都没朝那边瞥过半眼。

站在他跟前的正是刚才"打败"闻星尘的大三学生，名叫湛社，此时的反应几乎和其他人一模一样，好半晌，才有些不确定地问："你是……安愈者？"

路景宁知道他要说什么，简单地活动了一下筋骨，似笑非笑地看着他，反问："难道我看起来像个无畏者？"

湛社被他噎住："不，我不是这个意思。"

路景宁继续笑："又或者说，知道我是个安愈者，你是准备手下留情，举旗投降？"

湛社说："当然不……"

路景宁活动了一下双手，在咔嚓作响的关节声中，懒洋洋地抬了抬眼皮："这也不是那也不是，废话那么多的意义是什么，还打不打了？"

说着，转身朝旁边的裁判看去："可以开始了吗？"

裁判也是个高年级学生，本来正盯着路景宁的脸发呆，忽然触上对方投来的视线，脸上不知道为什么仿佛灼上了一团火，慌慌张张地宣布道："比，比赛开始——！"

话落的一瞬间，对战的计时器也开始跳动起来。

湛社依旧有些愣神，他不是没跟安愈者打过，他们班上也有个安愈者，平时上课训练的过程中多少也会有切磋。

但今天他是以磨练新生的学长身份上场的，为了拉近新老生之间的差距，校方已经规定了比赛过程中禁止运用气能，作为一个大三学生，他本身还是占据了绝对的优势。

之前面对一些无畏者新生倒还好，现在要他在大庭广众之下对一个安愈者动手，还真怕一不小心没收住力道，给伤到了人家。

湛社在那里犹豫，路景宁心里却没有半点思想负担。

活动完筋骨后，他的嘴角微微勾起，露出了一抹痞痞的笑容："学长，你要是不出手的话，那我就不客气了啊！"

说完，也不等湛社回应，脚下忽然一动，转眼间就到了湛社跟前。

湛社只见那张过分好看的脸忽然在眼前放大了数倍，只觉得一阵天旋地转，再下一秒，整个身体已经完全浮空，还没等他做出任何反应，眼前的景象便已经变成了竞技馆顶部的一排排灯光。

背上重重地一下吃痛后，整个世界彻底安静下来。

转眼间的出局，让湛社有些蒙。

竞技馆里更是一片诡异的寂静，鸦雀无声。

裁判员愣了几秒才回过神来，宣布了对战结果："路、路景宁获胜！"

作战计时停下的时候只走了不到10秒，其中还有那么两三秒是因为裁判发呆而产生的滞后。

湛社看着停顿在计时版上的数字，脑海中满满的全是问号。刚才发生了什么？他怎么就毫无预兆地被扔出场外了呢？前一秒还在为怎么跟安愈者动手而烦恼，下一秒就这样……输了？

湛社躺在原地有些回不过神来。

就在这时候，他眼前忽然冒出一张笑容灿烂的脸，四目相对。

路景宁整个人挂在挑战台的栏杆上，低头笑眯眯地看着他："学长，得罪了呀。"

在一阵诡异的寂静之后，整个竞技馆仿佛忽然炸开，彻底沸腾了。

"这个安愈者到底怎么回事？那动作速度，简直了！"

"怎么回事？假的吧？是不是故意放水了？"

"虽然湛社学长刚才确实没动，但是……我怎么觉得就算动了也不能改变任何结果？"

"太快了！那动作真的太快了！我还是第一次见到这么干脆利落的格斗术！"

"我的三观受到了冲击！帝海军大的安愈者都是怪物吗？"

在此起彼伏的讨论当中，不知道有谁忽然发自肺腑地感慨了一句，完完全全地道出了所有人的心声："这个安愈者，简直帅爆了啊！"

在沸沸扬扬的议论声中，湛社拍了拍衣服从地面上站了起来，看着笑得肆意的路景宁，神情复杂。

早在前一天的备战会议上，校领导还再三强调他们这些高年级学生稍微收着点力，揉捏揉捏那些大一新生就行了，不要太打击他们的自信心。现在倒好，直接把自己揉捏到场外去了。

不过按照湛社的个性，从来不会为自己的失败找理由，遥遥地朝路景宁点了点头，由衷地说："你很强。"

路景宁也不客气，回以一笑："你也一样。"

两人随口搭了两句话，第一场挑战正式结束。

路景宁这才站回场中央，闲闲适适地，却是全场最受瞩目的焦点，就连观战区里那几位学院的导师，一个个都被吸引去了注意力。

这些导师面上虽然没说什么，可依旧清晰地感受到了暗中涌动着的波涛。

挑战赛明面上是给新生们提供争取资源的平台，但实际上也是让各院的导师们可以借此机会更好地发掘适合他们学院的人才。

就像刚才的闻星尘，虽然没能完成最后的一挑三，优异的表现已经足以让他被列入这些导师拉拢的名单当中了。

一般情况下，每学期的新生当中有那么几个冒尖的都是再正常不过的事，只是这些尖子生向来都是无畏者，这时候突然冒出了一个让人眼前一亮的安愈者，反倒叫人有些拿不准了。

虽然说英雄不问出处，但在其他领域不乏大放异彩的安愈者在军部实在是天生劣势，谁也不好确定在未来的军校生涯当中，他们能不能长期稳定地坚持下去。毕竟现在的新生挑战赛是不能运用气能的，如果没有这项规定，这个安愈者新生面对无畏者强势的气能压制，能不能挪得开步子都是一个问题。

几位导师暗中观察了一下其他人的神色，各怀心思。

在竞技场观战席上的学生们可完全没有这些人的选择困扰，看着场上那个傲然而立的人影，心神激荡。毕竟，这绝对是他们无畏者生涯当中见过的，最让他们刷新三观的安愈者！

路景宁等了一会儿显然有些不耐烦，拧了拧眉心，向旁边的裁判问道："下一个人呢？还有人吗？"

裁判的表情有些尴尬："那个，同学，再等一下，稍微等一下，已经去喊了。"

挑战赛进行到现在，照理说已经要结束了，闻星尘是最后参加挑战的无畏者，湛社赢了后，其他高年级学生自觉没有出场的机会就干脆回去了。谁又能想到，在大三年级当中实力雄厚的湛社会被一个一年级的安愈者给打出场？

说出去也得要有人信啊！

好一会后，有一个人影匆匆忙忙地从入口跑了进来。

裁判如见救星，没等他回过神就直接上了台："挑战赛第二轮，正式开始——！"

被赶鸭子上架的哥们直接傻眼，他只是个用来充数的高年级学生，在这之前，他从来没觉得自己会真的上场，冷不丁看到自己跟前站了一个安愈者，更是一脸茫然。

路景宁早就已经等得不耐烦了，简单的客套都没有了，一听到裁判的口令，就冲到了对方跟前，微微一笑："得罪了啊，学长。"

高年级学生被忽然靠近的那张脸勾走了大半个魂魄，下一秒在对方的一个扫堂腿下，失去了平衡。紧接着，他的领子就被扯了起来，几乎整个人就这样呈现浮空的姿势被人往外用力一甩，短暂的悬空之后坠落，整张脸就这样跟对战台场外的地面来了次亲密接触。

路景宁拍了拍双手，看向裁判提醒道："结束了。"

裁判二度蒙了："比，比赛结束——！"

场馆内再次陷入寂静，如果说上一场发生得太快没有来得及留意，那么这次对战的过程都在众人的关注之下，相当清楚。

　　简单的横扫动作无比标准流畅，极快的移动速度也呈现出了绝对精湛的脚法，更不用说光是凭借着一只手就轻易将人拎起来的臂力，排除运用气能这一能力水平，只说这绝对强硬的身体素质，就算在无畏者当中也无疑是顶尖的存在。

　　但是，真正到了战场上，气能强弱远比身体素质来得关键得多，光是这一点，就注定了无畏者和安愈者两个群体之间的巨大差异。

　　只能说，这个新生确实很强，但可惜了，是个安愈者。

　　所有人的脑海中不由闪过了这样一个念头。

　　路景宁在台上听不真切，观战席上的于擎苍却把周围的窃窃私语听了个一清二楚，对此，他眉目间不由得露出了一抹轻蔑的笑容。

　　啧，路景宁会在气能上吃亏？回想起那段噩梦般的生涯里挨过的打和掉过的泪，于擎苍仰头看向天花板的神色显得无比沧桑。

　　一个暑假才多长时间啊，他在路景宁跟前跪下的次数比跪他爸的还多！只有感受过的人才知道，这家伙的气能，简直比所有的无畏者都要可怕。

　　再强的无畏者又怎么样？路景宁啊，才是真正的"无畏者杀手"！

　　场上的挑战没有继续下去，没等第三个应战者被召唤回来，就被喊停。路景宁看着走上台的那个白发飘飘的老者，不满地拧了下眉，道："不是说挑战赛打赢三人为一组吗？怎么不继续了？"

　　老者看了他一眼："三人一组那是无畏者的标准，安愈者组别的，只要赢两人就行了。"

　　路景宁挑眉："谁定的规矩？我怎么不知道？"

　　老者轻轻一笑："我定的规矩，就刚刚。"

路景宁无语："……你谁啊？"

旁边的裁判憋不住了，小声提醒道："说话注意点，这是校长！"

路景宁惊讶："你就是邴沧？"

裁判："……"校长的名字是可以随便叫的？！

老者笑而不语。

这个时候，在场的不少新生看着大屏幕上的特写也已经认了出来，看台上齐刷刷地起立了一片，遥遥地投以注目礼。

帝海军事大学的现任校长邴沧，身兼军部要职，战功赫赫，要说是他以一己之力造就了帝海军大的辉煌也毫不为过。

路景宁看着周围夸张的阵仗更觉得无语，他向来不喜欢被区别对待，这时候更是坦言抗议道："我不需要这种规矩，再喊个人上来，我要一挑三。"

邴沧瞥了眼他这不服气的样子，不疾不徐地将他拉到了角落，忽然压低了声音，笑道："我刚刚，接到你爸打来的电话了。"

路景宁听到这里，背脊微微僵硬了几分，抿着唇没有吭声。

邴沧笑得无比和蔼可亲："路空斌说你小子今天可能要砸场子，让我稍微留意着点。"

路景宁不服气地嗤笑了一声："一挑三不是你们自己定的规矩吗，怎么到我这就成砸场子了？"

邴沧看了他一眼："一个无畏者连胜三场，确实是原定的规矩，但是一个安愈者刚开学就这么引人注目，就未必是一件好事了。我刚才说了，按照安愈者的标准，一挑二，足够了。"

路景宁当然知道邴沧的意思，无畏者输给无畏者，并不稀奇，可如果是被安愈者打败了，那就另当别论了，说是奇耻大辱都不为过。后面要是因为面子的问题牵扯开去，怕是要没完没了。

路空斌显然知道他的性子，特意让邴沧看着他一些，叫他少惹事，免得光芒太盛被人找了麻烦。

但是，他是那种怕被人找麻烦的人吗？

路景宁抬了抬眼睫，不屑地勾了勾嘴角。

刚要开口，邴沧又笑眯眯地补充道："而且啊，你的实力确实很强，过段时间就是军校交流赛了，再打下去我怕影响到高年级的士气。小朋友，今天就当卖我一个面子，如何？"

路景宁抬头看去，只见邴沧意味深长地朝他眨了眨眼睛。

他略微思考了两秒，勉为其难地点了点头："行吧。"

不管怎样，今天打出个一挑二，确实也够让其他人记住他了。

而且，邴沧这个校长的这许诺分量挺足，值得卖上这么一个人情。

于是，所有人就看着他们伟大的校长拉着这个安愈者新生咬了半天耳朵，然后裁判就猝不及防地宣布今天挑战赛的正式结束。

众人都蒙了。这个剧本走向，发展得有些快啊？

当事人路景宁倒是说结束就结束，没有半点留恋地就这样在众目睽睽下拎着背包走出了竞技馆，打着哈欠朝安愈者的宿舍楼走去。

早就困了，睡觉睡觉。

帝海军大的宿舍根据身份划分为三块区域。

安愈者学生统一居住在学校西南面的人工湖旁，跟最近的普通宿舍隔了一整个训练场，再往外头，才是无畏者的宿舍区。

路景宁的宿舍在三区 262 号，两人一间，到的时候，他的舍友正看着液晶面板不知道研究什么，门被推开时连头都没抬一下。

路景宁走进去的第一眼，就看到了那个一丝不苟的后脑勺。

之所以说是一丝不苟，是因为光是从发型的精致程度上来看，他非常怀疑这位仁兄在头发梳理上花费了无法想象的时间。

每一根头发都保持着无比整齐顺滑的姿势排列着，相较之下，路景宁那一头肆意飞扬的金发只能说是野蛮生长。

空落落的床位在靠窗的位置，恒星的光芒透过落地窗落入，笼罩在一片温暖的氛围当中。路景宁将行李箱摆放好，到底还是走过去跟自己的舍友打了声招呼："嗨，同学？"

肩膀被轻轻地拍了下，坐在桌子跟前的人取下了两个耳塞，这才回过神来："啊，你好。"

金丝框眼镜，少见的深蓝色眼睛，看不出来自哪颗星球，整体给人的感觉像是在古籍里出现过的高冷傲慢的猫，举手投足间都透着淡淡的疏离。

路景宁简单观察了一下，笑眯眯地朝他伸出手："我叫路景宁。"

对方轻轻回握了一下："言和彬。"

言和彬手上的温度和他给人的感觉一样，冰冰冷冷。

两人互相介绍完毕之后谁都没再说什么，很显然言和彬本身就不是那种热情的人，至于路景宁，早就困得要死，连东西都懒得收拾，先上床睡上一觉再说。

然而还没睡多久，房门就被敲响了。路景宁拉了拉被子想要装作没听到，结果言和彬开门之后，外头的人弱弱的声音就传了过来，不可控制地往他耳朵里钻："那个……你好，我们是隔壁宿舍的，特地来打声招呼。"

言和彬语调淡淡地"哦"了一声，互相介绍过后见对方时不时往里面瞟，微微侧了侧身，指了指团在床上的某人："你们找他？"

门口的两个人中略矮的那个叫任锦，稍高一些的叫宿嘉年。

宿嘉年闻言，语调略带兴奋地道："那位……应该就是在挑战赛上打赢两位学长的高手同学了吧？"

言和彬拧了拧眉，显然不太明白他们话里的意思。

任锦拿出终端，很快就把校园论坛里的帖子调了出来，一脸崇拜地介绍道："是他呀！就是他！今天新生挑战赛上完成了一挑二的安愈者！现在，整个校园论坛里都已经传开了！真可惜当时我没有在场，简直是太强了！"

被接二连三地灌输了信息后，路景宁终于睡不下去了，揉了揉头发睡眼惺忪地坐了起来："什么校园论坛？"

门口两人对上他投来的视线，下意识地直了直背脊，齐刷刷地鞠了个躬："你、你好！初次见面，请多指教！"

路景宁打着哈欠从床上爬下来，听两人说完，总算了解了一个大概。不出意外的，新生挑战上他一挑二的壮举被传出去之后，帝海军大的校园论坛彻底炸锅了。

特别是图文并茂的剖析再加上一个接一个上传的视频，现在全校上下都已经知道了今年新生当中有一个帅爆了的安愈者，不只身法力压一众无畏者，而且实战水平一流，在挑战赛上直接来了个一挑二，简直可以直接载入史册！

最最最重要的是，这个安愈者新生的颜值也能打得有些过分！

帖子的风向发展到最后，当时在场的学生们又爆出了数张现场照片，不管从哪个角度看，那张脸的每根线条比例都近乎完美。

路景宁翻到最后，脸色却不太好看。

说好的要让那些无畏者感受一下被安愈者支配的恐惧呢？这后面的发展又是怎么回事？！

他退出帖子，在论坛里上下又翻了翻，疑惑地拧起眉心，问："那个闻星尘呢？"

任锦疑惑："谁？"

路景宁说："就是那个也完成了一挑二，最后在第三战的时候故……咳，输了的无畏者。"

"哦哦，你是说他啊！"任锦恍然大悟，"我听说了，有个无畏者确实也完成了一挑二，但他哪能跟你比啊！大家的注意力当然都落在你的身上啦！要知道，你可是史上第一个通过挑战赛的安愈者呢！天啊，在这之前，我都不知道一个安愈者居然可以这么厉害！路景宁，你到底是怎么做到的？"

路景宁听着他又开始滔滔不绝的彩虹屁，左耳朵进右耳朵出地看向窗外，微微有些走神。

任锦和宿嘉年都看出了他有些心不在焉，非常识趣地打了个哈哈，找了个由头走了。

把人送走之后，言和彬看了一眼路景宁，问："想什么？"

路景宁沉默片刻，试探性地问道："如果有人不希望在挑战赛上打出一挑三，你说会是什么原因？"

言和彬思考片刻："大概是不想加入帝海巡卫队吧。"

路景宁问："帝海巡卫队？"

言和彬疑惑道："你不知道？"

路景宁摇头。

"帝海巡卫队是我们学校特有的一支校方军队，影响力等同于学生会，属于校内最大的三个组织之一，拥有绝对的话语权。相对的，自然不是那么容易加入。严格来说，加入巡卫队的要求甚至比进学生会更为苛刻。"

言和彬很有耐心地解释道："然而按照帝海军大的传统，但凡是顺利完成了一挑三的新生，是可以无条件成为其中的一员。"

"就因为这个？"路景宁听着只觉得更加迷糊了，"赢下挑战赛后直接拒绝不行吗？"

言和彬淡淡地看了他一眼，并没有解释，语调平静地说："帝海巡卫队，虽然说是帝海军大的校内组织，但编制上却是隶属帝国军部的。打个比方，如果在附近领空发生对抗战役，巡卫队，就是我们学校第一批上前线的战士。"

听到这里，路景宁终于明白过来。

所有来军事大学就读的学生，哪个不是以上战场为最终目标，此时有帝海巡卫队这么一个绝佳的机会摆在面前，恐怕确实只有接受这么一个选择。一旦拒绝，在众人眼里，就几乎和逃兵无异了。

但按照他见到的闻星尘的样子，不管怎么看，可不像是个害怕上战场的懦夫。不过这个讯息也让路景宁想到了另外一件事——那个校长老头阻止他打第三场，是不是也有这一层面的原因？

终端上突然弹出了一个入群邀请，扯回了他的思绪。

路景宁随手点下了确认，下一秒就被铺天盖地的消息给淹没了。

他满头黑线地设置了消息屏蔽。

……

虽然才是开学第一天，安愈者跟无畏者新生们都非常高效地各自拉了一个群。

这个时候，群里的讨论话题不出意外地依然围绕今天的新生挑战赛。一张加一张的现场照片发得飞起，有些人还特意将照片提前进行了处理，在光效的衬托下，站在场上的路景宁耀眼得如同纳雅星系最闪亮的那颗恒星。

闻星尘正坐在宿舍里翻着最新的星际杂志，进新生群的那刻他就已经屏蔽了，但跟他恰好分派在同一宿舍的挚友姜栾却开着终端聊得热血沸腾，忽然抬头朝他看来，语调调侃地道："闻星尘，你说同样是一挑二，为什么人家就人气炸裂，你就无人问津呢？"

闻星尘将视线从杂志上面抬起，不答反问："你说呢？"

姜栾顿时笑出声来，他当然知道个中原因。

要怪，大概只能怪闻星尘天生长了一张堪称无敌的大俊脸。

他这样完美得有些过分的存在，就算什么事都没做，在其他无畏者眼中也十分具有威胁性。

毕竟，跟闻星尘这种优秀的无畏者同处的压力有些大，这一点，姜栾这个和他相识许久的挚友显然比任何人都有感触。

可是又能有什么办法？闻星尘这样的男人，是注定要让所有无畏者羡慕嫉妒恨的存在，从小到大在圈子里的人际关系向来不好。

想着，姜栾又煽风点火地笑问了一句："要不，我去替你刷一刷存在感？"

闻星尘懒洋洋地抬了下眼睛："我也可以帮忙给你宣传一下，你那平均一周换上一个对象的光辉伟绩。"

姜栾举白旗："我闭嘴！"

"很高兴你总是会做出最明智的选择。"闻星尘赞许地轻笑了一声，打开终端看了看上面疯狂翻滚着的群聊内容，狭长的眼睛微微眯起，视线落在了那个频繁出现的名字上，眉目间闪过一丝了然。

哦，原来他叫路景宁。

开学后的第一个重头戏，毫无疑问就是分院了。

帝海军事学院一共有四大学院，分别为作战指挥学院、帝国防卫学院、军事机械学院以及综合战争学院。

作战指挥学院很好理解，主要是以培养战争中的指挥者为首要目标，每年都会为军部输送大量的统战人才；

帝国防卫学院相比起来更侧重于近身作战等实战内容，对学生的身体素质要求极高，堪称部队的准预备役；

军事机械学院则是致力于军舰机甲等器械的研发与运用，这批人，往往是帝国未来军备发展的核心，也是军舰队伍出征的中坚力量；

至于综合战争学院——被帝海军大的学生们称之为四院，也是所有学院当中最为特殊的一处，顾名思义，即培养全方位优良的综合型人才，不止要懂军械技术，更要能够熟练应对各种实战格斗，并且在战场上能够以指挥的身份独当一面，毕业之后往往可以直接进入军部胜任军官职务。

根据四所学院的不同属性，所有新生在入学后都需要根据自己的身体素质和条件做出选择。

当然，每个学院的录用都有一定标准，比如每年都受欢迎的综合战争学院，正式录取人数往往不到报名者的十分之一。

路景宁自然也把四院定为他的目标，倒是舍友言和彬，非常理智地报了军事机械学院。

"理由？"言和彬推了推鼻梁上的眼镜，有些奇怪地看了他一眼，"安愈者的体质不适合实战，对于机械运用方面，我更擅长一些。"

按照帝海军大以往的安愈者分配来看，安愈者们绝大部分都会像言和彬这样优先选择军事机械学院，或者考虑以指挥为重点方向的一院，像路景宁这种一门心思想要往综合战争学院里钻的，那才是真正的异类。

帝防和战争这两个涉及实战项目的学院，但凡留点意就不难发现，放眼看去全是无畏者，根本找不到半个安愈者的影子。

路景宁听他说完，望着天摸了摸鼻尖："说不定我就是四院有史以来的第一个安愈者呢？"

言和彬说："哦，祝你好运。"

路景宁：无语，这语调里满满的敷衍是什么鬼？

两人离开宿舍后一路走到了训练广场，因为想要加入的学院不同，就此分道扬镳。

训练广场是根据不同学院划分的，综合战争学院的预备生聚集在四号场地，从面积来看这里远比不过其他几个场区，在场的新生数量却是最多，因此显得尤为拥挤。

不过，拥挤也只是暂时的，等到分院结束，这里绝大部分人都会被派去其他学院，只留下入选的那一小部分天之骄子。综合战争学院录取的学生数量是所有学院当中最少的，质量却是绝对精良。

路景宁到的时候，里面就已经密密麻麻地站满了人，当他走进去的一瞬间，原本三三两两聚集在一起高谈阔论的无畏者们仿佛集体按下了停顿建，突兀无比地安静了。

是他们眼花了吗？在这种全场都是无畏者的场合之下，居然出现了一个安愈者？这种感觉就像是往狼堆里扔进来一只软糯的小绵羊，所有的狼都感到有些不好了！

紧接着，人群中有人惊呼了一声，显然是有人认出了路景宁，一时间，所有人三三两两聚在一起窃窃私语了起来。

"这个不就是论坛上的那个安愈者吗？"

"哇！我居然看到真人了！看起来好像也没什么特别的嘛！"

"怎么没特别的了？我就觉得特别好看，嘿嘿嘿。"

"噱头打打也就算了，你们难道真以为一个安愈者站在无畏者跟前还强势得起来？"

"一个安愈者居然想要加入四院，这是真的膨胀了吧？"

"可不是吗，光是气能检测那一条估计就得被刷下去。"

路景宁身为落入狼群的小绵羊，却仿佛什么都没有感受到，视线往人群中一扫，迅速看到了那个即使站在人群中依旧掩盖不住魁梧的身影，遥遥地喊了一声："于擎苍！"

于擎苍仿佛接收到主人信号的哈士奇一般，精准无比地冲了过来，转眼就来到他跟前："在呢在呢！我的小祖宗，你可算来了！"

说着，他的视线挑衅般地朝刚才所在的人群看去，傲慢无比地扬了扬头。刚才他跟那些无畏者说自己认识路景宁，他们还不信，现在看到了吧？打脸不？

路景宁从来不懂于擎苍这种诡异的攀比模式，懒洋洋地朝他伸出手："资料弄到了没？"

于擎苍二话不说，拿出终端把这次的考核资料传输了过去。

路景宁一条条地看着，最后，视线落在了最后那个项目上，皱着眉头："军校还考理论科目？"

于擎苍见了鬼似的看向他："帝海军大的宗旨就是培养全帝国最优秀的军官，你见过哪个军官是文盲？"

路景宁纠正："不懂八星语言跟文盲还是有差距的。"

于擎苍反问："你什么时候也开始为军部的人辩护了？"

路景宁看了他一眼："不，我只是为将来的我辩护而已。"

于擎苍沉默。

他不得不承认路景宁强大得让人窒息，但是他同样也不得不承认，在理论科目上面，这人的学渣程度也同样让人窒息。

说到理论考，于擎苍就控制不住地担心："明天晚上就要考试了，你现在回去看书还来得及吗？"

路景宁说："来不及。"

于擎苍问："那怎么办？"

路景宁无所谓地耸了耸肩："大不了就这样呗！只要其他项目的分数足够高，理论考？呵呵。"

于擎苍只觉得他这一声"呵呵"充满了轻蔑和不屑。

一想到路景宁这种理论考说不定会一塌糊涂的人也自认可以进入四院的饱满自信，他不由得抬头看了看天。为什么人家一个安愈者都能这么狂拽炫酷，而他一个无畏者还要掰着手指头数分数线呢？

同样都是人，差距怎么就这么大呢？！

就当他在内心疯狂抱怨上苍不公的时候，忽然听到路景宁疑惑地问道："你说，你们这些无畏者是不是有病？"

于擎苍激动："路景宁，我再次郑重地提醒你，骂人不带连坐的！什么叫我们这些无畏者有病？无畏者怎么你了？！"

"随便说说，别太激动。"路景宁毫不走心地安慰了他一句，指了指周围，冷笑一声，"你自己看看，这些人明明在偷看，被发现了还要假装什么事都没发生的样子。老往我这瞅什么瞅，怎么的，没见过安愈者吗？"

于擎苍忍了忍，到底还是没忍住吐槽道："这跟见没见过安愈者有半点关系？你自己看看，全场除了你之外，还有其他安愈者吗？"

路景宁朝周围看了一圈，确实没再看到半个安愈者的身影，面不改色地叹了口气："这年头的安愈者，确实太没有理想了一些，四院多好的一地方啊，也不知道试试就这样放弃了。"

于擎苍理都不想再搭理他。

那才不叫没理想，人家那叫有自知之明！

所有人都知道路景宁就是挑战赛时面对学长完成了一挑二的那个安愈者，毕竟，他那一头金发实在是有些太过耀眼。

但是，就算知道他的个人作战确实实力超群，却万万想不到他居然想要加入综合战争学院。一个安愈者居然想要成为军队当中的领袖人物？不管放在什么时期，说出来都像是一个笑话。

自帝国建立以来，光是进入军部的安愈者就屈指可数，就算是目前身份最高的安愈者将领滕翰墨元帅，最初也是从后勤兵一点一点累积的功勋才有现在这样的地位，在校期间也几乎都是查无此人的存在。

所有人几乎可以预见这个好看的安愈者一脸失望地从训练场里走出去的情景。

恒星炽热的光辉洒在地面上，在万众期待当中，综合战争学院的院长桂良哲走上了主席台，周围瞬间安静了下来。

漫长的演讲自此开始，路景宁站在下面听得有些昏昏欲睡，直到旁边的于擎苍暗中推了他一把才回过神来："嗯？讲完了？"

于擎苍对他这副样子见怪不怪，提醒道："马上就要进行实战考试了，是团队战，四个人一组，你怎么看？"

路景宁眨了眨眼："四人一组的团队赛？"

他朝周围看了一圈，其他人都不约而同地移开了视线。

好奇归好奇，真到这种真刀真枪的时刻，无畏者新生们显然并不认为路景宁这个安愈者能够有怎样出色的发挥，都迅速地各自完成了组队，没人表现出半点邀请他们加入的意思。

于擎苍拧了拧眉心："这人，不太好找啊……"

路景宁的视野中落入一个略微熟悉的人影，嘴角忽然微微勾了起来："不好找？怎么会！我这就有一个不错的人选。"

于擎苍顺着他的视线看去，依稀觉得这个高挑的身影有些熟悉，片刻后才后知后觉地认了出来。

这个不就是那天在挑战赛上一挑二的新生吗？

闻星尘，这可是他们新生当中绝对的风云人物啊！

但是，路景宁怎么认识他的？正疑惑着，一回头便见路景宁简单整理了一下衣衫，挂着一脸灿烂的笑容，晃晃悠悠地走了过去。

场内的新生们虽然并没有和路景宁组队的打算，但是注意力还是不可避免地落在他的身上，一个个都无比好奇地关注着，谁会成为和安愈者组成一队的倒霉蛋。

小声的议论依旧在继续着。

"唉，就没有想要带这个安愈者一起的吗？"

"带什么带，你以为是普通的模拟对战呢？还带人躺赢？"

"不是我说，其他学院多多少少都有一些安愈者，四院里真是一个都没有，如果可以破例进一个，那不就……"

"想什么呢，就算这关他可以躺赢拿到分数又有什么用？明天早上就是气能属性检测了，一个安愈者啊，一样得完蛋。"

"不管怎么样，带安愈者上分想想都够刺激的，说出去可以吹满四年啊！"

"说得这么好听，你行你上啊！"

讨论得挺带劲，但身体却很实诚，路景宁从身边经过的时候，所有人全都不约而同地慌张避开了。

在战场上，没有一个无畏者会喜欢自己的队友是一个需要保护的安愈者，即使这个安愈者曾经在挑战赛上完成了一挑二。

路景宁却是一路目不斜视地走着，在所有人的注视下就这么径直来到了闻星尘跟前，无比熟络地打招呼："嗨，同学，组个队呗？"

这语调，平常得仿佛叫他一起去食堂吃顿晚餐这么简单。

但是，这个人可是闻星尘啊！

跟路景宁无人问津的情况形成鲜明对比，闻星尘身边围满了人，一个个紧张局促地在他跟前站成一排，期待着可以和这位新生中的精英成为队友，就差在脸上写上"选我"两个字了。

姜栾一直抱着看好戏的心态站在旁边。从小到大，平日里丝毫不受待见的闻星尘，唯有在这种场合，会变成被人争相哄抢的香饽饽。

他正好奇地等待着闻星尘的最终选择，就听到一声散漫无比的招呼，一回头，正好对上那张在照片中欣赏过无数次的脸庞，错愕地张了张嘴："啊，你不是那个……"

路景宁完全没有搭理他，视线依旧笑眯眯地落在闻星尘身上，见他回头看来，一时间笑得更加灿烂："同学，挑战赛那天我就觉得你天赋异禀，跟我拥有绝对的默契。你看，我们就连一挑二的完成度上都如出一辙，相信一起组队之后一定会碰撞出不一样的火花。"

话到这里微微一顿，意味深长地笑得愈发烂漫："你觉得呢？"

路景宁的语调特别特别真挚，加上那双眼睛中隐约闪烁着的光芒，一时间愣是没有人敢吭一点声。

闻星尘的眼睛微微眯起几分。旁边的姜栾早就已经换上了一脸感慨的表情，隐约间又带着一丝痛惜。

居然妄图用这种方法引起闻星尘的注意？这人绝对不知道，一挑二这种事情对闻星尘来说是一大败笔，哪壶不开提哪壶，按照闻星尘一贯的做派，估计马上就是一记冷酷无情的闭门羹咯！

而另外一边，于擎苍的内心却是和姜栾看好戏的态度截然不同的疯狂嘶吼：答应啊，答应啊！求求你赶紧答应组队啊！

按照路景宁这魔头的性子，既然开了口那就是势在必得，管他是闻星尘还是看星尘，现在如果敢说出半个"不"字，他可以想象等会考试开始之后，路景宁就算什么事都不干也要追着这位同学狂揍的激情画面了。

救救孩子吧，他可不想再被卷入这种莫名其妙的战局中，更何况闻星尘这个对手他根本打不过！

几人各怀心思，周围的氛围一度十分紧张。闻星尘的眼睫微微垂落，看着路景宁饶有兴致地开了口："你好像很了解我？"

路景宁毫无思想负担地点头："应该比大多数人稍微了解上那么一些，毕竟挑战赛上的一面之缘，注定要让我们拉近距离。"

众人面面相觑。

这两人是在他们不知道的地方发生了什么不得了的故事吗？

而路景宁两句话不离挑战赛，闻星尘怎会听不出他是在反复提醒自己故意输掉比赛这个小把柄，静静地对视片刻后轻笑了一声："你说得很有道理，那么，组队吧。"

其实对他来说，和谁组队都一样，如果不是院方硬性规定必须组齐队友，他甚至觉得单人作战也是不错的选择。至少眼下完全没必要为了这种小事而跟这个看起来脾气糟糕的安愈者闹不愉快，顺便还替他省了选人的烦恼，似乎没有任何拒绝的理由。

路景宁当然很满意他做出的选择，就像之前想的那样，闻星尘果然是个识趣的聪明人。心里满意，他走过去娴熟无比地伸手搭上闻星尘的肩膀，一副哥俩好的样子轻轻拍了拍："合作愉快，我的战友。"

闻星尘微微愣了一下神："合作愉快。"

周围一时间寂静得让人窒息。

显然谁都没想到，路景宁跟闻星尘这两人居然会组到一起去。

而站在旁边的姜栾更是感到无比凌乱，简直是有生之年系列，这还是那个从来不允许人靠近的闻星尘吗！

姜栾又偷偷地朝路景宁看了一眼，一时间有些迟疑自己是不是应该打个招呼。路景宁听闻星尘介绍了他的这位舍友，回头看去正好对上姜栾神经病一般的视线："那个，这位战友，你好？"

姜栾持续呆滞："你……好。"

路景宁："呃……"这位战友同学看起来好像不太聪明的样子。

难道是因为拖着这么一条后腿，闻星尘才久久没有决定组队人选吗？也是辛苦了。

路景宁身边，于擎苍以前所未有的乖巧姿势安静地站在那里，虽然不发一言，微微颤抖的拳头依旧暴露了他内心的激动。

果然是跟着路景宁就有肉吃！大佬队啊！他居然顺利混进了一个超级大佬队啊啊啊！

SHUI SHUO WO BU QIANG

第二章
拆机了解一下

组队很快全部完成，各自站好队列之后，院长桂良哲站在主席台上环顾周围，嘴角隐约勾起了一抹意味深长的笑容："我宣布，本届四院招生对战评测正式开始！那么，请大家好好享受接下来的美好时光吧！"

明明是祝福的话语，不知道为什么，落入耳中时，新生们都不由地感到背脊一凉。

话音刚落，震耳欲聋的机器轰鸣声响起。

训练场周围的地面忽然升起了一堵堵巨大的铁墙，转眼间，将整个区域密不透风地包围了起来。

恒星的光辉被彻底阻隔在了外面，只留下顶部投射下来的灯光，成为黑暗中唯一的光源。突然间的变故让所有新生都不可避免地感到一阵慌乱，但是很显然，这并不是一切的结束。

随着器械的踩踏声一下又一下重重响起，整个训练场的地面都跟着隐约震动了起来。

在这样的铜墙铁壁上忽然单独开启了几扇小门，东南西北四方各有一座高达四米的机甲步伐稳健地迈了进来，从外观看上去比较破旧，材质并不算太过坚固，显然是早先就已经从战场上退下来的简易机甲型号。

不过，用来应对他们这批新生，却也是绰绰有余。

没等众人反应，带着机械独特磁性的声音通过其中一台机甲的扩音器遥遥传了出来，语调里透着一丝愉悦："学弟学妹们，欢迎来到四院的院考现场。今天就由学长协助你们来完成这一次的对战评测。内容很简单，结束时会根据小组最后存活的人数，按比例获得总积分槽内的所有考分，大家一定要加油哦！加油，'活'下去。"

节制的笑声带着金属气息扩散在紧闭的训练场中，在场的所有人脸色顿时白了几分。虽然说每年的分院评测内容都不同，但谁都没有想到，今年的四院居然会玩这么大。

不是模拟对抗，而是亲身面对机甲威胁的大逃杀实战。由此也能看出，帝海军大的任何项目，从来都不会故意去避免人员的伤亡。

在周围死一般的沉寂当中，忽然有一个轻佻的声音响了起来："学长，可以打人吗？"

机甲里的高年级生显然没想到会有人提出这个问题，噎了一下后，朝主席台上的桂良哲看去。桂良哲拧着眉头扫了一眼人群中一脸期待的路景宁，嘴角不由得暗暗抽搐了一下："不行！"

路景宁语调明显失望地"哦"了一声，低下头叹了口气。

本来，提前把其他人打趴下应该是减少竞争对手的最有效方法，没想到居然不在规则内，看样子想要获得大额分数填上理论考的空缺，还得想其他办法啊……

其他人看着他这样溢于言表的遗憾，心里忍不住一阵疯狂吐槽。

这种时候不互帮互助也就算了，居然还想着内讧？到底是哪里冒出来的神经病，难不成是魔鬼吗！

旁边的机关隐约作响，锈迹斑斑的钢铁墙壁上忽然投射出了一串计时数字。所有人都知道这是正式开始了，顿时把瞪路景宁的视线纷纷收了回来。

路景宁一脸无辜："他们刚刚瞪我做什么？"

于擎苍、姜栾："……"

为什么瞪你你心里没点数吗？还好院长明确规定了不许自相残杀，不然就冲刚刚提议的那句话就已经把所有人给得罪了，一开场全体围攻他们都不一定！

闻星尘在旁边提醒了一句："都准备，要开始了。"

就在话音落下的一瞬间，倒计时也正式结束。

几乎在同一时间，原本安静站着的四台机甲忽然间举起了枪械，毫无预兆地朝场内开始了无差别扫射。

在一片激扬的尘土当中，顿时爆起了各种骂人的声音。

新生们显然没想到校方居然会这样一言不合就直接动手，一个个慌不择路地抱头鼠窜，场面一度十分混乱。

很快，就接连有人中了扫射。

这些机甲用的是伤害最低的激光束，虽然不会造成致命伤害，但这并不表示就真的只是古战场上的玩具，被击中可不是闹着玩的。

于是，骂骂咧咧的嘈杂声当中更添加了此起彼伏的哀号，形成了独特的背景音。周围的铁壁中时不时有机械臂伸出，娴熟无比地将场内的淘汰者清理了出去，随着大批量减员，原本有些拥挤的场内渐渐空旷了起来。

路景宁几人一开始站在距离机甲稍远的位置，得到了足够的反应时间，这时候一边动作灵巧地闪避着光束的袭击，一边还有闲心观察了一圈周围的情况。

这次考核存在着一定的淘汰规则，经观察后可以看出，被激光击中三次的人就会视为出局，由机械臂强行送出训练场去外面接受医疗机器人的救治。

路景宁收集完了有效情报，还不忘留意战友们的状况。

闻星尘自是不用说，看过去就仿佛那些光束在有意避开他一般，丝毫没有碰到他半点衣角，甚至没有太大幅度的动作，在极小的移动范围内就非常有效地完成了全部闪避。

于擎苍那边，虽然块头大，可绝对是一个灵活的大个儿，扭动着粗壮的腰肢，婀娜多姿地躲闪得有模有样。

相比起来，那个"不太聪明"的姜栾显得吃力很多。

那些射线对路景宁来说速度确实偏慢，于是从容不迫地挪动到了姜栾跟前，非常热情地善意一笑："战友，要帮忙吗？"

姜栾被跟前这张脸晃得有些眩目，此刻背上早就已经紧张出了一层薄汗，闻言当即连连点头："要要要！"

于擎苍本也是神经紧绷，闻言却不由分神地朝他投以一抹同情的视线。还是太年轻，求谁帮忙不好，居然求助于这个不是人也从来不把无畏者当人的路景宁？是个勇士！

姜栾感受到于擎苍过分怜悯的视线，不由有些茫然，但完全来不及多想，下一秒忽然感到身子一轻，居然直接被勾着衣角给提了起来。姜栾瞳孔地震。奈何脑海中浮现再多的惊叹号，都已经没办法阻止后面的事情发生。

转眼间他就已经像拎小鸡一样被路景宁直接拎在了手上，在空中迎风甩了几个圈后，朝着某个方向干脆利落地抛了出去。

"啊啊啊！"

在空中划过一个堪称完美的闪避弧度，他有效地避开了所有的射线，在控制不住爆粗口的同时，只感到自己重重地砸上了一堆软绵绵的东西。

下一秒，身子底下就传来了一阵此起彼伏的哀号。姜栾有些回不过神来，后知后觉地低头看去，终于明白自己这样豪迈的落地方式为什么没有半点痛觉了，敢情是下面多了一大堆肉盾。

被他砸在下面的新生们一个个龇牙咧嘴地怒吼："你谁啊，还不快起来！"

还没等姜栾说话，路景宁笑眯眯的声音已经从上头传了过来："不好意思，一不小心砸到人了，我们这就走，这就走！"

说完，姜栾身上一轻，整个人又被提了起来。

姜栾："……"

就在路景宁把他拎走的一瞬间，这片区域好巧不巧地迎来了新一轮射线扫射。被压趴在地上的那几人完全来不及起身反应，顿时哀号声四起，简直闻着伤心见者流泪。

可惜规则就是规则，操控机甲的几位学长没给他们任何躲避的机会，转眼就这样被清理出局了。

至于路景宁这个始作俑者，却是一脸事不关己的无辜状。

他可没有打人，他只是在救队友，毕竟场面这么混乱，误伤也是在所难免的。

渐渐地，姜栾也习惯了这样被甩来甩去的飞翔体验，慢吞吞地将双手交叉抱在身前，压完这趴压那趴，完全不想说话了。

他要再看不出来路景宁压根就是把他当成了一件杀伤性武器在用，那才是真的眼瞎！至于自己被一个安愈者拎着丢来丢去的羞耻感？在这兵荒马乱中却是完全顾不上了。

脸皮这种东西，他姜栾从来都是拿得起放得下的，当武器就当武器吧，要他靠自己去躲那些射线，估计早就被扎成马蜂窝了。

毕竟怕疼，能躺赢比什么都强，大丈夫能屈能伸，忍了忍了！

路景宁当然也发现了手上这位大兄弟的无条件配合,心里赞赏,来回砸人砸得愈发没有思想负担了起来。

有了这样一个强力"辅助",成批成批的新生陆续遭到毒害,场内人数一路锐减,速度比先前俨然加快了近一倍。

主席台周围笼罩着一层坚固的防护屏障,射线被全部阻挡在外面。院长桂良哲额前的青筋,却在疯狂地跳动着。

他早就已经发现了路景宁的小动作,可偏偏这种间接伤害又没办法判为违规,让他拿这种小聪明没有半点办法。

之前校长就跟他打过招呼,说他们四院今年可能会来一个有意思的安愈者,现在呢,来是来了,可他完全看不出到底哪里有意思了?

这摆明了就是一个刺头,必须好好打磨!

看了一眼铁壁上显示的剩余时间,桂良哲心里有了判断,拿起通讯器语调无波地下了指令:"K209,K332,联合攻击那个安愈者。"

全场只有路景宁这么一个安愈者,进攻目标显而易见,只是冷不丁听到这样的命令,那两台机甲里的操作手不由得愣住了。

虽然这场考核重点是考验混战当中的应对能力,但是如果把模式从无差别扫射换成集中攻击,难度显然就不一样了。

他们在军校早就熟记了军人的无条件服从规则,心里虽然疑惑,但也没有半点异议,非常果断地遵从了指挥。

路景宁起初没有留意,等到接连受到几次集中扫射之后也察觉到了不对劲。

稍微一观察那两台机甲的动态,他明白了过来,抬头朝主席台上的桂良哲狠狠地瞪了一眼,心里暗骂:"这些人果然都坏得很!考评就考评,居然还玩针对!"

有两台机甲突然转火,其他区域里的紧张感一下子就松懈了不少,场内尚存的新生不由朝着那片枪火交加的区域看去,都是一脸蒙,显然不知道到底发生了什么。

只见在一片密集无比的射线当中，路景宁一只手拎着姜栾，身形灵活得过分。在这样密集的攻势中，他甚至还表现出了几分游刃有余的姿态来，不时地回头，讥讽地跟两个机甲操控手叫嚣道："哟学长，你们这机甲操作应该还没学多久吧？追着我这么一个新生都打不中，我看也别上战场了，送人头啊不是！"

两个操控手的脸色微微一沉，本来还存着几分放水的心思，这会儿神色一肃，愈发认真了起来。

被他拖着跑的姜栾一脸震惊。

大哥，激怒他们到底对你有什么好处？

他几乎可以感受到一道道射线从脸庞擦过的灼热温度，整个人都感到不好了："你你你小心点，别让他们射到我的脸，破相了以后怎么找对象啊！"

路景宁毫无兴趣地瞥了他一眼，随口敷衍道："找不到对象？怕什么，赔你就是了。"

姜栾虎躯一震，脱口而出："打一辈子光棍都不要你介绍！"

路景宁听他拒绝得这么干脆，顿时不悦地挑了挑眉："我介绍的怎么了，哪里不好吗？"

他那双明亮的眸子微微眯起了几分，从语调听来根本不用怀疑，如果姜栾说错半个字，下一秒会直接把他甩到铁甲上面来个零距离的亲密接触。

姜栾第一次被安愈者看得心里发毛，只觉得叫天天不应叫地地不灵，这时，一个熟悉的声音从耳边传了过来："两位聊得还挺愉快。"

姜栾喜极而泣，眼巴巴地朝闻星尘看去，用眼神暗示：救我！救我！赶紧救我！

闻星尘却仿佛没有收到他的信号，看着路景宁眉梢微挑："跑累了没？我有一个想法，要不要听听？"

此刻他们周遭几乎全部覆盖在密集的射线之下，路景宁在飞速移动的过程中丝毫没影响到聊天的节奏。这时见闻星尘自己跑进火力圈，让他对这奋不顾身带来的提议有些好奇："嗯？说说看？"

闻星尘微微侧眸，余光扫过跟在后头不远处的两台机甲，语调里透着一丝盎然的兴致："拆机了解一下？"

姜栾冷不丁听到这样的话，一脸震惊地朝他的挚友看了过去。

今天到底是怎么了，又疯了一个？！

显然，这样的提议非常合路景宁这个搞事狂魔的胃口，两只眼睛肉眼可见地微微亮了起来："当然好啊！"

姜栾弱小无助地在路景宁手上尝试性地挣扎了一下，忽然觉得被淘汰出场也不是什么坏事，万一这个疯狂的路景宁一言不合继续拿他当人型武器怼机甲那才叫真的玩完。

他这样的小身板，给其他新生表演泰山压顶也就算了，面对机甲这种庞然大物就显得特别无助了。

好在路景宁似乎也没瞧上他，朝周围打量了一下，找了个相对安全的地方轻轻一抬手，就这样把他给，嗯，扔了。

姜栾一屁股坐在地面上，面对这种过河拆桥的做派心情颇感复杂，连死里逃生的喜悦都冲淡了不少。

要说他姜大少爷以前也是光芒万丈的一号人物，怎么自从碰到路景宁之后，感觉自己越来越不值钱了呢？

最让他不能接受的是，现在所有人的注意力全部都落在路景宁身上，似乎完全没有留意到他的"悄然离场"。

他就这么没存在感吗？姜栾满是怨念地朝着那两个飞奔的身影看去，然后就和其他人一样，发现面对紧密追击的两个人毫无预兆地停下了步子，原地回了头。

知道真相的姜栾面无表情，其他新生们却是一脸蒙。

第一反应：他们怎么停下了？

第二反应：他们该不会是要硬刚吧？人机作战？怎么可能！

然后下一秒：冲了！冲了！他们真的冲了！

其实并不只是那些新生这样想，就连坐在机甲里面的两位操控手也压根没想到现在的学弟居然这么刚，在机甲的追击下不反不跑，看这阵势居然还想来好好干上一架？

原本紧密的射击因为一瞬间的犹豫，稍微停滞了那么几秒。

而只是短暂的一瞬间，却已经足够让路景宁跟闻星尘顺利完成了近身。他俩几乎是同一时间从两台机甲的正中央穿过，路景宁朝着闻星尘吹了声愉悦的口哨："挑一台？"

闻星尘也没多想，随手指了指右手边的那个大家伙："我这边。"

"OK！"

路景宁二话不说直接一个翻身，敏捷无比地扒拉上了那台机甲。

闻星尘也非常高效，直接上了手。

等两个操控手回过神来的时候，这两人已经顺利地翻到了各自选定的机甲上，进入了控制舱的视野盲区。看不到机甲上面的情况，操控手们只能通过对方机甲后面的人影对自身情况做出大致的推断。

通讯器里的交流在频繁地进行着——

"你小心着点，他在试图开你的舱门。"

"放心吧，只要内部不操作，外力再大也不可能破舱。"

"让他们一直这样扒在上面也不是办法啊，要不然尝试性地射击一下？"

"你想什么呢！这是公家财产，要是给弄坏了，你赔还是我赔？"

"那……我试着动一动？说不定能把人给甩下来呢？"

"这个主意不错，我也试试！"

外面听不到他们的交流，众人只是眼睁睁地看着两台机甲在操控手的运作下，忽然，歇斯底里地抖动了起来。这样的画面如果配上背景音乐，大概就是动次打次，动次打次，还挺有节奏。

路景宁扒拉在铁甲上面，在这光滑的表面上艰难地找了个地方借力稳住了身形，心里一顿暗骂：抖什么抖，抽机械性羊癫疯吗？

他手上的力量极强，只是一个小小的支点就稳稳地停留在了上面，抬头朝着闻星尘那边看去，那人的眉心已经不耐烦地拧了起来。

没等打招呼，就看到他借着震动的力量一个小跳，直接跃到了机械臂上。路景宁疑惑地眨了眨眼，便见一只手挂在机械臂上的闻星尘抬头朝他看了过来，用另外一只手遥遥地比画了两下。

很多人看得一脸蒙，路景宁却露出了了然的笑容，忽然松开手，回比了一个 OK 的手势。

这样一来，等于是彻底没了借力点。

众人眼睁睁地看着那个人影从机甲上面滑落，刚以为这是终于放弃了这种玩弄的念头，就被一阵怪异的声响引去了注意。

抬头一看，只见闻星尘所在的机甲诡异无比地剧烈摇晃了起来。

挂在机械臂上的闻星尘顺着机甲抖动的势头一个借力，顿时将原本就不小的震幅扩大到了最大。

眼见机甲在巨大的摇摆下就要彻底失去平衡，他在翻倒的同时抓着机械臂顺势坠去，余光扫过落点处，在脚着地的一瞬间将身上的全部力量全都凝聚到了手上。

猛然一个用力，整台机甲居然被彻彻底底地甩了出去。

操控手完全没来得及反应，在座舱里只觉得一阵天旋地转，透过视野屏幕可以看到另外一抬机甲在眼前无限放大的画面，过度震惊之下手一抖，碰到了操控按钮。

路景宁所在的机甲转眼已经被翻倒过来的友军压在了地上，他凭借着刚才果断的下滑操作完美避开了波及，一抬头，恰好看到几乎贴脸面对着他的那架激光武器中隐约漫起了一抹蓄力的红光。

留意到这边的异象，主席台上的桂良哲坐不住了，一个箭步就要冲下台去。这种激光武器在常规扫射下的杀伤力确实很低，但是如果提前经过蓄力，伤害值就完全不一样了。

更何况，还是这样近的距离，要是真挨上这么一下，恐怕会……在这危机关头，有的人已经控制不住地惊呼出声，下意识捂住了眼睛。

路景宁眸底深邃的亮光一闪而过，在这千钧一发之际一个敏锐的翻身，巧妙无比地避了开去。也没看到他的步伐具体怎么动，下一秒已经置身激光武器后面，硬生生地往下一掰。

射线的路径就这样突然间被扭转了一个角度，同一时间蓄力完成，猩红的激光束射击而出，不偏不倚地正中下方那台机甲的机械腿关节。咫尺的激光束带着灼热的温度，在机械臂的关节上堪堪划过，瞬间一串火花四射。

整个训练场内顿时弥漫起了一股浓郁的焦味，肉眼可见地看到机甲外壳就这样被熔解了那么一块，隐约可见内部的金属骨架。

另外两台机甲的操控手早就已经忘记了动作，和场内的其他人一样瞠目结舌地看着这边惊心动魄的一幕。

如果刚才这么近的射线真的打在人体上，后果不堪设想。

就在所有人还在发呆的时候，路景宁这个当事人反倒没有半点死里逃生的觉悟。他咬着牙狠狠一用力，硬生生地把抱在手里的那巨大的激光武器从机械臂上给掰了下来，长长地吁了一口气，朝不远处的人招呼道："闻星尘，过来帮个忙？"

闻星尘对他刚才的表现显然也感到有些惊讶，不过也没多说什么，踩着两台机甲走了过去，跟路景宁一左一右地将那沉重的激光武器高高举了起来，垂眸扫了他一眼："计个数？"

路景宁心情愉悦地咧开嘴角，笑得一脸明媚："3，2，1——！"

随着第三个数字的余音落下，只见那激光武器在两人的合力下朝着受损的机甲腿部重重砸了下去。

剧烈的金属撞击声一时响彻穿顶。很多人下意识地闭了闭眼，等再次睁开眼睛的时候，只看到七零八落地散了一地零件。那条机械腿没有了外壳的保护，在巨大的凿击伤害下，彻底跟机甲分了家。

周围陷入了一片诡异的寂静。谁告诉他们刚刚发生了什么？难道这就是传说中的徒手拆机甲吗？

路景宁站在一片残骸当中，心满意足地拍了拍手上的灰，伸手一把勾上了闻星尘的肩膀，毫不吝啬地朝他竖起了大拇指："闻星尘，可以啊，默契十足！"

闻星尘也不客气："多谢夸奖。"

路景宁扫了眼身后的一地残骸，心里更是舒坦，忍不住都快唱上了：两台机甲，两台机甲，瞎得意，瞎得意，一台没有武器，一台没有大腿，惨兮兮，惨兮兮……

啧，追啊，有本事再追啊？看他们再拿什么射他！

他就这样在众目睽睽下迈着六亲不认的步伐走了回去，和旁边尤为从容的闻星尘形成了鲜明对比。

坐在地上看完了全程的姜栾，面对两位肩并肩归来的队友，嘴巴张成了"O"字型。

这还能说什么呢？两位，简直太强了啊！

他整理了一下混乱的思绪，正想着用什么来表达一下自己那有如星河泛滥的敬仰之情，还没来得及开口，跟前忽然一暗，一个庞大的身躯猝不及防地就蹿到了跟前，粗狂的嗓音里满满都是崇拜。

"路景宁，不管你有多么嫌弃我我都必须告诉你，你刚才真是太帅了！告诉我你到底是怎么做到的，教我好吗！你真不愧是路伯伯一手教出来的！以后你一定会被载入史册，我的兄弟！"

姜栾："……"

算了，彩虹屁什么的，是在下输了！

直到考核结束，场内的人都感到有些浑浑噩噩。

一开始因为路景宁的关系，让他们凭空出现了更多的减员，但是也同样是因为他和闻星尘两人拆了两座机甲，让后期的闪避难度大大减少，从而提高了绝对的存活率。幸存者们的心情难免有些复杂，这大概就是传说中的又爱又恨吧。

路景宁他们是场内唯一一支全员存活的队伍，毫无疑问地拿下了最高分，分配下来整整有 280 分。

姜栾和于擎苍两人早就笑得眼睛都没了。

稳了稳了，只要气能检测出来不要太差，进入四院已经稳了！

就在准备离开的时候，忽然有人从背后喊住了他们。路景宁转过头去，只见四院院长桂良哲正站在不远处沉默地看着自己。

他摸了摸鼻尖，作态地轻咳了一声："咳，那个，院长，我知道我的表现有些过分突出，如果你非常诚挚地邀请我提前加入四院的话……"

桂良哲没有搭理他，面无表情地拿出一张票据："这位同学，虽然是旧型机甲，但你毕竟损坏了公共机械，请全额赔偿，这是清单。"

路景宁的话戛然而止，好半天，才憋出一个字来："……行。"

再老式的机甲都价格不菲，好在路景宁从小闹事不断，他老爸为了以防万一给了他一大笔零花钱，比较之下，这笔小钱简直就是毛毛雨。而且闻星尘看起来家境也不错，既然是两人一起损坏的，就跟路景宁一人各付了一半的赔偿金。

事毕，路景宁拍了拍闻星尘的肩膀，语调赞许："战友，以后你就是我的兄弟了！"

闻星尘轻轻一笑："非常荣幸。"

从训练场出来之后，路景宁跟两位新建立起革命友情的战友交换了通讯器代码。确认好友列表里新增了两人，他笑眯眯地拍了拍姜栾的肩膀："战友，下次有空再继续合作呀。"

这位战友虽然不太聪明，但胜在懂得吃苦耐劳。

于擎苍看着姜栾的眼神不由又增添了几分同情，居然被路景宁这个混世魔王给盯上了。

姜栾的表情也好看不到哪里去，他思前想后，都没想到那句话里"合作"的点在哪里，难不成改天还准备继续拿他当人型武器？

这样想着，他下意识地后退了几步，警惕地跟路景宁保持了安全距离："具体情况具体分析！"

路景宁眨了眨眼："看不出来，战友你还挺严谨。"

姜栾："……"

四人没有留意到从二号训练场出来了一个人。

擦肩而过的时候，那人忽然停下了脚步："哟，这不是闻星尘吗？"

从这语调里满满的挑衅意味，完全可以脑补出一整出大戏。

路景宁看看闻星尘，又看看来人，不知怎么的有些期待后续发展。

只见闻星尘回头朝那人脸上看了一眼，微微拧了下眉心，出人意料地问了两个字："你谁？"

原本嚣张无比的一张脸顿时黑到了极点，咬着牙一个字一个字地往外蹦："高三最后一次月测的时候，你才刚被我打下第一的位置，闻星尘，现在装傻有意思吗？"

闻星尘疑惑地看向了姜栾，满脸写着困惑。

"你也太不关注同学了。"姜栾强忍着笑意，清了清嗓子道，"我们年级那个叫岑俊风的'万年老二'总听说过吧？人家可是被你整整压了高中三年啊。后来你参加星际竞赛时缺考了一天，他才拿了次第一。没想到居然一直记到现在，也真挺不容易的。"

"哦，原来是这样。"闻星尘终于了然，非常诚挚地朝岑俊风抱以鼓励性的微笑，礼貌无比，"不好意思这位同学，我现在知道了。"

岑俊风倒是真不知道闻星尘少考了一天。他当年在高中的时候每每被这人碾压，只能屈居第二，对于向来自傲的他来说，日子可以说是过得暗无天日。直到那次终于战胜了闻星尘，成为站在全校顶端的男人，才感到自己没日没夜的苦学训练没有白费。

这样的自信一直持续着，直到，刚才。

现在听姜栾说完，岑俊风感到自己因为那次第一而产生的盲目自信忽然受到了践踏，脸上顿时红一阵白一阵，最后有些恼羞成怒地道："闻星尘，你也不要太得意！现在可是在帝海军大，来日方长，我迟早要把你狠狠地踩下去。"

闻星尘说："啊，加油。"

岑俊风感到自己整个人都快气炸了。这轻飘飘的一句加油什么意思！瞧不起他吗？他暴怒中无意将视线一转，猝不及防地看到了一张过分光彩夺目的脸，顿时愣住。

等等！这是一个，安愈者？

他忽然轻蔑地笑了起来："闻星尘，你可真是太松懈了，难怪连一挑三都没完成，才刚进军校居然就跟安愈者组队？未免对自己的能力太过自信了吧？不进则退，真以为没有人能追得上你了？"

路景宁本来是在旁边看戏，冷不丁见风向突然转到了自己的身上，在这样过分轻挑的语调下，额前的青筋陡然突突了两下。

闻星尘扫了一眼路景宁的表情，饶有兴趣地勾了勾嘴角："哦？

我怎么就松懈了？"

岑俊风冷笑一声，自以为客观地评价了起来："那些安愈者根本就没有作战能力，能有什么用？闻星尘，我可是想要堂堂正正地打败你。下次击败你的时候，可不希望你又找其他借口。"

姜栾感受到了闻星尘投来的视线，很是无辜地耸了耸肩，他也没想到这个臭不要脸的家伙居然可以把他之前的话解读成"找借口"。

在场的只有于擎苍如临大敌，不过他警惕的并不是岑俊风，而是片刻不敢松懈地观察着路景宁的变脸过程。

完蛋了完蛋了，这人绝对是路景宁最讨厌的那种普信男！

也真是的，找闻星尘的麻烦就专注点找，为什么偏偏要往歧视安愈者这个敏感的话题上引呢？随着路景宁脸上的笑容越来越灿烂，于擎苍非常明确地感受到，这位大佬马上就要炸了。

岑俊风一脸自傲地正准备发表自己的长篇大论，隐约间似乎感受到了一种直击背脊的锋芒。

下意识地抬头，正好对上路景宁如星光绽放般的笑颜。

岑俊风下意识地定了定心，面无表情地问："这位同学，有什么事吗？"

路景宁笑得一脸人畜无害："刚才听你话里的意思，安愈者难道就必须攀附着无畏者才能在战场生存吗？"

岑俊风不知道怎的，下意识地结巴了一下："难道，不是吗？"

路景宁走近了几步："有谁规定过，安愈者就一定不如无畏者的？"

岑俊风不解："这……还用规定吗？不管是体力上还是能力水准上，安愈者本来就不如无畏者，还有一系列众所周知的客观因素，这可不是我一个人说的，都是常识！"

他没有细说，毕竟他只是发自内心地认为安愈者就适合站在无畏者身后而已，还不至于上升到歧视。可惜的是，用这样的语调跟态度说出去，叫人听了，感觉上跟歧视也差不了多少。

于擎苍捂了捂脸，不多说了，兄弟，祝你一路走好！

路景宁已经站到了岑俊风跟前，抬着一双明眸似笑非笑地看着他，而那双笑吟吟的眼眸也终于充满威胁地眯了起来："体力能力都比不过无畏者？那么，要不要试试呢？"

岑俊风被他忽然炸开的气场镇住，回过神来时脸色有些不大好看，但还是坚守着自己的底线："我不跟安愈者动手！"

路景宁轻轻一笑："那可真巧，我就特别喜欢跟无畏者动手。"

话音刚落，还没等岑俊风开口，就已经一把拽起了他的衣领，头也不回地往外头拖去。这样大的动静让周围路过的学生纷纷停下了脚步，朝这边投来好奇的目光。

相比起来，刚刚跟路景宁并肩作战的几位战友就淡定很多。

闻星尘早就知道路景宁的脾气暴，于擎苍更是从小被揍到大的见怪不怪，至于姜栾，刚才就是被这双看起来纤细的手拎着感受了一千八百度的大回旋，至于这种小世面？呵呵。

岑俊风回过神来的时候已经被拖出了好几米，感受到四面八方投来的视线，脸上顿时有些挂不住，狠狠地挣扎了两下，出乎意料地竟然没能挣脱，他终于意识到情况不对："你到底想怎么样？"

路景宁一路上也不说话，由着岑俊风挣扎，该拖照样拖，等拖到了角落后重重一扔，把人就这样随手丢到了垃圾桶旁边。

又不知道从哪里摸出了一颗薄荷糖扔进嘴里，他就这样居高临下地垂眸看着，调侃的意味满满："你们无畏者这么强，还不是被我一根手指头就随便提起来？"

岑俊风沉着脸作势要站起来，还没来得及起身，又被路景宁重重地摁了回去。他拧了拧眉心，心想着不能跟安愈者一般见识，结果暗中用了用力才发现，摁在他肩膀上的那只手居然依旧不动如山。

岑俊风的神色终于有了几分震惊。

他居然在力量上输给了一个安愈者？这怎么可能？

路景宁就这样一只手轻描淡写地摁着他，嚼着口中的薄荷糖，语调懒懒散散："你给我听好了，我，路景宁，马上就要成为四院的一员，到时候迟早要把你们这些自大的无畏者全部踩在脚下！而你，不管跟闻星尘有哪些破事，都跟我没有任何关系，但是今天，记住我的名字，明白吗？"

说完，就这样轻蔑地收回了视线，头也不回地走了。

岑俊风看着路景宁的背影愣了好半晌，才猛然开口叫道："力量再大有什么用，你以为能通过明天的气能检测吗？"

路景宁的步子微微一顿，没有转身，只是抬头看看被恒星的橙色光芒笼罩的天际，忽地轻笑出声："啊，这种事情，谁知道呢？"

路景宁回到宿舍的时候，舍友言和彬已经回来了，简单地打听了一下，果然三院那边的第一场考试内容跟四院的完全不同。

简单来说，就是温和多了。

路景宁这时早就已经把岑俊风带来的不悦抛到了脑后，非常友爱地问了一句："你考得怎么样？"

言和彬淡淡道："还行，拿到了98分。"

以满分100的情况来说，已经是绝对的高分了。

路景宁知道他是有一说一的性格，当然不存在质疑，等了等见真的没了下文，忍不住道："你就不问问我考得怎么样？"

言和彬看了他一眼："你考得怎么样？"

路景宁展颜一笑："我拿了280分！"

言和彬语调平静："哦，恭喜。"

路景宁："……"

他觉得自己就不该多嘴补这么一句，真是半点成就感都没有啊！

分院评测一共分三部分，今天结束的只是实战这一部分，明天下午将迎来最为关键的气能检测项目，晚上则是理论考环节。

言和彬虽然没有多说什么，不过看得出来还是有些心事重重。

对于大多数安愈者来说，气能属性检测都是很难跨越的一道坎，毕竟在气能方面，他们和无畏者之间存在的差距是与生俱来的。

自从全星系开始将气能投入到实战运用当中后，根据气能内的成分浓度不同，大致可以区分为5类，即F类、C类、B类、A类和S类。

因为气能的浓度会直接影响到气能的强弱，偏偏现在很多强大的机甲设备的操控都需要消耗大量气能，所以不管在近身搏击的气息压制还是大规模军事战役中，一个军人的气能属性，往往决定了他在战场上的作战能力。

而根据以往的检测情况来看，无畏者的浓度区间在初始检测时基本集中在C类到A类之间，其中B类的百分比高达80%。至于在初次检测就达到S类级别的无畏者，就算在帝海这种知名的军事大学也是极度稀有的，上一次出现还是三年前。

至于安愈者这个群体，这项检测就显得不太友好了。

对于一个实力相对强劲的安愈者来说，能够拥有B类浓度的气能已经是极难得的存在，大多数安愈者都处在F类和C类之间，就连后期可以勉强进入A类浓度的安愈者也大多是通过极大努力才能实现的，更不用说放眼全星际都为数不多的S类浓度拥有者了。

所以，就算气能浓度可以通过培养来提升，安愈者因为自身因素导致天花板过低，可以上升的空间注定有限。

这还只是单纯的浓度问题，更不用说除此之外无畏者带有攻击性的气能本身就存在的压制关系了。

无畏者气能的压制力可以说是全星际默认最高的，所以外界一提到安愈者第一反应不会往军职上考虑半分，并不是毫无原因的。

道理路景宁其实都懂，但是从小到大吃足了亏后，心里就是憋着一口不服输的气，他偏偏就要当那个打破僵局的出头鸟。

安愈者新生们的气能检测安排在最后一批无畏者后头。

路景宁跟言和彬一起走着，后头跟着隔壁寝室的任锦和宿嘉年，还没等走进科技馆，就被内部突然爆发出的惊叹声给吓了一跳，抬头看去，只见一群无畏者正围在门口不远处的走廊上，也不知道发生了什么。

几人一脸茫然地交换了一下眼神，任锦就小跑过去打听了。

新生见是一个安愈者，顿时态度极好地跟他说了两句。

任锦听他们说完，眼里也闪过一丝震惊，下意识地抬头多看了两眼。奈何前头的人太多，他身高有限根本看不到被围在中间的人，只能失望地走了回来，转述道："他们说，刚刚的检测结果中，出了一个 S 级浓度的气能持有者。"

"S 级浓度？！"宿嘉年听着满满的都是羡慕，看了看自己手里拿着的这份填好的监测信息单，颇为感慨地道，"别说 S 级了，可以给我一个 C 级就谢天谢地了。"

气能浓度 C 级是除了四院外，另外三个学院对安愈者录用的最低标准，如果连这个等级都没达到，很可能会成为落选后被随机分配的那一批，就未必可以读到自己想读的专业了。

言和彬站在旁边没有吭声。

不知道为什么，一听说 S 级的新生无畏者，路景宁的脑海中就浮现出了一个高挑的身影，下意识地朝人群那边看了一眼。

就在这个时候，人群中好一阵躁动，围在那边的无畏者们让出了一条道，被围在当中的人就这样众星拱月般地走了出来。

闻星尘的表情还是没什么起伏，拿着已经完成检测的信息单，好像让那些人为之疯狂的 S 级持有者并不是他。身后的那些人神色有惊叹，有羡慕，有嫉妒，也有不满和讥诮，各怀心思。

路景宁也好久没见过这么有意思的场面了，插着口袋在原地站着，正好闻星尘抬头看来，视线就这么猝不及防地对上了。

路景宁微微挑了挑眉，正考虑要不要跟这个风云人物打个招呼，手臂上的袖子一紧，回头一看，只见任锦有些紧张地拽住了他。

那张乖巧的脸上透露着紧张，小声地喃喃自语着："这个无畏者就是 S 级气能吗！他走过来了，天，他真的走过来了！怎么办……"

路景宁："……"

转眼间，闻星尘已经走到了跟前，他看了眼路景宁手中拿着的信息单："来做气能检测？"

任锦没想到这人居然跟路景宁认识，但是一想，优秀的无畏者认识高手同学这种强势的安愈者也不奇怪，便下意识地往后头缩了缩，睁着一双好奇的眼睛偷偷地暗中观察着。

路景宁闲闲淡淡地应道："嗯，应该马上就轮到了。"

想到什么，他笑着补充了一句："哦对了，恭喜啦，S 级气能。"

闻星尘淡淡地笑了笑："谢谢。"

路景宁抬眸扫了一眼这张看起来皮笑肉不笑的脸，一时间真的看不出来这人是真的觉得无所谓，还是在这里故作姿态。

闻星尘跟路景宁打完招呼后，就走了。路景宁看着他的背影被恒星的余晖拉得悠长，说不上来是什么感觉。

在原地静静地站了会，转身就往三楼的检测区走去。

科技馆的广播恰好开始了新一轮报号，本届安愈者新生的气能检测正式开始。历年来安愈者的气能检测，从来都不会有人抱以太大的期待，在场的那些无畏者没太上心，也就这样一哄而散了。

气能检测室门外早就已经站满了安愈者新生，根据各自的编号依次进去进行浓度检测。

轮到路景宁的时候，他走进去瞄了一眼，看到类似于全身扫描的一个机械舱，随后就在检测员的示意下脱掉鞋子躺了进去。

机械舱很快开始运转起来，红色的光束在他身上来回地穿梭着，没有任何触感，片刻之后回归了平静。

检测员公事公办地道："可以了，出去等结果吧。"

路景宁看了一眼正在进行着计算的新型仪器，嘴角微微一扬，拎起旁边的外套头也不回地走了出去。

下一个安愈者和他擦身而过，走入检测室的时候一脸紧张。实际上不只是那些待检新生，就是已经完成检测在外头等待结果的安愈者们，依旧禁不住地感到有些局促，总是忍不住朝传达室里头瞟。

路景宁抱着身子靠在墙边，盯着外头挂在天际的恒星，倒是没什么思想负担，迷迷糊糊地进入到了放空状态。

这种用来精确检测出气能浓度的新型检测舱，除了军部之外，也只有帝海军大这种高等军校才能拥有。

路景宁此前没有这样系统性地检测过，只不过之前出了点幺蛾子，跑了趟医院。根据医院的气能抽样化验结果来看，他的气能有些特殊，这个特殊，也包括明显有些超标的气能成分浓度。

按常规来说，他这种各项指标远远高于正常峰值的情况，应该需要留院观察才对。当时要不是被他老爹力保下来，就冲他这异常程度，没被星级医院关起来做人体研究都算好的。

正常人发现气能出问题时，不可避免地感到有些慌乱，而路景宁对于这点，不得不承认自己的老爹真是个妙人，当时回家后不仅没有半点担忧，还差点兴奋地想要跑出去告知全星际。

远高于峰值的气能浓度，普通人或许没太大感觉，但是身为一级上校的路空斌却是比谁都清楚，当时的原话是这样的："宁崽啊，你要相信爸的判断，以后咱就要成为全星际最强的安愈者了！我们的目标是星辰大海，明白吗！"

现在想起来，路景宁依旧觉得自己的老爹有时候真的挺中二的。

俗称幼稚！

时间一分一秒地过去，本届安愈者终于都顺利完成了检测，挤在走廊里等待着检测结果的公布。

同一时间，检测室里的仪器也在紧张地进行着运算。

随着最终结果的产生，一张张检测单也陆续生成，转交到窗口人员处，通过传达室的柜台逐一发送到新生手中。

"这届的安愈者怎么样？"一个厚重的声音冷不丁从身后响起，

检测员被吓了一跳，回头只见一位白发苍苍的老者正和善可亲地看着他们，下意识地行了个军礼："校长好！"

谁都没想到，邴沧会在气能检测的时候过来视察，而且就算要视察，也应该是在无畏者新生的检测期间才对吧？

难不成老校长对这届安愈者有着什么期待？

心里虽然疑惑，其中一个检测员还是认真地回复道："目前总共产生了六位 B 级浓度和十三位 C 级浓度，跟往届比起来，整体来看水准较高。"

邴沧扫了眼桌子上的检测单，"哦"了一声，又问："所有的结果都出来了？"

检测员说："还有最后一批。"

就在这个时候，旁边的仪器完成了数据输出。

检测员也不看，恭敬地给邴沧递了过去："就这些了，校长。"

邴沧接到手中翻了翻，视线在其中一张检测单上微微停顿了一下，眉目间闪过一丝诧异，紧接着却若有所思地笑了起来："这小子，真的有点意思。"

旁边的检测员听得一脸莫名，邴沧已经把检测单交还给了他们，就这样一言不发地离开了。

所有人不由得面面相觑，好奇地围上来翻了翻这组新出炉的检测单，翻到第三张的时候忽然陷入了一阵诡异的沉默。

这个名叫路景宁的新生，信息浓度级别清清楚楚地写着一个"S"。

经历过 N 届新生检测的检测员们都傻眼了。

原本，这届新生当中出现第二个 S 级浓度的拥有者应该是一件非常值得振奋的事情，可是，这个新生是一个安愈者！

一个拥有 S 级气能的安愈者？！

简直史无前例，闻所未闻，就算是在星际上亿年的历史上，也从来没有出现过！

这些检测员常年来从事气能的研究，震惊之余也逐渐冷静下来，再看着检测者的名字，眼睛里不由露出了兴奋的光芒，都不约而同地对这位 S 级的安愈者产生了浓烈的兴趣。

正常情况下，安愈者正是因为天生弱于无畏者的气能，所以不擅长战斗。可如果一个安愈者的气能强大到 S 级的话，那就明显已经凌驾于绝大部分无畏者之上了。

这种气能浓度过分特殊的情况，在学术上被定义为"气能紊乱"。

但不管怎么说，这都是一个很好的科研素材！

转眼间，已经有很大一部分安愈者新生在柜台处领取到了他们的检测单。

"啊，言和彬你是 B 级浓度啊，真的是太好了！"任锦看了眼言和彬的检测结果，开心地祝贺着，但是一想到自己 F 类的结果，又感到非常地沮丧，"我就没有办法了，只是个 F 级，只能看看到时候被学校分配到什么专业了。"

言和彬看起来轻松了不少，闻言安慰道："放轻松，帝海军大的所有专业都一样是星系里最出众的。"

任锦点了点头："嗯！我也是这么认为的！"

宿嘉年是第三个拿到检测单的，评级结果是 C，还是不错的。

到目前为止，就只剩下路景宁了，大家都对路景宁的检测结果感到好奇，非常耐心地等待着，终于听到广播中喊到了他。

路景宁从放空的状态中回过神来，揉了揉自己散乱的金发，打着哈欠往传达室的柜台走去。

一路上可以感受到其他安愈者投来的视线。这些人当时都没去参加挑战赛，所以没能亲眼见到路景宁的英姿，但是校园论坛里讨论得这么热闹，大家也都知道同年级里出了一个狂拽炫酷的安愈者新生，这时候听到这个熟悉的名字，当然控制不住地感到好奇。

路景宁在万众瞩目中走了进去，伸手去接他的检测结果。

但不知怎的，检测员就那样久久地看着他，也没松手，他拽了几下也没拽动，又怕太用力撕破了单子，不由抬了抬眉梢："老师？"

检测员这才回过神来，松开了手。

路景宁也留意到了他怪异的态度，低头扫了一眼，眉梢顿时微微挑起，然后轻轻地笑了起来："哟？"

等他出去的时候，任锦那个小迷弟早就已经迫不及待地等在了门口，一看到他当即迎了上去："路哥，怎么样，是不是 A 级啊？"

路景宁看了他一眼，摇了摇头。

任锦脸上的笑容顿时一耷拉，但也很快安慰道："没关系，B

也挺好！安愈者能到B级也已经很强了！"

路景宁说："也不是B。"

"啊？"任锦的表情看起来整个人都有些不太好了，不可置信地压低了声音，"C级？不是吧？"

路景宁笑："不是C。"

任锦久久地没有说话，紧紧地抱住自己的脑袋。

F级？他强大到能够一挑二的路哥居然和他一样是F级？

不信！绝对不可能！

路景宁看着小迷弟这么丰富的情感波动，好笑地揉了一把他的脑袋，也不继续逗他了："放心吧，也不是F。喏，你自己看。"

任锦茫然地抬头看去，视线扫到检测单的第一眼完全没反应过来。再看了一眼，还是觉得有些不可置信，他用力地揉了揉眼睛，等第三次确确切切地看清楚之后，震惊到完全没能控制住自己的音量，顿时一声惊呼："S级？路哥，你的气能浓度居然是S级！"

他平日里说话声小，声音再大其实也大不到哪里去，但是过分震撼的信息量，也足以叫原本嘈杂无比的过道里一瞬间寂静无声。

哈？他们听到了什么？

S级？安愈者？

路景宁感受到周围投来的视线，微微俯身，手指按上了任锦的唇，冲他轻轻地眨了下眼："嘘，低调。"

任锦无言以对，这还能低调得了吗？！

第三章
一个大型收服现场

这种事情当然低调不起来，很快一传十十传百，在本来就不大的安愈者圈子里完全传开了。

很多人不敢找路景宁，就悄悄找了当时看过检测单的任锦，得到肯定的回复之后，只感到这个世界有些太过梦幻。

能够来帝海军大读书的安愈者们往往有着一颗参军的心，但是众所周知，安愈者在气能影响下在无畏者跟前总是低人一等。之前听说无畏者那边出了个S级浓度拥有者，又是羡慕又是嫉妒，看着自己这可怜巴巴的C级B级气能更是悲从心中来。

可现在不一样了，他们这届的安愈者里，竟然也出了一个S级！

安愈者新生彻底振奋了，仿佛苍穹被突如其来的一道光猛然划开，虹桥初露，一道普照的光芒冲散了所有的阴霾。

这大概就是扬眉吐气的感觉吧！

等任锦在万众簇拥下回到寝室时，全校的安愈者们已经默契无比地形成了一个"路哥后援会"，而他，则无比光荣地成了后援会会长。

此刻所有的人都只是一时兴起，没有人知道，在日后，这个会长将会是一个多么响亮的名号。

而路景宁这个当事人还不知道自己不知不觉间已经拥有了一个充满迷弟迷妹的粉丝会，这时候的他心里琢磨的，还是今天晚上分院的最后一个项目，也是最让他头疼的项目——理论考试。

气能浓度的评测等级不过是进入各院的一个门槛，测评结果只要高于各个学院的最低要求，就会转化成相应的考分。

而路景宁想要去的四院属于对气能要求最高的，必须是 A 级以上。足以看出门槛之高。

S 级的路景宁毫无疑问顺利通关，并且直接转化了 200 分，加上他之前实战考试获得的 280 分，一共是 480 分。这样绝对的高分，实际上已经够他进入心仪的综合战争学院了。

按照路景宁原来的意思，晚上的理论考根本都不用去参加，奈何帝海军大要求所有的新生必须到场，不然之前获得的所有考分都会作废。

没有办法，他看着时间差不多了，只能在裤兜里插上了一支激光笔，晃晃荡荡地来到了四院的准预备生考试现场。进门的一瞬间，所有人都条件反射地朝他看了过来，然后又各自做自己的事了。

这种临考时刻，实际上非常适合临时抱佛脚，但是因为下午气能检测的关系，有近乎四分之三的人没能达到 A 级，已经注定无缘四院，所以也就干脆没有把这理论考太当回事，三三两两地聚在一起闲聊了起来。

起初路景宁也没太在意，见于擎苍还没来，就随便找了个位置坐了下来，结果还没等他找到舒适的姿势打盹儿，旁边几句零零碎碎的话就传入了耳中。

"唉，你们听说了没，安愈者那边在疯狂传着，说今年他们出了一个S级的持有者。”

“哈哈哈，他们该不会听说我们这有S级的气能受刺激了吧？”

“这牛皮可就吹大了，S级的安愈者，我太太太太太爷爷都从来没有见过。”

“其实也能理解他们的不服气，可谁让他们天生就是安愈者呢。”

“一个个都说有个S级，跟真的似的。”

路景宁刚刚闭上的眼睛又睁开了，眼神迷离地朝着那边热烈讨论着的几人扫了一眼，揉了揉关节，懒懒散散地走了过去，忽然抬手，朝着桌子上重重地一拍。

“嘭——”的一声，力量虽然有所控制，但是巨大的动静依旧吸引了所有人。那些无畏者不可避免地被吓了一跳，正要发作，在看清那头标志性的金发时，把到嗓子口的话硬生生又憋了回去。

如果说最初不熟的时候，他们可能还会看轻路景宁一点，但是实战考试的过程中这位仁兄徒手拆机甲的表现实在太强悍了些，现在虽然知道他是一个安愈者，却也没有人再敢把他当成一个普通的安愈者来看待了。

知道这人过分暴躁的性格，几个无畏者互相交换了一下眼神，恨不得时空穿梭回去给刚才多嘴的自己一巴掌。

怎么可以忘了考场里还有这么一位爷在呢！

见路景宁一时没有说话，有人干干地扯了扯嘴角，试图做一些挽回：“那个，同学，我们刚才吧，其实也没有看不起安愈者的意思。”

其他人也跟着干笑，纷纷附和：“是的是的，真没那意思。”

路景宁顶着全场的视线轻轻勾了勾嘴角，眼睛眯了起来，声音不大，却也已经足够让考场内的所有人听清，不徐不缓地吐出两个字来：“是我。”

新生有些茫然：“啊？”

路景宁语调无波："传闻中那个 S 级的安愈者，是我。"

新生干笑："同学，你别开玩笑了。"

路景宁懒洋洋地垂了下眼睫:"我看起来像是开玩笑的样子吗？"

新生脸上的笑容在他的注视下瞬间僵住，接不下话来。

光是这从容的态度和傲慢的睥睨，确实不像。

但是，要让他们这些没能通过气能浓度检测的无畏者一下子接受真有安愈者达到了 S 级水准，也确实有些困难！

所以，传闻都是真的？一瞬间，时间仿佛被按下了停顿按钮，全场陷入了一阵诡异无比的沉默。

闻星尘几人进入考场的时候，见到的就是这样一副画面。

于擎苍在实战考试后就跟这宿舍的两人搭了个伴，因为神经过分大条，并没有感受到室内氛围的异样，一眼扫到路景宁就兴奋无比地冲了过去："路景宁，听说你们安愈者出了一个 S 级的气能？不用问，一定是你对不对？！赶紧说说，说说？"

新生们："……"

路景宁微微一笑，正准备开口，有一个身穿军装的男人大步流星地走了进来，语调严肃地打断了他们："所有人各自归位，都检查一下自己的证件资料，考试马上开始，从这一刻开始禁止喧哗。"

男人冰冷的视线在场内扫过，无形的压迫感顿时让所有人噤若寒蝉。那张脸上冷峻得没有一丝表情，当视线从路景宁身上划过时才略微停顿了片刻，露出一抹堪称笑容的弧度："哦，就是你吧，那个 S 级气能的安愈者？"

话音落下，所有的无畏者新生下意识地捂了捂胸口，各个角落都清晰地传来了阵阵抽气的声音。事情发展到现在，根本不需要路景宁自证，已经直接得到了官方的盖章认证。

不管多不愿意相信，他们这些无畏者还因为达不到 A 级而被淘汰出局，这边居然真的出了一个 S 级的安愈者？

这个世界到底怎么了？

路景宁倒是对这样的发展非常喜闻乐见，对上男人的视线，笑吟吟地开了口："是我，老师好啊！"

"我未必会成为你的老师。"男人打量了他一眼，依旧是公事公办的语调，"不过，欢迎加入综合战争学院。"

根据路景宁实战考试的分数和气能浓度等级的加成，已经可以提前确定拥有四院的一个席位了。

他同样也是综合战争学院建院以来的第一个安愈者学生。

这样的绝对荣誉下，如果换成其他人大概还会努力地再提升一下自己的总分，但是路景宁看到那些理论内容就头疼无比，拿一分是一分的打算，根本就不存在。

当眼前的虚拟屏幕上显示出理论考的题目后，他用激光笔在上面龙飞凤舞地签下了自己的大名并完成学号的录入后，就直接趴在桌上睡起觉来。

其他为了尽可能地凑够考分而奋笔疾书的无畏者新生们无意中抬头，正好看到了在一群笔直的背影中格格不入的那人："……"

这还考什么考啊！心态崩了，彻底崩了！

这一天的情况就是这样，结束气能检测后的下午，在场的安愈者新生们都疯了，而等到晚上从理论考考场出来，所有的无畏者新生也相继疯了。

这种名字叫"S 级安愈者"的发疯病毒持续蔓延，一夜过后，全校都跟着彻底疯了。有的人迫不及待地想看看这个 S 级气能的安愈者到底是何方神圣，还有那么一部分人依旧保持着怀疑的态度，不过这种怀疑的态度持续不了多久，因为次日下午，所有新生的分院结果就已经正式公布了。

信息公示栏跟前，水泄不通地挤满了人，有顺利进入自己心仪学院而满心欢喜的，也有错失机会而懊恼难过的。

最角落的那个公示栏上只有六十个名字，比起其他几处密密麻麻一大片，看上去显得空旷很多。这是今年四院录取的新生名单，名额一如既往地稀少，在公布现场却最受关注。

这份名单上面，两位 S 级气能的新生尤为引人注目。

这两人都被分配到了综合三班，一个叫闻星尘，一个叫路景宁，一个是无畏者，一个则是……安愈者。

是的，一个进入到帝海军大综合战争学院的安愈者！

就在这份名单公布出来的那一刻，全校师生全都牢牢记住了路景宁这个注定不平凡的名字。

因为早就已经提前确定了录取资格，路景宁并没有去看分院公告，而是缩在被窝里睡了一上午的懒觉。

他从小就特别喜欢睡觉，不管做什么事情总能见缝插针地打个盹儿，也不知道跟自身那有些特殊的气能有没有关系。

言和彬出门的时候路景宁就睡在那里，回来时发现这人依旧保持着这个姿势一动不动，忍不住走到床头用液晶板轻轻拍了他一下："还睡？不起来看看课程安排？"

"什么课程安排？"路景宁迷迷糊糊地把被褥拉开一条缝。

言和彬说："分院结束了，各班的课程当然也出来了。今天下午就有班级开始上课了，你如果想继续睡，总得先确认下有没有课。"

路景宁微微愣了一会儿，把床头的终端拿过来一看，果然有一份等待接收的新文件。

打开一看，他在当天下午还真的有课程安排。

《气能管理与运用》，一看这名字就特别高端大气上档次，是高中时期从来没有接触过的内容。

路景宁生无可恋地揉了一把凌乱的头发，又随便翻看了下通讯器，发现里头有十来条未读讯息。

其中有三四条都是来自于擎苍的，看了看，主要内容就是通知他分班完毕了，并为没能跟他进同一个班级而表达了遗憾，最后顺便提醒了一下下午有课，让他千万不要睡过头了。

睡觉这种时刻，这位过分了解他的老朋友从来不会来打扰他。除了于擎苍的消息外，剩下的都是来自他的老爹路空斌的。

前面几条讯息的语调看起来还算平静，基本上是在故作镇定地询问他最后的分班情况，后面几条看上去就明显不耐烦了起来。

再后来，应该是亲自打电话到学校问过了，语调忽然间格外地振奋，最后在一直没有得到任何回复的情况下，干脆就发了段音频过来。

路景宁打了个哈欠，也没多想，懒洋洋地就按下了播放键。

路空斌的声音瞬间毫无保留地公放了出来："真不愧是我的宁崽啊，居然直接就是Ｓ级气能！果然有我年轻时候的风范哈哈哈哈！恭喜如愿以偿进入四院啊，不过这才是第一步，日后一统帝海军大就看你的了，放手去干吧，老爸永远都支持你！一定要让他们看看，我路空斌的儿子到底有多么优秀啊哈哈哈哈哈……"

后面的内容没有放完，路景宁手一抖直接关掉了。

满头黑线地回过头去，正好对上言和彬投来的视线，顿时尴尬地扯了扯嘴角："咳，我爸就这样。"

言和彬了然地"哦"了一声，非常客观地评价道："令尊挺有活力的。"

路景宁无语。

毕竟下午有课，路景宁只能心不甘情不愿地起了床。

到了饭点也懒得去食堂，随便热了一份真空盒饭吃了，看时间差不多了就准备出门。

他刚换上鞋子，就听到言和彬问了一句："不戴顶帽子吗？"

路景宁看了眼外面恒星有些炽热的光芒，随口应道："啊，不用，我不怕晒黑。"

言和彬其实并不是这个意思，不过也没多说，继续专注自己的机甲模型。

路景宁背着一个挎包出了门，等走到半路的时候，才明白过来言和彬出门前那样问他的原因。

早上他没出门，自然不能切身感受自己在校内引起的轩然大波。

综合战争学院因为是全校生源最精良的院校，为了呼吁学生们更加积极地向这些精英看齐，公告栏上除了整齐统一地公布了所有入选者的名单外，还特地配上了所有精英新生的照片，经过一早上的时间，几乎所有到场的人都清晰地记住了路景宁的样子。

正因为这样，他走在路上总能收到四面八方投来的目光，俨然就是新晋的风云人物。

这要放其他人身上，怕早就尴尬地夺路而逃了，可路景宁胜就胜在脸皮够厚，一路接受着视线的洗礼，甚至还挺享受，慢悠悠地走着，等晃到教室时，距离开课也就剩下不过五分钟的时间了。

他的出现让原本热闹的教室安静了一瞬。

一屋子的无畏者里面突然出现了一个安愈者，不管怎么样，总是充满着浓浓的不协调。路景宁目不斜视地走了进去，不出意料地看到了一个熟悉的身影，便走过去笑眯眯地问道："这里有人吗？"

从他的角度看去，闻星尘旁边的位置确实是空着的，但是其他人却知道，刚才坐在那里的姜栾只是去上洗手间了。

所有人都以为路景宁会遭到拒绝，却听闻星尘淡淡地应道："坐吧，没人。"

然后，便见他面不改色地将姜栾的背包从桌子底下抽了出来，随手扔到了后方的座位上。路景宁当然是毫不客气，直接把包往抽屉里一塞，大大咧咧地坐了下来。

等姜栾回来的时候，就发现自己的位置上多了一个人，等看清楚那人的模样后，敢怒不敢言，一脸委屈地走向了后排。

其他人不敢招惹闻星尘，顿时积极地围到了姜栾身边，小声打探道："他们两人，什么情况啊？"

姜栾把包重新放好，面无表情地道："知道小明的奶奶为什么活了数百年吗？因为从来不多管闲事！"

众人："……"

姜栾冷漠孤傲地把人打发走，看着眼前的两个人，那两人凑在一起也不知道在说什么，只看到两只紧紧握着的手。

路景宁和闻星尘正在比手劲。

闻星尘说："你的力量确实挺大的。"

路景宁说："对吧，要不然怎么能是 S 级呢，嘿嘿。"

闻星尘说："这点，之前确实没想到。"

路景宁反问："怎么，安愈者不能是 S 吗？"

闻星尘说："测试之前，我也同样没想到自己会是 S 级。"

听完这句补充，路景宁觉得顺耳多了，露出了一抹嚣张无比的笑容："所以啊，闻星尘，以后你可要小心些了！新生第一的位置，我可是势在必得！"

闻星尘垂眸看了一眼他过分耀眼的脸，嘴角微微勾起："加油。"

路景宁："……"

有时候这个家伙真的是让人感到非常讨厌，总是一副与世无争的样子，淡淡然然地给加油鼓劲上这么一句，也难怪上次那谁冒冒失失地来挑事，反倒被气个半死。

听着总觉得是在无形地挑衅！

想到上次见到的那个普信男，路景宁忽然产生了一丝兴趣。

也不知道分院结果出来之后，那人的脸疼不疼，肿了没？

上课铃声响起，一个挺拔的身影从门口走了进来："大家好，我是你们《气能管理与运用》课程的老师，纪翰。"

路景宁看到来人时微微愣了一下，没想到正是那天理论考时说未必会教到他的那个监考官。

只能说，还挺有缘的。

纪翰说话的风格一如既往地干脆利落，在自我介绍完毕之后，非常果断地切入了正题："那么，为了可以更好地了解各位的情况，第一堂课上，我会先邀请各位同学上来依次展示一下你们的气能，请各位随时做好准备。"

有人迟疑了一下，还是弱弱地问了一句："老师，是……所有人吗？"

纪翰说："对，所有人。"

话音落下，周围鸦雀无声。能够进入四院的至少都是 A 级以上的精英，对自己的气能自然都充满了自信。

如果放在正常情况下，就算要在公众场合展示也都不会有任何问题，可眼下的情况却是——他们班里可还有着一个安愈者啊！

众人下意识地把视线惊恐地向路景宁投去。

所有人都知道无畏者气能的天生压制力，一般的安愈者根本无法承受，就算是无畏者之间，气能关系也是互相压迫，老师难道是准备让他们表演一个大型的"自相残杀"现场，又或者说，只是单纯地想考验一下他们的忍耐能力？

第一堂课就要玩这么大的吗？！

路景宁感受到同学们投来的视线，心里暗暗翻了个白眼。

又看他，又看他！一天到晚就知道看他！怎么的，没见过这么霸气外露的安愈者吗？

纪翰似乎并没有感受到学生们的犹豫，又或者说，即使有所感受也没有放在心上，扫视了一圈，问："五个人一组，有自愿上来的吗？"

没人吭声，显然谁都不愿意当这第一波的试验品。

纪翰直接拿出花名册来，随便报了几个名字："苗汾、步英豪、居靖、杜曼凝、姚开宇。"

被点到名字的人只能心不甘情不愿地站起身来，走上台去。

帝海军大的教室有些特殊，除了安排学生入座的阶梯外，将演讲台上一系列器材由机械臂收回后，便会露出一大片空旷的场地来。

被点到名字的几人站在空地中央围成一个圈，毕竟都是新生，大眼瞪小眼地站着，不知道下一步应该怎么做。

纪翰提示道："不用刻意控制，将其他人想象成你的对手，集中精神尽可能地爆发自己的气能就行，开始吧。"

台上的几人闻言，双手一个个都紧紧地握成了拳，脸上的表情也渐渐凝重起来。

五人中有两个女无畏者和三个男无畏者，虽然都是新手，但是A级气能的底子在那里，同一时间全力爆发出来，就算隔得甚远，座位上的同学也都隐隐感受到一种浓烈的压迫感，一时间所有的注意力都落在了场上。

为了可以在第一堂课上留下一个好印象，台上的人显然都憋足了劲，一边抵抗着其他人的气能带来的震慑，另一边又示威性地展现着自己的气息，宣誓着自己的强大。

男女体质上到底还是存在着差别，居靖和杜曼凝两个女生率先支持不住，喘着粗气退让出了中央那块被气能斥满的区域。

另外三人还在较劲，片刻之后，苗汾和步英豪也陆续败下阵来，只留下姚开宇一个人傲然地站在场上，这才将自己的气能都收敛了起来，汗流浃背地露出了释然的笑容。

纪翰一直站在旁边做着记录，结束后抬头扫视了一圈，逐一点评道："居靖，你的气能爆发性较强，但是持续性不足，估计会影响将来的机甲实操；杜曼凝刚好相反，虽然比较持续稳定，但是爆发强度不够，很容易在实战中处于劣势；苗汾，你的峰值峰谷波动太大，这种间断性爆发必须改过来，不然会吃大亏；步英豪的话，每个指标分布都比较均匀，但是太过均匀也未必是好事，也就意味着各方面的实力有所缺乏，都需要进行提升；至于姚开宇……"

说到这里，纪翰稍微顿了一下，露出一抹赞许的笑容："不管是掌控能力还是身体强度，都很不错，是目前为止最好的一个。"

得到点评之后，所有人都默默地将自己的优劣势记了下来。

有了第一组的示范，剩下的人心里多少都有了底。

不过刚才那集体爆发的感觉着实让大家感到非常新奇。

也得亏眼下在场的都是 A 级以上的气能持有者，要换成其他学院那些 B 级、C 级的学生，就算距离较远，恐怕在这样强大的气能震慑下也很难承受。

作为场内唯一一个安愈者，所有人都以为路景宁会中途退场，谁料直到第一组从台上下来，他看上去依旧没有表现出半点异样。

非但没在这样强大的无畏者气能下受到影响，反倒面不改色地凑在闻星尘旁边评头论足。

路景宁笑吟吟地问："闻星尘，你什么时候上？他们的气能都不行啊，不知道你的气能够不够劲？"

闻星尘看了他一眼，饶有兴致地笑了一声："等会不就知道了？"

路景宁也笑："真是期待啊。"

姚开宇回座位的时候看到路景宁那泰然自若的样子，眉心微微拧紧了几分。虽然距离较远，但是在他全力爆发的情况下，从来没有安愈者可以像路景宁这样仿佛什么事都没发生过。

路景宁这种没事人的态度让他不由得感到了些许挫败，就连纪翰的认可所带来的成就感，也不自觉地被冲散了些许。

第一组全部归位之后，纪翰又象征性地问了一句："下一组，有没有人自愿上来？"

这回和上次不同，转眼间就有五人冲到了台上。

四院每年录取的学生数量不多，说是一个学院，其实却只有一个专业，分为三个班级后，每班也不过是二十人而已。

这时候大家早就已经反应过来了，按照纪翰这种分组的方法，全班总共就四组，如果一直被动地等点名，估计一不小心就要跟路景宁分在一组。

虽然这些无畏者新生并不觉得安愈者的气能在作战模式下能有多大的压迫感，但是却不得不考虑路景宁的安全问题。

路景宁对于这些人过分积极的上场态度感到不是很能理解，但也没太放在心上，转头问闻星尘："你准备什么时候上？"

闻星尘想了想："第三批？"

路景宁点头："行，那我第四批。"

坐在后头的姜栾将他们的对话听在耳中，因为没能抢在第二批上场，在人神交战片刻之后，忍痛决定留在最后。

但是，如果碰上闻星尘就不一样了，按照他以往对这人的了解，跟他对垒的话，只怕是还没开始就已经结束了。

第二批的气能展示也非常顺利，A级气能的学生们根据自我认知来发挥气能功效，实际表现出来的强度基本上没太大差别。

到了第三批的时候，闻星尘从椅子上站了起来。

路景宁笑眯眯地朝他挥了挥手："加油。"

闻星尘应道："好的。"

展示开始，三秒钟之后，直接结束。

纪翰不语。

结束得太快，连给他记笔记的时间都不够。不过也足以看出，S级和A级气能之间，到底还是存在着天壤之别。

秒败的几人看起来很是沮丧，实际上不只是他们，就连隔了极远距离的其他人，脸色都不可避免地有些泛白。在此之前，他们从来没有感受过这样强大的压迫感，就好像一只无形的手牢牢地遏制住了他们的咽喉，完全没有给他们半点喘息的机会。

前面两批人不由自主地庆幸自己提前上去完成了展示，要不然，被闻星尘这样强大的气能一震慑，接下来的发挥很可能会受到影响。

心有余悸之下，他们看向等待上台的最后那批同学时，神色间不由得带上了几分同情。

看得出来这几个无畏者确实大受刺激，脸色苍白了不少，就连站起来的身影都有些摇摇欲坠。

无畏者尚且如此，更不用说路景宁这个安愈者了……

所有无畏者脑海中几乎都是同样的念头，结果，当他们看向路景宁时，却惊讶地发现他的脸上非但没有半点受影响的样子，反倒是比之前显得更加神采飞扬。

看那双眼睛，整个都亮了起来，惊喜之情溢于言表。

闻星尘回来的时候，先是遥遥地打量了一眼路景宁的状态，才放心地走了过来，询问道："感觉怎么样？"

路景宁也不客套，给予了强烈的肯定："非常好！"

闻星尘满意："那就好。"

两人只言片语的交流，换来了一众偷听者世界末日般的震惊。

纪翰的激光笔轻轻地在笔记本上敲了两下，轻轻地咳嗽了两声，拉回了众人的思绪："下面，最后一批。"

路景宁揉了揉关节，懒懒散散地从椅子上站了起来："啊，终于到我了！"

路景宁这一起立，全场视线都不约而同地落在了他的身上。

这也是没办法的事，光是"四院唯一一个安愈者"的设定，就注定了天差地别的受关注待遇。

往台上走的时候，姜栾不动声色地凑到了路景宁身边，小声地说道："一会测试的时候你朝我这边靠，放心吧，我会尽量控制一下爆发的，这样多少也能让你减轻一点负担。"

秉着实战考场上同生共死的革命情谊，他这样也算是非常体贴入微了，可路景宁却是语调散漫地拍了拍他的肩膀："谢谢啊，不过我觉得，你还是先照顾好自己比较好。"

姜栾说："唉？我也是为了你好啊！"

路景宁还以一笑："我也是为了你好。"

"……"姜栾就这样看着路景宁晃晃悠悠地走到了距离他最远的斜对面的位置，顿时有些生无可恋地凭空比画了一个人体的弧度，心里忍不住疯狂吐槽。

唉，现在的安愈者难道都不走柔弱路线了吗？怎么随便碰到一个就这么要强呢，接受一下保护而已，用得着特意离他远些吗？

心里想着，姜栾也到位置上站好了，啧，不领情拉倒！

眼见所有人都已经就位，纪翰把手中的笔记本又提了起来，语调无波地道："开始吧。"

话音一落，虽然多少有些犹豫，但是最后一批学生也调整了一下状态，开始了气能的释放。

目前场上的四个无畏者虽然比不了闻星尘，但是气能强度在班里也都是中等偏上的，这样同一时间的爆发，让坐在位置上的其他学生也多多少少感受到了迎面而来的压迫感。

虽然之前路景宁表现得云淡风轻，但是坐在座位上的距离跟站在台上毕竟差异巨大，作为全班唯一的安愈者，所有人都下意识地朝他看去。

一时间，场上格外寂静，无形的力量在互相牵制、抗衡着，暗涛汹涌下锋芒毕露。

就在同台的几人积极证明着自己的时候，只有路景宁静静地站在那里，别说释放气能了，就连姿势都没有动过一下。

有的人已经从位置上站了起来，神态不由关切。这是身体果然感到不适了吗？又或者说夹在这么强烈的气能当中，被震晕过去了？

果然，不管平时表现得多么强悍，这样近距离地受到无畏者气能的冲击，对于一个安愈者来说还是太过为难了一点吧？

就当有人开始考虑要不要上台去把他拯救出来的时候，忽然看到一直没有动作的路景宁缓缓地抬起了手臂，放到了自己嘴边，然后，慢悠悠地打了一个哈欠。

众人：这……说好的晕了呢？！

纪翰恰好完成了记录，看到的就是这幅情景，不由皱了皱眉："路景宁，还有力气释放气能吗？"

路景宁打完哈欠后，眉目间仿佛笼罩了一层雾气，闻声眨了眨眼驱逐了些许睡意，反问道："老师，其他人都观察完了？"

纪翰无语："你管好自己就行。"

路景宁轻笑了一声："好的好的，那我开始了啊。"

场上的几个无畏者互相斗了半天，本来还担心自己会不会影响到这位安愈者同学，没想到对方一副丝毫没有半点感觉的样子，差点吐出一口老血。

但是这时候听路景宁说完，这些人却又忍不住地警惕起来。

路景宁仿佛半点没有感受到他们异样紧张的情绪，只是懒洋洋地抬了抬眼睫。就在这一瞬间，全场原本飘散在空中的无畏者气能仿佛豁然凝固。

紧接着，无风的氛围中有一种无形的力量将重力死死地往下一压，全部的气流就这样完全凝固在了空中。

不管是场上的人，还是站在座位跟前的人，忽然间都不由得有些失神。这是他们以前从来没有过的感觉，就好像，有什么东西牢牢地束缚着他们的四肢，动不了分毫。

两秒钟的停顿，原本静静笼罩在路景宁身边的气息，豁然炸开。

有股巨大的风，就这样以他站立的位置为圆心，朝着周围宣泄开去。无畏者们一时间不由得都恍了一下神，接着便感到有一股电流从体内流过，四肢便不可控制地产生了若有若无的麻痹感。

毫无预兆的，在本能的驱使下，一种不好的预感油然而生。

然而浓郁的气能一经释放，顿时如同山洪倾泻般，早就已经在无形中将充斥在场馆当中的无畏者气能吞噬殆尽。

就这样以强势无比的做派，席卷了教室的每个角落。

这一刻，已经没有人有余力再担心一丝半点其他问题了。

此时此刻，他们在一种神秘力量的压制下，光是保持站立的姿势，都仿佛显得无比地艰难。

学员们看向路景宁的表情一时间不可控制地带上了一丝惊恐。

这是什么样的魔鬼？！

和闻星尘的 S 级气能完全不同，闻星尘当时那种过分强烈的压迫感仿佛是君临天下的王者，让他们在震慑下不可避免地感到臣服，而现在的路景宁却像极了睥睨天下的神明，在生理和心理的双重压迫下，让他们下意识地想要……跪下。

嗯？身为一个无畏者居然想要去臣服一个安愈者？这都什么鬼！

当这个词从脑海中闪过的时候，所有学员都不由感到有些羞恼，只觉得不是这个世界疯了就是他们自己疯了。

此时此刻，他们只能苦苦支撑着去维持身为无畏者的最后一丝尊严，但是头痛欲裂的阵痛感却让双脚已经止不住地隐约颤抖了起来。

台上的几个学员距离最近，只听接连地"扑通"几声，有人已经支撑不住，陆续跪了。姜栾相对起来支持得还算久一点，但也坚持不过几秒，整个人也栽倒在了地上。

有了示范性的开端，场内仿佛按下了快进键一般，即使距离甚远，座位跟前的无畏者们虽然努力地撑着桌面，但也依旧无法控制地接二连三倒在了位置上。

至于那么一部分死要面子的咬紧牙关想要站立不倒，也不过多坚持了两秒钟，结果反倒是连坐回去的机会都没有了，一个接一个地跪成了一片。

好在教学期间的教室门是紧紧关着的，要不然有人路过的话，看进来俨然就是一个大型的跪拜现场。

路景宁倒是见好就收，看着差不多了，就不动声色地将自己的气能敛了起来。

第一反应就是回过头去，只见不远处的区域里早就已经东倒西歪一片狼藉，一眼就看到了那个傲然而立的人影，眉目间诧异的神色一闪而过，出于满意嘴角的弧度不由分明了几分。

闻星尘没有跪下，那可真是太好了！

场内的压迫感渐渐退去，所有的无畏者只觉得全身一轻，居然有了一种劫后余生的感觉，差点没有喜极而泣。

跪在地上的人互相搀扶着站了起来，脸色多少有些不太好看，看向路景宁的视线里更多了几分复杂的情绪，却都心照不宣地没有多问半句。

一群无畏者被一个安愈者给震跪下，这种事情如果传出去，他们这些人的老脸怕是要荡然无存。

这样想着，他们下意识地回头朝着闻星尘看去。要不怎么人家是 S 级的，他们就是 A 级的呢，果然不是同一个级别的！

闻星尘可以感受到四面八方投来的视线，不用猜就知道他们想的是什么，眼睫不动声色地垂落几分，没有让别人看到他微红的眼角。

他还是第一次差点控制不住自己，还好距离远，要不然……

而此时，某人就这样晃晃荡荡地回到了座位上，在闻星尘面不改色的样子下，大大咧咧地勾上了他的肩膀："闻星尘，可以啊，这都站得住？"

闻星尘的视线掠过那只落在他肩上的手，似笑非笑地说："这是我感觉最舒服的气能，为什么会站不住？"

旁边，劫后余生的姜栾才撑着自己依旧发软的双脚艰难地挪回座位，正好听到这么一句话，惊得不由瞪大了眼睛。

感觉最舒服的气能，你是认真的吗？！

课程进行到这里，基本上全员瘫痪，其他项目自然进行不下去了。

纪翰便干脆把后面的内容改成了理论课程。

下课铃声响起，所有人都有气无力地走出了教室，短短一堂课的时间，仿佛集体被掏空。

纪翰收拾了一下自己的教案，余光瞥见了准备离开的那个身影，忽然开口叫住了他："路景宁。"

路景宁疑惑地抬头看去："老师，还有什么事吗？"

纪翰眉心微拧，沉默了片刻，提醒道："以后记得不要轻易释放气能。"

路景宁恍然，笑着摆了摆手："安啦安啦，放心吧，我明白的。"

"嗯，回去吧。"纪翰目送他离开，神色复杂。

好歹他也是半只脚迈入最高等级的准 S 级气能持有者，但是刚才在路景宁的气能影响下，如果没有扶在讲台上的借力，恐怕连他这个老师也要站不住了。

这个 S 级的安愈者新生，似乎比料想中更超出常规的认知范围。

于擎苍所在班级的课恰好安排在隔壁，铃声一响就直接蹲在了教室门口，看到路景宁他们走出来，非常兴奋地挥了挥手："这里这里！"

路景宁走在最前面，闻星尘不徐不缓地跟在他后头，最后面是步伐虚浮的姜栾。

全身上下的酸痛感让他感觉每一寸细胞随时都可能死死睡去，从来没有如此真切地希望自己是个众人呵护的安愈者，要不然，也不会像现在这样快要死了还无人问津。

没想到的是，于擎苍平日里看起来粗枝大叶的，这时候却细心得很，一起往食堂走去时居然发现了他的不适，非常有同学情谊地走过来牢牢扶住了他。

姜栾感到自己的腿终于没那么哆嗦了，不由感激地看了他一眼："谢谢啊，大兄弟。"

于擎苍给了他一个友好无比的笑容，用余光悄悄扫了一眼前头那两个人，忽然凑到他耳边压低了声音问道："看你们班无畏者集体快死掉的样子，刚才在课上是不是发生了什么刺激的事？"

姜栾："……"

同学情谊个鬼，这家伙就是来八卦的吧！

对上这样充满期待的眼神，他无语地漠视了一眼："知道小明的奶奶为什么可以活……"

还没等他说完，于擎苍已经急不可待地打断了他的话，神色雀跃地问："该不会是路景宁那家伙释放气能了吧？"

姜栾问："你怎么知道？"

"他真放了？！"于擎苍脸上的表情看上去憋笑憋得有些辛苦，非常感同身受地拍了拍姜栾的肩膀，关切地问，"膝盖还好吗？"

被他这么一拍，姜栾原本就有些发软的脚一弯，差点没再次跪在地上，好在眼疾手快地一把拽住了于擎苍的胳膊借了下力，整张脸顿时黑了下来："你觉得我现在看起来像是'还好'的样子吗？"

早知道这样，他就应该选择跟闻星尘一组才对，这样近距离的气能冲击，谁受得了啊！

于擎苍终于忍不住笑出声来："没关系没关系，这种事情一回生二回熟，欢迎一起臣服在路景宁恐怖的支配之下！"

姜栾控制不住地翻了个白眼，终于骂道："滚！"

路景宁听到后头的动静，奇怪地问闻星尘道："那两人的关系什么时候这么好了？"

闻星尘头都没回："大概，刚刚？"

到了食堂，四个人找了个位置坐了下来。

开饭前，于擎苍默默地为综合三班的集体无畏者再次点了根蜡，才想起一件事来："话说，学校马上就要举办古篮球大赛了，据说是以学院为单位，你们两个 S 级的应该都会参加吧？"

闻星尘往嘴里送了一口饭，虽然没说话，但看得出来兴趣不大。

不过于擎苍的话显然不是对他说的。

果不其然，旁边的路景宁倒是饶有兴趣地看了过来："古篮球赛？帝海居然还办这么古早的活动呢？"

于擎苍说："还不是为了尽快地让新生融入到学校的氛围当中来嘛！我也是刚收到的消息，具体的通知应该明天就会下达。我说路景宁，你作为全校，哦不，全星际唯一的一个S级安愈者，别告诉我这时候不准备去出一波风头，这可不像你的作风啊！"

"谁说我不去了？"路景宁笑，"这种时候不都是无畏者的主场吗，我最喜欢打无畏者了！到时候等我直接把气能一放，呵呵呵呵呵……"

姜栾本来安静地吃着饭，闻言脚上应激性地一软，差点没再次跪下。

"想什么呢你，怎么可能让你使用气能啊？"于擎苍清了清嗓子，"都说是古篮球赛了，当然是用最远古的方法了。要是所有人都乱用气能，那还打个屁，这场上还不得彻底乱套啊？"

路景宁有些遗憾地"哦"了一声："那也行吧，反正用不用都没什么差别。"

于擎苍神色间透着几分期待："按照学长们说的，每年的篮球赛基本上都是我们四院展露雄风的时候，毕竟我们四院随便拎出去一个都是精英！"

旁边，姜栾继续安静地扒着饭，眸底的神色在听着他们交谈的过程中，不易察觉地微微亮起了几分。

古篮球赛？掌声，呐喊，吹捧！

呜，他现在急需转移注意力来摆脱这路景宁魔鬼恐怖的阴影笼罩，安慰下那千疮百孔的弱小心灵。

这个活动，他太可以了！

第四章
我护着，有问题吗？

果然就像于擎苍说的那样，关于古篮球比赛的消息很快在一年级新生之间传开了。

路景宁、于擎苍和姜栾三人都无比积极地报了名，出乎意料的是，之前说没有什么兴趣的闻星尘，也提交了申请表格。

任锦来路景宁宿舍串门的时候听说了他参赛的消息，激动得当即抱着通讯器跑了出去，说是要把这个惊天好消息告诉后援团的兄弟姐妹们，到时候一定要去现场为他们的安愈者之光撑场子。

路景宁对此也没有往心里去，球赛举办的当天，穿着球服就这样懒懒散散地站在了四院的阵营当中。时不时有其他学院的学生路过，投来的视线先是在闻星尘身上停留了片刻，然后就牢牢地落在了路景宁这个传说中的 S 级安愈者身上。

路景宁靠着栏杆，懒洋洋地抬了抬眼睫没太搭理，被围观得多了，才歪了歪身子，对旁边的人说道："这些人老看我做什么？想刺探敌情？"

闻星尘扫了一眼他那头灿烂的金发，不轻不重地开了口："大概是因为你比较醒目。"

路景宁顺着他的视线，轻轻地拉着发丝瞅了两眼，微微拧眉："是这样吗？那我是不是要考虑去换个其他发色？"

闻星尘说："不用，金发挺好看的。"

路景宁点头："行吧，那就不染了！"

闻星尘这人不管什么事情都挑剔得很，既然他说好看，那一定就是真的好看了。

这边的两人有一句没一句地聊着天，其他学院休息处的人暗中观察着，光从休息区的人数来看，四院总共就来了八个人，跟其他学院首发加预备总计二三十人的大阵仗比起来，显然有些不够看。

可是，任谁都知道四院的总人数虽然少得很，却偏偏胜在个个都是精英，要说球赛里最不能小瞧的，无疑还是他们。

更何况，今年的四院里还有两个 S 级大佬。

虽然只是气能浓度的分级，但一个人的气能往往会直接影响到自身的身体素质，这在古篮球赛上，照样是得天独厚的优势。

其他学院的压力无比巨大，但也同样的，如果能够在场上打赢四院，即使只是一场古篮球赛，以后出去的时候也能说一句"我曾打赢了 S 级"，都是绝对的排面！

随着观众陆续落座，所有的参赛者不由感到有些蠢蠢欲动，迫不及待地想要秀一秀他们飒爽的英姿。

四院的备战区中，姜栾积极地做着热身，看似漫不经心地摆着帅气的 pose，视线却时不时地朝着观众席上瞥去。

路景宁向来没有做热身的习惯，就这样抱着身子在旁边看着，见闻星尘也坐在那没动，不由得问："不上去活动一下？"

闻星尘靠在椅子上："不用了，也不一定上场。"

路景宁听着觉得也有道理，就没多说什么，视线无意中往看台上出入口瞟去，恰好看到有一队人蜂拥而入，不由轻轻地"哟"了一声。

新进来的一批人全是安愈者，显然是组团来的，这样忽然出现无疑成了场中最惹眼的风景，引得其他参赛者纷纷侧目。

这时，裁判吹响了口哨，示意第一场对战的两个学院开始入场。

二院和四院的队员们纷纷站了起来，感受到看台上来自安愈者们热情的视线，所有人的背脊都不由得挺直了几分。

朝台上走去时，他们还下意识地扬了扬自己的下颌，想要让观众们尽可能清楚地看到他们雄姿英发的大帅脸。

周围的呐喊应援声不断，那批刚刚进场的安愈者看起来也非常兴奋，然而，就当四院最后一人慢悠悠地跟在队伍后面走上场去的时候，仿佛突然间按下了某个奇特的开关，全场的安愈者都下意识地站了起来，突然爆发出的音浪宛若瞬间进入了另一个次元。

"啊啊啊，路哥好帅！安愈者之光万岁！"

"呜呜呜，今天的路哥也是宇宙第一帅呢！"

"我恋爱了，我是路哥的小迷妹！"

……

本来还昂首阔步地朝台上走着的无畏者队员们脚下陡然一个踉跄，差点没直接栽倒在地上。

好不容易回过神来，回头看去的时候，只见路景宁肩上披着一件黑色外套，一只手散散漫漫地插在裤袋里，另外一只手慢悠悠地朝着观众席上遥遥地挥了挥。

一时间，各种惊叫声更是响彻云霄。

对于大部分的无畏者来说，可以露脸展示的机会并不多，结果闹了这么一出，看向路景宁的视线顿时"精彩"起来。路景宁却浑然不觉，朝着对面阵营看了一眼之后问："我们第一场是和二院打？"

于擎苍点头："防卫学院那群人的体质都不弱,估计有的打了。"

正说话间,过来了一个赛场工作人员确认首发出场名单,路景宁根本都不用多想,就大咧咧地站了出来："算我一个。"

这次的队员名单里,路景宁同班的就有三个,再加上一个于擎苍,有了第一堂课上的震慑效果,齐齐点头："你上,你上。"

最后除了路景宁、姜栾和于擎苍之外,上场的还有一班的两个无畏者同学,至于二院那边,也很快把首发阵容确定了下来。

帝国防卫学院对于气能的要求虽然没有综合战争学院高,但他们选人时更看中体能,上场的五个人看起来都人高马大的样子,别说路景宁了,就是于擎苍这样的大个儿,在他们跟前都有些不太够看。

"唉唉唉,感觉也不是那么好打啊。"于擎苍关注了一下两边块头上的差距,顿时燃起了熊熊斗志,"我们今天可不能输,兄弟们!"

路景宁没有吭声,视线落在对面阵营某人身上看了好一会儿,忽然把旁边的姜栾拉了过来:"你看,那是不是那天的普信男?"

冷不丁听到"普信男"这个词,姜栾一时间还没反应过来,等顺着他的视线看去,才恍然道:"对对,是岑俊风没错。"

路景宁的眼睛顿时弯了起来,没等姜栾反应,就朝着二院阵营走了过去。二院的队员们正在做热身,因为路景宁的过分高调本就感到有些不爽,没想到这个安愈者居然还无比嚣张地送上门来了,手上的动作都不由一顿。

路景宁轻挑地吹了声口哨:"大家别紧张,我就是和老朋友打个招呼。"

这几天以来,岑俊风当然早就听说了关于路景宁的一系列传闻。

今天在场上,他本来就一直有意地想避开这个"瘟神",突然间感受到那抹似笑非笑的视线投来,毫无疑问这人是来看他笑话的,脸色不由微微一沉:"有什么事吗?"

"都说了是来打个招呼的，还能有什么事？"路景宁的表情笑眯眯的，态度极好，"上次之后一直没有碰过面，趁着这次机会正好来分享一下我顺利进入四院的喜悦。不管怎么样也算没辜负你的期望，对不对？"

岑俊风的嘴角忍不住狠狠抽搐了一下，扫了眼跟前招摇至极的脸，他紧抿着双唇憋出两个字："恭喜。"

"多谢。"路景宁毫不客气地接受了，忽然向前走了两步凑到岑俊风的耳边，用只有他们两人可以听到的声音似笑非笑地说道，"除了这点，其实我也有一些好奇。你说，如果你们这些无畏者在球场上输给了我这样'天生弱一截'的安愈者，会不会，特别有意思？"

岑俊风甚至来不及读取对方传达的信息，已经出于本能地连退了数步，抬头的时候一脸惊恐。

路景宁完成了挑衅的常规操作只觉得心情颇好，挑了下眉梢就这样神色愉悦地离开了。

四院阵营这边，闻星尘抬头看了眼路景宁神采飞扬的样子，虽然脸上没有什么表情，却忽然抬了下手，轻轻地活动了一下关节。

……

托路景宁的福，比赛一开始，二院那边便拼尽全力地发起了攻势。

不得不说说岑俊风那无可救药的普信男，个人实力确实还不错，可以看得出来二院的战术基本上是以他为中心展开的，进攻节奏把握得也恰到好处，只要球落到他手上，就会引起观众席上的阵阵尖叫。

如果放在平常，妥妥的就是球场上的一个 Super star。

可惜的是，这时候场上还有一个气场全开的路景宁，把其他人全都给打压成了陪衬。

从体型上来说，路景宁一米八的个子确实不占什么优势，可是他控球的能力实在是强得过分，又有着于擎苍在内线控制篮板，硬是把好端端的一场比赛打成了个人秀。

眼见对面的球员来了一个二盯一的协防，路景宁眼底锐利的神色一闪而过，运球的动作后忽然加速，一个晃倒，在跃起在空中的同时手腕处轻描淡写的一个用力，篮球就这样精准无误正中篮筐。

记分栏上的数字再次跳动，比分进一步拉大，全场彻底沸腾了。

但这显然还不能让路景宁这个魔王满足。

看了一眼已经拉开十分的差距，路景宁再次拿到了球，眼见高大的身影又要拦截，他过人的势头在三分线跟前猝不及防地一顿，嘴角微微勾起，忽然间举球过头，整个身子在后仰的同时，投掷而出。

篮球就这样在空中划过一个优美的弧度，然后，应声入框。

一个精准得如同教科书般的后仰三分，尖叫声瞬间响彻云霄，围观的安愈者们差点没被这潇洒无比的英姿给帅晕过去。

姜栾用力地抹了一把额头上的汗，在这样浓烈的氛围渲染下，差点没哭出声来。古篮球赛场上的激情果然太感人了，可惜，这些激情全都是路景宁这大魔王的，而他，什么都没有！

随着四院以绝对的优势拿下了上半场的胜利，全场进入到了短暂的中场休息时间。

一下来，路景宁就被其他队友兴奋地围住了。

他笑嘻嘻地跟人客套了几句，就从人群中走出，毫不客气地在闻星尘旁边的空位上一屁股坐了下来："有水吗？"

闻星尘把自己手里的矿泉水晃了晃，路景宁也不客气，直接就要去拿，却见闻星尘又缩回了手，然后，从旁边掏了一瓶新的出来。

路景宁心想闻星尘这人果然有洁癖，毫不在意地拿过来仰头喝了一口，随口问了句："真不上场玩玩？"

闻星尘勾了勾嘴角："你想我上场？"

路景宁想了想说："也不是，其实上不上都一样。"

闻星尘："……"

休息时间很快结束。

没找到发挥空间的姜栾心灰意冷地退了场，换上了隔壁班的一个高个子。至于二院那边，好像因为暂时的落后闹了一些不愉快，最后直接更换了三个人，进行了一波大换血。

再度上场后，路景宁正观察着周围的情况，忽然有一个人拦到了他跟前，不由得一脸疑惑。

一个痞气的栗色卷毛，饶有趣味地打量了路景宁一番后意有所指地开了口："安愈者之光同学，下半场就让我们一起好好玩耍吧。"

路景宁无动于衷："哦。"

随着裁判的口哨声吹响，比赛正式开始。

路景宁很快读懂了，那句所谓的"好好玩耍"到底是个什么意思。

开局没几分钟，刚接到第一个球之后，卷毛的胳膊就跟他的小腹发生了一次"亲密接触"。

这个轻微的动作连裁判都没有留意到，如果不是看到这人投来了得逞的笑容，恐怕路景宁本人都要以为只是不经意的误伤了。

路景宁感受了一下小腹上的刺痛感，眼底的眸色渐渐阴沉下去。

然而，这样的小动作并不只有这么一次，现在才刚刚开始。

每到裁判看不到的角度，卷毛总能故意耍一些下作的手段，不是磕碰就是推搡，撞击的位置既刁钻又恶毒，特别是在路景宁拿到球权的时候，暗中的脏动作更是要玩出花来。

眼见着路景宁越来越难看的脸色，卷毛反倒笑得好不愉快："安愈者之光这是怎么了，上半场的嚣张劲都去哪了？"

这种举动，要是放在平常，无异于在找死的边缘反复横跳。

但路景宁平日里虽然蛮横，有些事情上却有着自己的底线，路景宁额前的青筋隐约地突突了两下，看了一眼比分牌上的数字，到底还是冷笑着按捺下了暴走揍人的冲动："等会你就知道了！"

卷毛轻轻地"哟"了一声："嘴倒是挺硬，那就看你还能撑上多久了。"

下半场的对抗看起来依旧激烈无比，你来我往的程度比上半场有过之而无不及，碰撞交锋更是让人眼花缭乱，但是隐约间又总觉得少了些什么。

"路景宁这是怎么回事？"姜栾脖子上挂着一条毛巾，神色显得有些困惑，"上半场秀成那样，怎么我一下场就没动静了？是体能跟不上了吗？"

旁边的闻星尘没有回答，而是突然站了起来。

姜栾心下疑惑，在看到闻星尘那面沉如冰的神色时，心头本能地哆嗦了一下，嘴边的话顿时咽了回去。

闻星尘将外套随手往椅背上一扔，语调无波："准备换人。"

因为闻星尘准备上场，四院这边喊了暂停。

路景宁回到休息区，仰头就往嘴里狠狠灌了几口水，看得出来确实憋得够呛。距离近了，可以看到他本就白皙的肌肤上几处隐约可见的淤青，位置比较隐秘，但也逃不过闻星尘的眼睛。

他随手把毛巾递了过去，路景宁抓过来胡乱抹了两把，忽然冒出一句："闻星尘，我最近是不是太温和了？"

闻星尘不知道想到了什么，轻笑出声："好像是有点。"

路景宁狠狠咬了咬牙："就知道是太好说话了，什么牛鬼蛇神都给爬头上来了！等会队伍就交给你了，我是忍不下去了！"

闻星尘说："没问题。"

暂停时间结束，闻星尘套上了护腕，拿起篮球随手掂了两下。

看到闻星尘上场，观众席上突然间安静了一瞬，紧接着，惊天

085

动地的尖叫声差点掀翻馆顶。天呐！本来以为闻星尘这种人坐在场边当个摆设就已经很给面子了，没想到居然真的上了？！

路景宁丝毫没有受到氛围的影响，蠢蠢欲动地活动了下关节："老闻，怎么打？"

闻星尘被他突然改口的称呼弄得微愣了一下，侧眸看了他一眼："你想怎么打？"

路景宁冷冷一笑："我就自由发挥了，你随意。"

闻星尘倒是无所谓："行。"

比赛再次开始，路景宁说到做到，果然就真的再也没有搭理过队员，放纵不羁地开启了"孤狼模式"。

之前因为战术需求，面对二院那群大高个他们没有硬来，选择了以路景宁为突破口开启强攻。但毕竟不是每个人都可以配合得上他的速度，路景宁不得不为了配合队友，而刻意控制了一下节奏。

现在闻星尘一上，四院这边就不需要都压在路景宁一个人身上了，这无疑给了他绝对的发挥空间，干脆就直接撒手不管队里其他人，如同野马脱缰一般，彻底地释放了出来。

再次开始比赛，卷毛感受到路景宁的气场似乎和之前完全不同。

切断了和队友之间的所有联系后，路景宁仿佛彻底跟队伍脱了节，把团队项目玩成了单机，但是即使他始终游离在战局外，闻星尘却总能找到切入点，精准地将球传递到他的手中。

卷毛根本来不及做出任何反应，甚至没等伸手，路景宁就已经从他旁边带球闪过，抛投应声入框，一系列操作完成得无比干脆利落。

愣了几秒后，卷毛在心里暗骂了一声，看着路景宁跟闻星尘默契十足地击掌，语调不善地出言讥讽："安愈者之光到底还是享有特殊待遇啊，水平不怎么样，维护的人倒不少。"

路景宁抬眼瞪去："你说什么？"

卷毛刻意拉长语调："我是说，新生第一名怎么也免不了俗？我们的安愈者之光能和其他人一样脆弱吗？还需要保镖这么护着？"

不远处的岑俊风听到了这边的对话，微微拧了拧眉："比赛呢，少说几句！"

卷毛扫了他一眼，话里有话地轻轻一笑："哟，这还有一个，安愈者之光真的是魅力非凡啊！"

岑俊风脸上的表情微微僵住。

"我看你这张嘴倒是挺厉害啊？"路景宁声音微沉，眼见着就想来上那么一拳，忽然有个力量按上了他的肩膀，将他拉了回去。

只听闻星尘的声音轻飘飘地响起："人家心态崩了，体谅一下。"

卷毛闻言微滞，咬了咬牙："你说谁心态崩了？"

闻星尘也不答他，视线只是这样淡淡地扫过，不徐不缓地说道："只针对你之前说的第一个问题，他，路景宁，我们四院的人。我护着，有问题吗？"

过分有逻辑的一句话，卷毛一时间居然被堵得哑口无言。

闻星尘拉起路景宁的手臂转身就走。

路景宁就这样被拉着走了两步，忽然伸手勾上了他的肩头，不可控制地笑得直颤："闻星尘，你说你这嘴怎么这么损呢？"

嘴上没讨到半点好处，卷毛显然咽不下这口气，便更想方设法地去找路景宁的麻烦。

但是有闻星尘在场上把控局面，二院的球员再有身高优势也阻拦不及，转眼间比分就以无法控制的速度迅速拉开了。

这还不够，最让卷毛吐血的是，那两人仿佛是在故意针对他。

一个个球围绕在他身边传得飞起，几乎是变着花样地创造机会在他手中拿分，直接让他沦为了二院队内最严重的丢分点。这无异于当着全校同学的面，朝他脸上一下下狠狠抽着巴掌，一如公开处刑。

又一次三步上篮得分，路景宁轻飘飘地朝他吹了个口哨，挑衅之情溢于言表："要加油呀同学！"

卷毛终于爆炸，恼怒地看向他的队友道："你们怎么回事！我把他们的得分点都拦住了，能不能起点作用？"

岑俊风笑了一声："你这也叫拦？"

这个卷毛以前就是高中的小混混头子，平日里肆无忌惮，做派更是下作得不行。之前中场换人的时候，就是因为他那些恶心人的手段让岑俊风感到不屑才强力阻拦，却没拦住，但并不表示认同他的下作手段，这时候，当然是半点面子都不给。

说完，岑俊风也不顾卷毛满腔的怒火，朝闻星尘那边看了一眼。

他是很想打败这个人没错，但不光彩的手段他从来都看不上眼。

其他人夹在两人之间根本不敢吭声，卷毛心里暗恨，却也只能沉着张脸回到自己的位置。

路景宁语调调侃："哟，内讧了？"

卷毛恶狠狠地说道："别高兴得太早，迟早废了你。"

路景宁挑了挑眉："有这本事你就试试？"

卷毛着实没见过这么嚣张的安愈者，之前还避讳着裁判，现在忽然不准备做任何掩饰了，就算被发红牌也无所谓，只想找准机会当场废了路景宁这个碍眼的家伙。

比赛再次开始，卷毛的眼底顿时漫上了一股冷笑，余光瞥过裁判的位置，对准了路景宁的手肘正准备痛下黑手，谁料还没来得及撞上，跟前的人影一晃，忽然间没了踪影。卷毛眉目间不由露出了一抹错愕，他怎么也想不到，路景宁居然还能再度提速！

就在晃过卷毛的一瞬间，一个球影毫无预兆地飞掠而过，精准无误地送到了路景宁手里。转眼间带球连过三人，最后甚至直接在于擎苍跟前表演了一个急速过弯，手上轻轻一甩，就这样头也不回地飘然离开，身后，篮球应声入框。

路景宁再进一球，神色愉悦地跟闻星尘轻轻击了下手掌："传得不错。"

坐在场外的姜栾被周围此起彼伏的呐喊声勾得心情澎湃，忍不住用力揉了揉自己的眼睛，还是没回过神来。

谁有刚才那个传球的回放？那速度，那默契，简直绝了啊！

一面倒的局势下，四院几乎是碾压式地拿下了最终胜利。

所有人都记住了路景宁飒爽的英姿，卷毛的脸色早就难看到了极点，即使还没踏出球场，他都可以想象出自己将遭受的无情嘲讽。

"比赛打完了，我们是不是应该算算别的账了？"路景宁听着看台上此起彼伏的呐喊声，似笑非笑地挑了挑眉，"说吧，用什么方式解决？"

卷毛咬牙冷笑："一个被捧得太高的安愈者而已，未免嚣张过头了吧？"

路景宁将手里的外套懒洋洋地往肩膀上一甩，轻蔑地笑了一声，不置可否："废话少说，时间地点随便你定。"

"下午最后一节课后，中西门外。"卷毛扫过站在他后头的闻星尘，语调讥诮，"我可没有不打安愈者的好习惯，到时候可别忘记带上你的保镖们。"

路景宁耸肩："需要别人吗？我一个就够了。"

"小子，我劝你话不要说得太满！"卷毛丢下一句话后，恶狠狠地摔门离开了。

闻星尘看了一眼余震下摇晃的金属门，问："真不用帮忙？"

路景宁说："不用。"

两人说话间，有个声音迟疑地插了进来："我觉得你们最好还是别太低估钟锋了，他这个人，什么手段都用得出来。"

路景宁回头看去，只见岑俊风已经穿好了外套，正站在不远处神色复杂地看着他。

视线对上，岑俊风尴尬地咳了两声，道："我只是来提醒一句。"

说完，没等路景宁回应，就头也不回地转身走了。

路景宁摸了摸下巴，不由陷入了沉思："唉老闻，他刚才那话什么意思？你说他是不是瞧不起我？"

话落后，久久没有得到半点回音，等转身的时候，才发现前一刻还站在后头的闻星尘不知什么时候早没了踪影。

路景宁："……"

走也不打声招呼，这都什么毛病？

很快，场内的人退了个干净，接下去即将迎来的是一院和三院的比赛。虽然开场后打得也很激烈，可惜今天的起点有些太高，跟前一场比起来，软绵绵的就跟弹棉花似的，让人完全提不起兴致。

路景宁坐在观战席上看得直打哈欠，想着下场比赛反正还要两天，干脆站起来活动了一下筋骨："我先回去了，洗个澡准备准备。"

于擎苍忍不住吐槽："打架准备个啥呀？还洗澡？"

路景宁毫不客气地朝他头上重重地拍了一下："你懂什么！打架也是需要仪式感的，知道吗？"

于擎苍被拍了个头晕目眩，心想这家伙愈发不是东西了。

就在这时，眼前光线一暗，旁边的闻星尘也站了起来。

姜栾疑惑："你干吗去？"

闻星尘说："回去洗澡。"

路景宁说："我都说了不用人帮忙，这种货色我一个人就可以打一群。"

闻星尘的视线投来："我说了要去帮你？"

路景宁问："那你洗什么澡？"

闻星尘嘴角勾起，慢吞吞地道："管那么多做什么，又不是跟你一起洗。"

"……"路景宁语塞。

怎么感觉这人越来越不好相处了呢？

安愈者和无畏者的宿舍楼在完全不同的方向，出了体育馆两人就分道扬镳了。

路景宁回去后舒舒服服地洗了个热水澡，感觉身上的汗臭消散了不少，心满意足地在床上躺了一会儿，见时间差不多了，就随手套了件外套出了门。

这个时间帝海军大的中西门附近人流量并不太大，远远的有一群人气势汹汹地站在门外，一字排开，硕大的阵仗引得路人纷纷绕道。

路景宁一眼就看到了站在正中央的卷毛，回想起岑俊风说过的话，名字应该叫钟锋，这时候嘴里叼着一根薄荷烟，身上披着一件黑色外衣，看起来气势十足。

路景宁没被这阵仗吓到，不知怎的反倒笑出声来，双手插着裤袋就这样晃晃悠悠地走了过去。

钟锋显然没想到路景宁真的居然会一个人来赴约，一想到自己居然还特意找了附近的一些混混来，反倒感觉气势弱了一截，同时不可置信地朝他身后多看了两眼。

路景宁懒懒散散地道："别看了，就我一个。"

钟锋眉头紧拧："你还真挺有种的啊？"

路景宁摆了摆手，有些不耐烦地道："怎么那么多废话，还打不打了？"

这样的态度落入眼里，给人一种像是认怂的错觉。

钟锋的嘴角狠狠地抽搐了一下，将嘴里的烟头吐到了地上，用脚尖狠狠地碾了碾："有胆跟我来！"

路景宁从出生开始就不知道"怂"字怎么写，二话不说就迈步跟了上去，一路来到了一间废旧仓库。

随着身后的门被人关上，周围的光线也顿时暗了下来。

路景宁垂了垂眼睫，随手从旁边的废物堆里抄起了一根棍子，拿在手里轻轻摆弄了两下。

钟锋看着他这装腔作势的样子，阴恻恻一笑："路景宁，现在跪下喊爸爸还来得及，到时候要是弄花了你这漂亮脸蛋，就不好了。"

路景宁轻笑了一声："少废话，一个一个来还是一起上？"

嚣张至极的语调，却因为说得这样轻描淡写，落入耳中反倒显得愈发挑衅。有人忍不住骂了一声，拿着根激光棍凶神恶煞地走了出来："小子，狠话很多啊？"

其他人跟着一阵哄笑，在他们看来，路景宁的气能再强，也不过是一年级新生，还是个安愈者，这时候单枪匹马的，还不是随便给他们耍着玩，于是，纷纷都持以看好戏的态度。

谁料，还没见走出的那人有什么动作，路景宁忽然伸手一把拽住了他的衣领，用力往下一抻，朝着对方的小腹又来了干脆利落的一下，没给他半点反应时间，下一秒就直接将他狠狠地砸在了地上。

路景宁就这样轻蔑地抬头扫视了一圈："听我的，节省点时间，一起上行吗？"

这样的态度要多嚣张就有多嚣张，眸底在这一瞬似乎闪烁着阴冷的光芒，居高临下地看着一众已然看呆了的家伙，蔑视至极。

"路景宁，我看你是真的想要找死！"钟锋狠狠地捏了捏拳头，"兄弟们，别管什么风度了，直接上，弄死他！"

一时间，来自无畏者的气能浓郁地充斥在周围。很显然，他们企图用这种压迫让跟前这个过度傲慢的安愈者下跪求饶。

然而路景宁在这样浓烈的气能围绕下，却仿佛没受半点影响，面对周围一拥而上的众人，甚至连眼皮子都没抬一下，嘴角反倒不可控制地勾起了一抹愉悦的弧度："这样才有意思嘛。"

眼见钟锋一马当先地冲到了眼前，他不徐不缓地一个抬腿，精准毒辣地朝着对方一踢。

一脚端翻后，也不管钟锋那痛彻心扉的惨叫声，随手抓起了旁边一个小混混的头发，朝着另外那人的身上狠狠地砸了过去。

钟锋在剧痛下只觉得眼前发黑，隐约间只看到一个金发耀眼的人影游刃有余地在人群当中穿梭，原本还凶神恶煞的一群人，转眼间已被掀翻一大片。别说是被无畏者的气能压制了，从势头上来看反倒压了他们一大截。

钟锋的眉目间终于露出了一丝惊恐的神色。

路景宁瞬间就把那些不入眼的小喽啰清理干净了，一抬脚将钟锋牢牢地踩在角落里："你在篮球场上挺横是吧？现在怎么不叫了？"

钟锋被他这样的视线看得全身发冷，好半天才外强中干地憋出一句话来："我劝你最好把脚松开！"

路景宁感觉自己好像听到了最好笑的笑话，非但没有抬腿，反倒更用力："我要是不呢？"

钟锋苍白的脸上露出了一抹阴毒的笑容："本来我也没准备做这么绝的，是你逼我的！"

路景宁在这没头没脑的话下拧了拧眉，忽然听到身后"咣当——"一声巨响，仓库的门不知道被谁给锁上了。

周围的小混混们跌跌撞撞地站了起来，钟锋藏在身后的手里不知道什么时候多了一瓶白色喷剂，在这样近的距离下，猛然朝路景宁的鼻间连喷数下，一种淡淡的香味就这样顷刻间散了开去。

路景宁直觉这喷剂一定有问题，可是没留意还是吸入了不少，忍不住咳嗽了几声："这是什么？"

钟锋的笑容显得愈发地诡异："当然是，可以让你痛苦至极的好东西了。"

路景宁微微一愣，随即反应了过来："气能爆发剂？"

气能爆发剂是一种违禁药物，能在短时间内大量爆发气能，提高战斗力，但是使用者极容易失去控制，气能将不断爆发，直至枯竭。不论是无畏者还是安愈者，气能枯竭都是一件可怕的事情。

虽然只吸入了一小口，但功效显然发挥得极快，身子有些飘忽地晃了两下。他稍稍后退了两步，扶住了侧面的墙，呼吸微重，非但没有半点慌乱，眸底讥诮的神色反倒更盛。路景宁的思绪在气能爆发剂的作用下控制不住地发散，却露出了一抹意味深长的笑容。

钟锋对即将面临的绝望显然一无所知，有恃无恐地和小混混们商量着该如何折磨气能枯竭的他，好好地挫败一下他嚣张的锐气。

路景宁的笑愈发地浓郁了起来，其实他向来不喜欢拿气能玩压制，总觉得这样做和那些看不起安愈者的无畏者没什么区别，因此，他打架走的都是最简单粗暴的路线。这回本该也是如此，只是万万没想到，这世上居然还有钟锋这种自掘坟墓的人。

真有意思，那就成全他们好了。

钟锋和小混混们正得意着，忽然间有一股淡淡的气能迎面扑来，若有若无，却带着极度强势的压强。

陡然间，炸开了一片强风，当气能包围上周围的同时，只感觉仿佛有一股电流从体内迅速穿过，所有的血液凝固在这一瞬。

钟锋和小混混们完全没有反应过来发生了什么事，头皮发麻的感觉带着一阵阵的晕眩，让他们全身脱力之下双脚发软，接着一连串"扑通"的响声，就全部跪倒在了地上。

但是即便如此，这样强势的气能依旧肆意地冲击着他们最后的防线，仿佛彻底支配了他们的神经，过分恐怖的强势压迫堪称折磨至极，让他们恨不得就地晕死过去。

这次可不是二院课堂，这些混混基本上连 B 级都达不到。

更何况在气能爆发剂的作用下，路景宁的气能现在几乎是毫无控制地宣泄而出，爆发力尤为恐怖。转眼间，他的气场已经镇压了整个仓库，将那些无畏者弱得可怜的气能吞噬殆尽。

有人眼冒金星下挣扎着想要逃走，奈何仓库的门刚才被锁上，全身发麻下连站起来的力气都没有，神色间不由漫上了深深的绝望。

路景宁面色泛白，却有一种睥睨天下的气势。

距离最近的钟锋崩溃地感觉自己仿佛快要死了，在过度窒息的压迫下，出于本能地想要离路景宁远些，然而撑着力气勉强支起一点身子，却又被跟前那人一脚踹了回去。

钟锋绝望无比："你放了我吧！"

路景宁全身宛若火烧，眸底的雾气更盛，俯身凑近，语调像是调侃又似是讥讽："你不是说，要让我痛苦至极的吗？"

扑面而来的气能，让钟锋觉自己已然濒临崩溃，语调里不由多了一丝哀求："你到底怎么样才肯放过我？"

路景宁闻言，控制不住地想笑："啊啊，这样吧。你乖乖叫一声爸爸，或许，我还可以考虑一下？"

头痛欲裂的极致折磨，让钟锋痛苦地直想瘫软下去，现在哪里还顾得上面子。他本就双腿发软，顿时毫不犹豫地跪倒在了路景宁跟前："爸爸——"

中西门外，两个人影并肩站在路边，引尽了来往路人的视线。

姜栾刚回到宿舍就被闻星尘给拖了出来，这时候一脸无语，忍不住问道："所以我们现在在这里做什么？你想找路景宁怎么不早点来，现在人都不在了，不觉得站在这里风有点大吗？"

闻星尘慢吞吞道："谁说我找他了？"

姜栾疑惑："那你喊我出来做什么？"

闻星尘淡淡地扫了他一眼："散步。"

姜栾略感头疼地揉了揉太阳穴，没有继续这个话题："所以现在我们就一直这么站着？"

闻星尘迈开步子："随便走走。"

姜栾没有办法，只能心不甘情不愿地跟了上去。

中西门附近并不属于繁华地段，据说曾经是军事零件制造基地，后来搬迁了，就剩下了一个个废旧仓库，平日里基本没什么人来。

姜栾跟在闻星尘后头走着，对于对方的"散步"选址感到叹为观止。可是又能有什么办法呢？咱也不知道，咱也不敢问呐。

就当他在心里疯狂吐槽的时候，走在前面的闻星尘突然停下脚步，走神的姜栾差点直接撞上去："怎么了？"

闻星尘没有说话，他眸色微变，朝周围看了看，忽然锁定了一个方向大步流星地迈开脚步。

姜栾的五感没有闻星尘那么敏锐，一时间有些茫然，等跟在后头走了一段路后，肌肤上才有一层层酥麻的感觉后知后觉地炸开，全身的寒毛陡然立起，在熟悉的感觉下，他出于本能猛然停下了脚步，紧紧地捂住了自己的口鼻，语调惊恐："这是，路景宁发威了？"

闻星尘没有回答，虽然不知道具体情况，但是他依稀可以感觉到这股气能里透着一种奇怪的紊乱感。并不像是有意释放压制，倒像是一种难以控制的爆发，横冲直撞地疯狂发泄着。

"你在这里等着。"留下这么一句话，闻星尘再次加快了脚步。

姜栾心里还有阴影，恨不得躲得远点，当然没有异议，捂着口鼻的指缝间憋出一句话来："我等你们回来！"

……

另一边，路景宁差点没被钟锋这窝囊的做派给逗笑了。

"没你这种儿子。"

低骂了声，他重重地喘着气朝旁边侧了下身子，气能爆发剂的副作用来得比想象中还要快，路景宁尝试控制却无济于事，最后在铺天盖地漫上的眩晕感下疲惫地闭上了眼睛，不再看跟前这个废物。

钟锋如蒙大赦，撑着仅存的力气连滚带爬地到了仓库门口。他好不容易撑着发软的双腿站起来，本以为终于可以逃出生天，这才发现紧闭的大门上居然还落了一把硕大的门锁。他两眼一黑，差点没晕过去，绝望地咆哮道："钥匙呢！钥匙在谁那里？！"

大部分小混混早就已经承受不住晕死过去，幸存的几人也只剩苟延残喘，喘着气回道："不……不知道。"

钟锋可以感觉到空气中的气能呈现着愈发浓郁的趋势，下意识地回头看了一眼路景宁，只见他面色苍白，呼吸比起之前也更显急促，一看就是随时可能进入到爆发狂躁的节奏。

看着这个本该属于他们的"猎物"，他本能地哆嗦了一下，几乎不敢想象这人完全陷入混乱后的样子。这时候他们之间的身份俨然已经完全对调，钟锋这个始作俑者反倒柔弱得如同待宰的羔羊，此情此景，让他觉得自己距离原地暴毙似乎不过一步之遥。

理智的弦在这一瞬彻底崩断了，钟锋再也管不了那么多后果了，掏出通讯器直接拨通了警卫队的求助热线。

客服不徐不缓地问了具体情况和位置，柔声道："您的救助请求已转达提交，请在原地耐心等候。"

钟锋抓狂："等待？！需要等多久？"

客服说："因为警卫队刚刚出巡，我看了一下位置，过去的话估计需要四十分钟左右。"

钟锋："……"

他实在无法确定，四十分钟之后自己是否还健在。

最后一丝希望被掐灭之后，钟锋全身的力量仿佛瞬间被抽离，顺着墙壁重重地跌坐了下来，绝望地闭上了眼睛。

就当钟锋混乱地思考着遗言时，身后的仓门忽然在重力的撞击下发出一声巨响，连带着地面也在巨大的震动下隐约晃了晃。

他错愕地睁开了眼睛，忍不住一阵狂喜。不是说要四十分钟吗，没想到警卫队居然到得这么快？还没来得及多想，只听"轰——"的一声，仓门居然被人从外面直接踹开了。

门开的一瞬自带着一阵狂风，将空气中气能的浓度冲散不少。

钟锋看清楚来人时不由得愣了下神，但是劫后余生的喜悦让他想不了那么多。不管来的是谁，终于能活下去了！

闻星尘片刻间已经扫视了一圈，最后，视线落在了角落里的那个身影上。此刻路景宁正面色苍白地靠在墙边，感受到注视，也抬头看了过去，喘息沉重的糟糕状态下，居然还不忘咧开一抹调侃的弧度："哟，老闻，不是说了不用你来吗？"

在浓郁的气能笼罩下，闻星尘眸底的神色不可避免地沉了下来。

虽然周围那些无畏者已经不省人事地倒了一片，但是看着这样的情况，哪里还猜不出来发生了什么事。

偏偏这个时候，钟锋还不怕死地开了口："这次真的谢……"

他的第二个"谢"字还没来得及说出来，闻星尘就已经毫不犹豫地抬起了腿，迎面就是一脚。

巨大的冲力让钟锋直接临空飞了出去，最后重重地撞上墙壁，缓缓滑落在了地上。临闭眼的那一刻，脑海里却是如同解脱了般浮现出这么一个念头：晕了也好。

闻星尘踹飞钟锋后似乎还不解气，转眼间，场内尚有一丝理智的人也接连被一脚一个地踹翻在地，然后抬步朝路景宁那边走去。

路景宁之前几乎是强撑着一丝理智，这时候看到闻星尘走过来，整个人顿时彻底地松懈了下来。当闻星尘伸手来扶他的时候，他已经没多少力气了，下意识地朝着对方的那边靠去。

路景宁声音十分虚弱，嘴里乱七八糟地嘀咕着："闻星尘，好神奇呀，你居然不怕我的气能……唉你扶我一下，我现在有些站不太稳……"

闻星尘沉默了一下，一只手牢牢地把人扶住顺便拉开了些许距离，另外一只手取出了怀里的通讯器。

姜栾不知道里面的情况，一直在外头焦急地等着，接到通讯的时候只觉得一脸蒙："什么，气能爆发剂？这到底是怎么回事，路景宁没事吧？"

闻星尘说："少说话多做事。"

姜栾听到这么不近人情的一句话，隐约间意识到这位好友似乎情绪不佳，问了一下具体位置后，非常识趣地没有继续追问，果断地结束了通讯。

别看姜栾平时没个正经样子，真要遇到事了处理起来效率还是很不错的，更别说闻星尘这种轻易不开口的性子，自然是特别放在心上，不过十来分钟，就带着药物抵达了现场。

"哎呀，这到底怎么回事？"

闻星尘回头看去，正要开口，愣是因为对方那过分惊人的装扮顿了一下。

姜栾头上套着最新型的防毒面具，身上穿着厚重的解压盔甲，全副武装下，如果不是刚才开口喊的那一嗓子，几乎完全分辨不出半点体貌特征。

闻星尘沉默了片刻："还不把药拿来？"

姜栾这才反应过来，越过一众横七竖八的"尸体"，把缓解药物递了过去。闻星尘接过，干脆利落地拆开了包装，又拧开一瓶水，喂路景宁吃了。

姜栾虽然全副武装，但是依旧可以感受到一种若有若无的压迫，直到看着路景宁苍白的脸色渐渐退去，才彻底松了口气。

看来路景宁摄入的剂量不多，他带来的药足够了。

吃过药，路景宁很快平稳了一下还有些起伏的呼吸，声音里不可避免地透着一丝疲惫："要不要把这些人处理一下？刚才钟锋打了警卫队的电话，估计也快到了。"

闻星尘说："剩下的就交给姜栾吧，我先送你回去休息。"

路景宁头晕得厉害，想了一下，觉得姜同学平时虽然不太聪明的样子，但关键时候似乎也挺靠谱的，于是点了点头："也行。"

说完，还不忘嘱咐一句："记得跟警卫队说明下钟锋手上有气能爆发剂的事，就不信他这次还能嚣张！"

闻星尘补充道："擅用这种禁用药剂至少三年起步，如果等会在沟通过程中有不了解的地方，可以随时发我通讯。"

姜栾面无表情："……哦。"

除了这个字，面对这俩一唱一和的家伙，他还能说什么呢？

……

闻星尘把路景宁送到楼下就离开了，言和彬听到宿舍门打开的声音，回头时正好看到路景宁惨白的脸，不由吓了一跳。万年冰山都不由露出了一抹关切的神色来："怎么了，身体不舒服吗？"

"没事没事。"路景宁随口应着，直接爬上床，倒头就睡。

虽然爆发的气能被压制了回去，却不可避免地困得厉害，比以前任何时候都嗜睡。

闻星尘刚送完路景宁就接到姜栾发来的通讯，站在路边点下了接通，引得周围回宿舍的人纷纷侧目。

根据姜栾的描述，在他们离开没多久，果然等来了警卫队。

交代完来龙去脉之后，就连见多识广的警官都给听愣了，显然也从来没有听说过这种品类的安愈者气能。因为钟锋这个报警人已经晕厥了过去，于是警方决定把场内的所有人暂时送去医院顺便监控起来，等待进一步的深入调查。

闻星尘对此倒是没什么意见。这种几乎摆在明面上的事情实在太好调查了，只要路景宁这个当事人这边稍微坚定一点，钟锋退学还只是小事，包括他在内的所有肇事者都少不了去牢里蹲上几年。

帝国对安愈者向来有特殊的保护条例，因此但凡抓到过一起，必然会严查深究。

挂断之后，闻星尘翻出了路景宁的通讯号，并没有拨过去，而是编了一条讯息将当前的情况简洁地进行了一番说明。

不出意外的，并没有得到回复，应该是睡了。

路景宁看到消息已经是第二天早上了。

长时间的睡眠让他感到阵阵头疼，看完讯息内容后，先是按照闻星尘的提醒去警卫队里做了一份笔录，警卫队让他回去等通知，路景宁便顶着一头鸟巢造型的凌乱金发来到机甲教室。

今天的课程内容是机甲操控，对于新生来说既新奇又充满诱惑。

同学们原本正热情地讨论着，看到路景宁进来忽然间安静了一瞬，视线纷纷投了过来。

过了一天，昨天废仓库的事大家多少都有耳闻。

虽然传闻中没有交代事情的始末，但是听说钟锋使用了气能爆发剂，综合同学们对路景宁气能的切身体会，零碎的信息拼接之后，哪里还猜不出到底发生了什么，纷纷对钟锋这种小人伎俩表示鄙夷。

众人非常友爱地围上来关心了两句，路景宁又有些犯困，打了个哈欠后随口应付了几句，就晃到闻星尘身边坐了下来。

闻星尘看了一眼他的神色："很累？"

路景宁说："也不是，就是有点想睡觉。"

姜栾好心地提醒道："大哥，你别的课打瞌睡也就算了，今天机甲课可是要实战的！千万别睡了，小心到时候又搞出什么事故来。"

路景宁打了个哈欠："放心吧，机甲这种东西我在家里早就玩厌了，闭着眼睛都操作得来。"

姜栾傻眼了，机甲都能玩厌？

路景宁似乎是为了表现自己说到做到的果断，在机甲课老师开始讲第一条操控理论的时候，往桌子上一趴，歪着脑袋瞬间就睡着了。

闻星尘垂眸看去，正好看到那人唇角边垂涎而下的口水。

闻星尘："……"

路景宁就这样安安稳稳地度过了舒适的上半节课，等进入到实战环节之后，终于没办法继续安稳睡觉了。

第一堂机甲课上教的是最为简易的操控，主要目的是让学生们熟悉一下将气能能力投入到机甲操控时的感觉，总体不算太难。

等其他同学一个接一个地组队上去完成实操之后，终于只剩下了最后两人——路景宁和闻星尘。

都是S级，虽然只是简易操控，但是没人愿意跟他们成为对手。

S级的安愈者跟S级的无畏者，在这种场合简直天生一"队"！

路景宁坐上机甲操控室的时候依旧哈欠不断，扫了一眼操控设备，便进入了气能对接模式。

就像老师说的，这是一台精致程度一般的低档机甲。

这种东西很大程度上更类似于小时候路空斌给他玩的那几架小

型机甲，对路景宁而言可以说是再简单不过，但就在对接的一瞬间，路景宁忽然感到气能似乎隐隐地在体内冲撞了那么一下。

似一道电流，从脚底蔓上，转瞬间直冲头顶。

就在他以为会在脑海中轰然炸开的时候，那种诡异的感觉却又仿佛没有出现过一般，转瞬消失得一干二净，就像只是短暂的错觉。

路景宁的眉心疑惑地拧紧了几分，这是怎么回事？

这种异样的感觉转瞬即逝，倒是把睡意给冲散了不少。

路景宁顿时觉得整个人都精神了，也没多想，将注意力集中了起来。毕竟是第一堂机甲课，内容很简单，就是让双方各操控一台机甲，动用体内的气能让这两台机甲在场上简单地掰个手腕。

这种操作并不需要消耗太多的气能，虽然说昨天刚刚爆发过大量气能，但路景宁整体的气能基数大，这种情况下只要不是太大强度的操控都不会有什么影响，感官上基本和过家家没太大区别。

但是，其他同学显然不是这么想的。

在他们看来，场上两台相对而立的机甲俨然自带雄壮的BGM（背景音乐），两位S级气能的高手一出手，像极了古武侠小说里华山论剑的壮烈。

所有人都下意识地屏住了呼吸，然后，便看着两台机甲各自往前迈了一步，机械臂就这样紧紧地握在了一起。

画面一瞬间仿佛定住了，如果不是周围地面传来的隐约震感，几乎都要让人以为这两人只是在台上单纯地摆了一个pose。

众人惊叹，果然是针尖对麦芒，谁也不输谁啊！

路景宁在坐上机甲后就有一种蠢蠢欲动的兴奋感，此刻在操控舱里更是可以感受到力量之间的强大碰撞。

路景宁看了一眼跟前的铁甲，眼底不由涌起了一丝旺盛的斗志。

闻星尘这样一个 S 级的无畏者，让路景宁无比地想要彻底战胜他。

而就在一次又一次的爆发后，似乎也同样激起了闻星尘的斗志。

两台机甲臂上的力量逐渐加大，双双较劲，偏偏谁也压不过谁，就这样久久地僵持在原地。

神仙打架果然不需要区分场合，众人只觉瞠目结舌。

就在这个时候，有人隐约看到那两台机甲牢牢握在一起的机械臂上，似乎出现了那么一丝龟裂的痕迹。

这堂机甲课的老师沃飞自从毕业后就一直在校留任，带过那么多年的学生，从来没见出现过这种情况，微微错愕了一下才回过神来，慌忙喊停："两位停下吧！可以了！到这里就可以结束了！"

然而路景宁却没有半点想要停下的意思。

一段时间的对抗，让他体内的气能被彻底唤醒，这时候横冲直撞地似要寻找一个发泄口，不可控制地通过连感器，就这样完全传递到了机甲上。

作为他的对手，闻星尘可以感受到有一股巨大的力量连绵不断地涌来，就连他都感到了一种前所未有的压迫。

眉心不可控制地微微拧起，抬头看去时，恰见两只紧握在一起的机械臂忽然"咔嚓"一声巨响，竟然不堪重负地应声折断，扭曲成一个诡异且奇怪的弧度。

同一时间，沃飞的整张脸也肉疼地拧成一团，毕竟是他的课，这机甲坏成这样得赔多少钱？也不知道这个月的工资够不够抵？但这时候显然也没有太多时间让他心疼赔偿金了，此时，路景宁所在的那台机甲表面的暗灰色光泽隐约间开始转成了赤红色。

这是开启了全面进攻模式！

沃飞怎么也没想到，一个一年级新生居然会有这么强大的气能让机甲转入顶级形态，震惊之余反应却是极快，迅速朝着其他还在发呆的学生们喊道："避开！全部避开！小心受伤！"

其他人本来还没意识到发生了什么，突然间听到这么一声喊，出于本能纷纷从位置上站了起来，拔腿就跑。就当他们刚刚撤离完，只听"轰——"的一声巨响，场内被突如其来的一道激光束直接给射出了一个大窟窿，碎片七零八落地震了一地。

大多数学生还是第一次见这种架势，脸上不由得浮出了一丝惊恐。路景宁这个魔头又想做什么？！

其实连路景宁自己都不知道自己在干什么。

这一刻他的思维仿佛陷入了一片涣散当中，体内的气能肆意地冲撞着，仿佛因为这具身体过小，空间不足难以承载，单纯地想要找一个宣泄口得以释放。

很巧的是，现在的他正跟一台机甲进行着对接，无处可去的气能就这样一阵阵地通过枢纽完全传递了出去。如果放在平时倒还好，奈何这时的路景宁俨然是一个没有意识的操控手，这种情况无异于是在让这样一台填满了炮弹的杀伤性机械独自绽放，自由发挥。

沃飞不知道里面的具体情况，但隐约间也意识到了一丝不妙。

作为一位教师，他的第一反应是带着其他学生进行安全转移，无意中一回头，瞥见另外那台机甲站在原地没动，大声喊道:"闻星尘，你先下来，我们必须尽快离开！"

然而，闻星尘却没有给予任何反应，非但没有离开的意思，反倒可以看到那台机甲的外围开始呈现出了一抹蔚蓝色的光泽。和路景宁的赤红色不同，这种变化，说明他已经进入到了完全防卫模式。

沃飞完全不知道应该说什么了，本以为一个路景宁也就算了，现在又多了一个闻星尘，突然间收获了两位天才学生，他却是完全不知道该哭还是该笑了。

此时此刻也没时间再做逗留，只能转身，引导其他学生迅速撤离。

就在这个时候，路景宁所在的那台机甲终于开始了彻底暴走。

而另一边，闻星尘也采取了行动。

几乎在路景宁每次要进行毁灭性攻势时，他总能在最关键的时刻完成最完美的防护，极有效地将对周围的毁坏程度降到最低。

姜栾跟着其他同学一起缩在角落，又畏惧又惊叹地看着刚刚还崭新的机甲教室被打成了窟窿遍布的马蜂窝，到底还是忍不住叹服道："路景宁，果然是个神人啊！"

旁边的同学弱弱地补充道："闻星尘也厉害啊，你看他，为了保护我们那么努力地战斗着，好感人啊……"

也不知道过了多久，场内的硝烟终于渐渐平息了下去。

最后一记电拳挥出后，赤红色的机甲仿佛忽然耗尽了所有能量，笼罩在周围的色泽转瞬褪尽，闪烁了两下之后彻底黯淡了下去。

在一片滚滚的硝烟当中，一个人影终于懒懒散散地从机舱里走了出来。路景宁看上去累得不行，又恢复了之前恨不得睡上几天不醒的状态，似乎对自己的所作所为完全没有丝毫觉悟，众目睽睽下懒洋洋地打了个哈欠，散漫地活动了一下自己酸楚的筋骨："啊啊，这机甲课上得怎么那么累呢？"

众人冷漠地想：也不看看自己把这好端端的教室给拆成什么样了，这样高强度地消耗气能，不累才叫真的见鬼了！

闻星尘也从机甲上走了下来，看了一眼路景宁没事人一样的表情，若有所思。

现在整个场地内几乎连一个完整站人的地方都没有，沃飞不得不单方面宣布课程提前结束，还强调提醒了一句："路景宁留下！我觉得，我们有必要清算一下赔偿问题！"

路景宁："……"

刚才真的控制不住，他也不想的啊！

不得不说，这次的损坏程度确实有些夸张，夸张到超过了路景宁个人可以承受的范围。拿着清单从办公室出来，他几乎可以想象到路空斌得到消息后暴跳如雷的样子，忍不住绝望地捂了捂脸。

　　别的不说，回家后挨一顿暴揍绝对是无法避免的了。

　　他不由得悠悠叹了口气，下楼的时候一转身，恰好在转角处看到了一个熟悉的身影，不由微微一愣："你在这做什么？"

　　闻星尘抬了抬头："找你。"

　　路景宁也没多想，非常真挚地道："刚才课上，谢谢了啊。"

　　如果没有闻星尘在那拦着，据当时目击者的描述，他可能直接把整栋教学楼都给拆了，这样一来，赔偿费用至少得往上跳个几倍，他回去后就不止是挨顿揍这么简单的事了。

　　闻星尘淡淡地"嗯"了一声，对这声谢毫不客气地受了，看了一眼路景宁依旧哈欠连连的样子，开口道："你有没有觉得昨天回去后有哪里不对劲？"

　　路景宁一脸茫然："没有啊。"

　　昨天回去就一直睡觉，能有什么不对的？

　　闻星尘又问："那刚才在课上呢？"

　　路景宁更加茫然："我也不太清楚，但就是觉得气能满得难受。"

　　闻星尘沉默片刻："要不，还是去医院看看吧。"

　　联想到之前自己的情况，路景宁觉得闻星尘的提议确实有些道理，抬头看了他一眼，提议道："要不，你跟我一起去？"

　　闻星尘根本都没有思考："自己去。"

　　路景宁说："哎呀老闻，别这么不近人情嘛！你看，我也不知道之前到底发生了什么，你好歹算是个旁观者，医生问到的话还能帮我回答两句，对吧对吧？"

闻星尘无语。

路景宁等不到回应，直接就当他默认了，大咧咧地拽着他就往外走去，嘴上絮絮叨叨："你是不知道，路哥我天不怕地不怕，就怕去医院，从小一去医院就瘆得慌，你就当陪我壮壮胆子了。"

他这么说，闻星尘倒是真的拒绝不了了。

两人在医院挂号后直奔专家门诊，还没来得及开口，就先被派发了一串检验单，足足两个小时之后，才坐在了医生跟前。

医生接受到终端上面的检验结果，一份份地看着，表情从一开始的错愕，到惊讶，到疑惑，再到震惊，最后转为了凝重。

在这样过分精彩的表情变化下，硬是一句话都没说。

路景宁终于忍不住了："医生，到底什么情况，你能不能直说啊？"

医生看了他一眼："稍等，我把你的个人专案调出来看看。"

闻星尘诧异："你还有个人专案？"

路景宁笑："怎么样，厉害吧！"

闻星尘暗想，真是什么都能嘚瑟？

医生仔细地把专案记录完整看过之后，沉声问道："你最近，是不是强制运用大量气能了？"

听医生这么一说，路景宁第一反应就是钟锋对他使用的那个气能爆发剂，点了点头："算……是吧？有什么问题吗？"

"理论上来说，影响多少是有的，但也不至于出现现在这种情况才对，除非……"医生停顿了片刻，抬头看了过来，"除非在强制催发气能的同时，你还受到了其他强大气能的同步影响，才会导致现在这样气能紊乱的情况发生。"

路景宁好半天才回过神来："医生，所以我这情况到底应该怎么办？"

医生在虚拟屏上点出两份气能浓度图，推到了他的跟前："你自己看，这是正常的气能浓度指标，这是你现在的气能浓度指标，不管是波峰还是波谷都远超正常水准，最重要的是，你看这是在短短五分钟之内记录的情况，波动太大……"

路景宁头疼地打断了他的滔滔不绝："那个，医生，具体情况咱也听不懂，你能直接说结果吗？"

医生说："结果就是，现在你体内的气能已经变得无比紊乱，再加上你本来气能浓度就远高于常人，按照现在的情况，你随时可能进入之前那种失控状态。"

路景宁愣了下神："那怎么办？"

"如果是普通的紊乱，我们一般会选择调配对应的药剂。但是你的情况比较特殊，如果强制压下过高浓度的气能，很可能会造成反效果，因此目前也只能选择用最新推出的气能纠正素慢慢调理。"

医生说到这里，微微停顿了片刻："现在唯一的问题是，这种长时间的持续调理会比较考验你的个人承受能力，而且，在调理前期很可能会再次出现气能突然爆发的情况。"

路景宁暗惊：今天的机甲课已经够乱了，如果再爆发一次，他可承受不了。

多来几次真的陪不起啊！

医生见他生无可恋的样子，忍不住轻笑一声："其实，也还有另外一个方法。这种气能紊乱的情况，用再多的药剂其实也只是起到强行克制的作用，最为有效的方法，也是最为直接的方法，还是气能梳理，而且，是无畏者的气能梳理。"

路景宁："呃？"

虽然路景宁从小到大对气能梳理这块领域从未认真听讲过，但无畏者也能气能梳理这个说法倒是第一次听，很是稀奇。

"气能梳理的原理是安愈者的气能含有大量特殊的粒因子，且能量普遍温和，对比无畏者狂躁的气能更适合梳理，但是你这个情况特殊，无畏者和安愈者的气能理论上是有互补链存在的，所以无畏者的气能梳理对你来说更适用。"

医生还不忘强调："如果有无畏者愿意协助的话，相信很快就可以度过这段难熬的紊乱期。"

路景宁刚听到这话也有些愣神，紧接着眸底的神色反而肉眼可见地亮了起来。

好主意啊！他下意识地朝闻星尘看去，嘴角忽然露出了一抹不怀好意的弧度："老闻，要不然……"

闻星尘仿佛没有听到他的话，转身看向医生："麻烦为他配一些气能纠正素，谢谢。"

按照闻星尘的要求，医生很快给他们配好了药。

路景宁回去路上显得闷闷不乐，视线还时不时地往闻星尘身上瞟，一副蠢蠢欲动的样子。

闻星尘在炽热的注视下不动声色，语调无波："别看了，想都别想。"

路景宁真挚地提议道："要不我们打一架，谁赢了听谁的？"

闻星尘差点被他气笑了："顺便让你的气能再爆发一次，然后借着彻底失控的关头来让我不得不给你梳理？"

路景宁心事被戳穿，故作镇定地望着天吹了声口哨："怎么能这么说呢？说得好像我想占便宜似的。"

闻星尘忽然停下了脚步，似笑非笑地侧眸看他："难道不是吗？"

恒星的光泽从天际落下，恰好笼上那挺拔俊朗的身姿，路景宁到嘴边的那句"不是"忽然有些心虚地说不出口。

闻星尘见他没有吭声，轻蔑地笑了一声。

路景宁被他的态度激到了，不悦地抬高了语调："不就是借你的气能用一下吗，也太小气了吧，难道还怕我借机缠上你？我保证用完就走绝不纠缠还不行吗？"

闻星尘的嘴角不可控制地微微抽搐了一下："我看起来像是很好用的工具？"

路景宁说："……我好像，不是这个意思？"

"既然药都配好了，你还是安心吃吧，别浪费！"留下最后一句话，闻星尘就头也不回地转身走了。

路景宁在原地站了一会儿，依稀间，总觉得刚才的对话内容似乎有哪里不对。真是气人，要不是其他人一闻他的气能就腿软，哪里还用求这个姓闻的？

路景宁越想越气，一脸愤愤地回到了宿舍。

言和彬扫了一眼他拎在手里的药剂："去医院了？"

路景宁"嗯"了一声，把药随手扔到桌子上。

啧，最讨厌吃药了！

言和彬看他一副随时可能爆炸的样子，也没多问，开始继续鼓捣虚拟面板上的机甲原型。

路景宁瞥过一眼，顿时好奇地凑了过来，惊叹道："不是吧言和彬，你们三院教学进程这么快的吗，这都开始上手制造机甲了？"

言和彬推了推鼻梁上的眼镜，头都没回一下："课程上还没有开始教，是我自学的。"

路景宁忽然间对自己的这位舍友刮目相看："看不出来，你还是个学霸啊！"

言和彬终于看了他一眼："有事？"

路景宁搓了搓手："不知道方不方便，以后关照一下我呢？"

在这样炽热的目光注视下，言和彬脸上没有丝毫情绪波动："不方便。"

路景宁被他这拒人于千里之外的态度冷到了："言和彬，你这样冷酷无情以后是找不到对象的。"

言和彬无动于衷："你一点也不冷酷无情怎么也没见找到对象？"

一刀致命。

路景宁："……"

他这位舍友这不好相处的程度简直和闻星尘有得一拼，也不知道哪天两个毒舌如果撞到一起，会碰撞出怎么样精彩绝伦的火花。

路景宁脑海中忽然浮现出了一个高挑的身影，他微微一愣，整张脸顿时嫌弃地拧到了一起，也没了跟言和彬打趣的心情，进浴室冲掉了医院消毒药水的味道后，他就这样默不作声地爬上了床。睡着之前，满脑子只有一个念头。

就不信这天下还有他路景宁搞不定的事，闻星尘，咱们走着瞧！

……

于擎苍得知路景宁去医院的消息后显得格外上心，第二天一大早，就拎着丰盛的早饭等在了路景宁宿舍楼下。

路景宁昨天一整晚都没睡好，睡眠不佳的情况下带着强烈的起床气，就算有美食在前都无法安抚他的暴躁情绪。

听着于擎苍毫无主题地问东问西，路景宁不耐烦地打断了他要求直奔主题："说吧，到底有什么事？"

于擎苍清了清嗓子，话锋一转："马上就是第二轮古篮球赛了，你最近什么情况，还能不能上？"

路景宁忍不住翻了个白眼，就知道这货无事不登三宝殿。

不过他对自己最近的身体情况也不太确定，古篮球赛的事还真拿不太准，想了想说："到时候再看吧。"

于擎苍太了解路景宁的个性了，因此对他这次居然主动推让的态度感到无比诧异，但也没多说什么，点了点头："也行吧。"

毕竟最强的二院已经被他们拿下了，剩下的一院跟三院水平摆在那里，确实也不需要这尊大神出场。

上课时间快要到了，告别了于擎苍，路景宁叼着一根面包懒懒散散地走进教室，一眼就看到了坐在左后方位置上的闻星尘。

他眉梢微微一挑，没有打招呼，直接绕到了最后一排，把背包往抽屉里一塞，倒头就睡。

姜栾看到路景宁就准备起身腾位置，见状，刚站起来的动作不由顿住了。回头看了一眼闻星尘头也不抬地看着课本的样子，眉目间满满的都是惊奇，这是什么情况，这两人，吵架了？

闻星尘在他的注视下抬起头来，语调无波："有事？"

姜栾看了一眼他喜怒不明的样子，非常贴心地提议道："要不，我去和路景宁换个位置？"

闻星尘嘴角勾起一抹堪称笑容的弧度："有这多管闲事的工夫，你怎么不去多去联谊看看？"

一句话直击心脏，姜栾捂了捂自己隐隐作痛的胸口。

姓闻的真不是个东西！明知道最近那些桃花都被他这个新生第一吸引了一半，又被路景宁吸引了一半，偶尔有那么几个落单的还完全不问尘世，他去联谊个鬼啊！

果然，这人嘴毒的程度和心情的恶劣情况完全成正比！

这样想着，姜栾默默地抱紧了弱小的自己。

……

其实路景宁平日里也不是那种要性子的人，只是最近不知道是不是因为体内气能紊乱的关系，让他全天候地处于一种烦躁的嗜睡状态。而且在他见到闻星尘的时候，还总是气得牙痒痒。

路景宁从小到大还从来没有在一个人身上吃过这样的亏，再低头是不可能了，就算真要他帮忙治疗，也一定要让闻星尘那个家伙主动开口！

就在跟三院进行无篮球赛的当天，闻星尘路过休息室门口时，忽然感受到来自路景宁的气能。

刚迈开的步伐不由一滞，第一反应有些怀疑路景宁的气能是不是又紊乱了。他下意识地朝着室内看去，视线从半掩的门缝间落入，恰好看到少年正在换球服。路景宁转过身来，视线对上时露出了一脸惊讶的样子："你怎么在这？"

闻星尘沉默了片刻，闲闲淡淡地说道："把你的气能收一收，别在这个时候乱放出来了。要不然，一会我们学院的人来了，你是准备让他们直接跪在球场上？"

路景宁："……"

"球服也不用换了，就这情况还想上场，别到时候暴走起来把球场给拆了。"闻星尘说着，随手把外套脱了下来，扬手一甩，就扔在了路景宁头顶，露出了善意的笑容，"外套先借你，穿结实点，千万别漏气。还不还随你，要还的话，记得提前洗干净。"

路景宁："……"

闻星尘仿佛没看到他那瞬息万变的精彩脸色，轻笑了一声，迈步转身走了。

自始至终，闻星尘都没踏进过休息室的大门。

路景宁抱着那尚留有余温的宽大外套独自凌乱，他心里一阵骂，最后还是沉着一张脸严严实实地穿了上去。

不穿白不穿，其他的账以后再算！

当路景宁慢吞吞地来到休息区坐下时，姜栾无意中瞥见他身上的外套，整个人顿时愣住："这是闻星尘的？"

114

路景宁心不在焉地应了一声，没有看到姜栾渐渐化为惊恐的表情变化。从小到大，他最懂闻星尘的洁癖，敢穿闻星尘的外套，路景宁真是勇气可嘉。

后面的几场比赛，四院进行得都非常顺利，一路挺进了总决赛。

在总决赛的赛场上，跟二院再次冤家路窄地对上了。

钟锋被抓进去的事早在几天前就已经有了结果，使用气能爆发剂危害安愈者生命安全这种事情基本没得洗，最后下来的判决结果是监狱里关五年。

但在这件事上，却没有人对他产生半点同情。能够做出这种事情的人俨然就是个人渣，如果放任他毕业，迟早会成祸害。

钟锋的事让二院再次交锋的时候气焰低了不少，一路来安静如鸡地打完了总决赛，在路景宁没上场的情况下，以大比分的劣势彻底无缘冠军。

赢得了古篮球赛的最终胜利，四院的同学们欢呼雀跃，以姜栾为首的几个人借着庆功的由头，干脆把四院几个班级的人都组织到了一起，准备当天晚上去外面好好地浪上一浪。

路景宁这几天正萎靡得厉害，难得有这么好的机会来刺激一下神经，当然没有拒绝的理由，显得尤为积极。

与之相反的当属闻星尘了，听姜栾说完，一脸的无动于衷："我就不去了，预祝你们玩得愉快。"

姜栾忍着一口老血循循善诱："今天晚上路景宁也去哦！"

闻星尘说："哦，和我有什么关系？"

姜栾惊叹道："当然有关系了！你看，当天晚上除了他之外全部都是无畏者，万一……咳，对吧？"

闻星尘终于看了他一眼，嘴角微浮："能有什么万一，你们还能把他怎么样吗？"

姜栾说:"当然不是,我的意思是怕路景宁把我们给怎么样了!"

闻星尘脑海中不由浮现出了之前无畏者在路景宁气能面前跪倒的画面,忽然觉得,在最近这特殊时期,这家伙就算真的闹出点事情来,似乎也一点都不会让人感到奇怪。

他沉默了片刻:"时间地点?"

不得不说姜栾在组织活动上确实是一把好手。

四院三个班级六十号人,说多不多说少不少,一个个通知到位后缺席的、应邀的悉数统计在册,在帝海军大不远处的酒店里直接包下了整个大堂,硬是给办出了颁奖现场般的气焰。

这顿饭路景宁吃得特别开心。

这几天吃药调理的过程中,他只感觉全身上下都透着一股子无力,一下子有气没地方使,一下子又哪哪都不得劲。

当天晚上权当发泄,他豪迈无比地干完这桌干那桌,一圈下来回到座位,状态已经微醺,笑得却一脸灿烂:"看到你们路哥没,全饭局上最靓的崽!"

旁边的于擎苍正准备捧场,刚举起手时忽然敏感地嗅到了一丝熟悉的味道,姿势不由一僵,忽然炸毛,拖着椅子接连往后挪了数米。

路景宁歪着头疑惑地看他:"怎么了?"

于擎苍脸色惊恐:"路景宁,你的气能漏了!"

不得不说乐极生悲,同饭桌的其他同学原本还在饿虎扑食般地抢着食物,闻言出于本能也轰然后退了一片。

其他桌是别班的同学,看到这边诡异的举动有些不明所以,都投来了不解的视线,只以为他们在玩什么新游戏。

路景宁周围几平方米瞬间空落了下来,他拧眉:"有吗?"

"有有有,当然有!"于擎苍的视线迅速扫了一圈,一眼就看到旁边正认真地挑着鱼刺的闻星尘，顿时扑了过去，"闻大佬，救救孩子们？"

闻星尘突然被点名，抬起头来，只见其他人投来的视线一个比一个充满期待。

他看了路景宁一眼，如果放任他在这里，恐怕会伤亡惨重。

沉默片刻后，他拎起椅背上的外套，走到路景宁旁边，手上一松直接盖在了他身上，掌心轻轻地在头上拍了一把："走了，我送你回去，小朋友。"

其他人不由松了口气，差点没感动哭了。

还好有闻星尘在这里镇场子，要不然路景宁喝了那么多，万一放飞起自我来，全场就算有再多的 A 级无畏者也一样得完蛋！

路景宁显然还不太想走，但是最近特殊时期也确实没有办法，摇摇晃晃地站了起来，朝大家意犹未尽地挥了挥手："那我先回去了，大家吃好喝好啊！"

众人差点振臂欢呼："路上小心！"

刚出酒店大门，夜色中的冷风就开始疯狂地往脖子里钻。

路景宁披着外套，原本一片蕴热的脑袋被这么一吹，反倒是控制不住地钻疼了起来，他不由用力地甩了甩脑袋。

他的酒量向来都不差，只能说人的体质一旦弱下来，什么事都不得劲，才干了一轮酒而已，居然就有些提不上劲来了。

吃饭的地点距离学校不远，但也算不上近，两人一前一后地走着，谁都没有说话，只有路边的灯光把两道影子拉得修长，无声地纠缠着。

在距离学校大门倒数第二个路口的时候，路景宁的身影忽然间摇晃了一下，闻星尘本就跟在几步远的位置，眼疾手快地上前，一把抓住了他的手臂："小心点。"

路景宁头疼得厉害，回头时恰好对上闻星尘的视线，微微一愣后旋即笑了起来："哎呀呀，你还挺关心我的嘛！"

闻星尘在这样过分灿烂的笑容下，有些沉默。

这段时间路景宁的状态他看在眼里，也悉知对方埋怨自己不肯帮忙，但气能梳理实在复杂，需要进行专业训练。

路景宁醉得开始说胡话了，但他笑容明媚，像个小太阳。闻星尘想：他还是不太想看见小太阳整天蔫巴巴的。

左右专业书也看得差不多了，闻星尘小心地释放出气能，实质化凝结成一缕，按住路景宁太阳穴的位置，链接对方的精神网，对方乱糟成一团的气能通过链接冲击至闻星尘的大脑。

闻星尘忍下这一瞬间的剧痛，集中精神，仔细地替对方梳理横冲直撞的气能。

路景宁在闻星尘链接精神网的一瞬间安静了下来，在整个梳理过程中，他只觉得仿佛做了一个舒适无比的美梦，等醒来的时候，整个世界无比清新，就连原本体内浓郁的酒意，都消散了不少。

舒服！

……

正如医生说的，一次气能梳理，比任何调理药剂都要来得有效。

当天晚上，四院参加聚餐的同学们基本上都喝了个酩酊大醉，第二天来到学校的时候一个个顶着惺忪的睡眼，哈欠连天。

反倒是昨晚提前离席的路景宁一改前几天一蹶不振的样子，精神抖擞，看得其他人只觉得一脸蒙。

这是怎么回事？

出去喝了一轮酒，居然把昔日的混世魔王给喝回来了？

随着教导员林薇走入教室，所有的同学顿时安静了下来。

显屏面板上投放出一份文件，林薇公事公办地介绍道："同学们，明天开始就是各大社团纳新的日子了。今天回去后还请大家提前做好了解，踊跃报名。"

话音落下，顺利地将所有人的注意力都吸引了过去。

林薇说："现在公布的这份名单上囊括了帝海军大所有社团的名称和分类等级，不同等级的社团加入难度也相对不同，所以请大家在选择的过程中务必量力而行。其中S级社团在纳新时都有硬性要求，想要申请的话，一定要提前了解清楚，有不懂的地方，可以随时来找我咨询。"

路景宁一目十行地扫过了校内各大团队组织的名单，在看到"帝海巡卫队"五个字时，视线在后面的S等级上稍稍停顿了一瞬。

这个名字他曾经听言和彬提到过，当时好像是说，新生如果在挑战赛上顺利完成一挑三，就可以无条件加入。而闻星尘之所以在新生挑战赛上故意输掉最后一场比赛，有非常大的可能性就是为了不要跟这支帝海巡卫队扯上关系。

不管怎么样，路景宁始终不认为闻星尘是一个惧怕站上战场的男人，那么，如果不是为了避战，又会是因为什么呢？

他心里疑惑，下意识地回头朝闻星尘那边看去。

不料这一回头，恰好对上了一抹不辨喜怒的视线。

路景宁也没想到闻星尘居然也在看他，张了张嘴刚想说什么，便见那人又一言不发地移开了眼去。路景宁的脑海中不由得缓缓打出一排问号，下意识地摸了一把自己的脸。

这态度是怎么回事？难道是他今天吃早餐的时候太过豪迈，把肉沫黏到脸上了？

第五章
分明就是来砸场子的吧?

帝海军大跟军部向来关系紧密,也是输送人才的关键点之一。

因此,内部的那些社团虽然宣称都是校内组织,但背后都有一定的势力支持,从某方面来说,也是帝国的各大核心部门提前笼络人才的一个重要渠道。

比如说格斗社是由单兵作战部门赞助的,机甲社的背后则是机甲机动部队,文娱社团是星际文工团的固定招募点……至于那名声响彻星际的帝海巡卫队,不少成员则已经拥有了帝国正式颁布的军阶勋章,只要一毕业就可以直接进入核心部门担任要职。

路景宁拿着辅导员派发的资料回去后也好好地做了一番研究,简单地在其中挑出了几个名字看起来霸气外露的社团,陷入了犹豫。

言和彬正好从外面回来,路景宁抬头打了声招呼,问道:"言和彬,老师跟你们说过社团的事了吗? 你有什么意向? "

言和彬端正地把鞋子在门口摆好,对这个问题没有丝毫的犹豫:"机甲社。"

路景宁发觉他的这位舍友是真的非常喜欢机甲，分院的时候毫不犹像地选择了三院，就连社团都跟机甲密切相关。

其实机甲社也在路景宁的考虑范围之内，但是这个社团的纳新考核分为两部分，机甲的制作和格斗。

机甲制作，他自然是完全不用考虑的了。让他造机甲？相比起来在拆机方面，可能业务能力还更熟练一些。

不过虚拟机甲格斗这种，对他而言倒是小菜一碟了。

如果放在平时路景宁当然完全不觉得担心，可偏偏最近气能紊乱。虽然在获得了闻星尘的气能梳理后，确实腰不酸了腿不疼了吃饭也香了，但他到底是没有再尝试过催动气能，谁知道会不会一不小心又整出什么幺蛾子呢？

路景宁觉得最近自己的腰包着实有些脆弱，还是安分一点比较好，想了想，还是叹了口气："唉，我再看看吧。"

言和彬应了一声，坐在座位前打开了光脑。

路景宁其实早就发现了，最近几天言和彬只要一有时间就会进入到机甲构造系统当中，起初还只是感慨学霸果然比他们这种学渣要来得勤奋，这时候才明白了过来，饶有兴趣地凑了过去："唉？你是想用这台机甲去机甲社面试吗？"

言和彬说："嗯，今晚最后调试一下，不知道能不能行。"

路景宁扫了一圈那台机甲的外观，给予了绝对的肯定："我觉得 OK ！"

言和彬的语调毫无波澜："谢谢。"

路景宁无语。

这么冷漠的反应是怎么回事，他是真的觉得 OK 啊兄弟！

在机甲制作上他确实是个学渣，可是从小到大耳濡目染，没造过机甲总见过机甲跑吧！

他路哥摸过的机子没有上千也有几百，现在光是看着言和彬这台机甲的构造和配置，以他毒辣的眼光来看，就知道一定是个狠角色。即使现在还显得有些稚嫩，但只要有专业人士稍微提点一下，完善之后绝对会是战场上的一大杀器。

奈何看言和彬的样子，似乎对他的夸奖丝毫不上心。

路景宁想了想还是觉得算了，也没再多说什么，只是在心里暗暗地琢磨了一下。这种面试好像确实挺有意思的，机甲社纳新的时候有空也跟去看看好了。

可惜的是，这热闹到底还是没有看成。

当天下午，就在路景宁准备出门的时候，忽然收到了校方发来的一条通讯。言和彬早就准备好了，跟隔壁宿舍的任锦、宿嘉年两人一起等在门口，见他半天没动静，不由得问："怎么了？"

"你们去吧，我估计去不了了。"路景宁神色间也有些困惑，"辅导员让我现在赶紧去教务处一趟。"

很显然，他也不是很明白怎么突然就被叫去教务处了。机甲课上破坏的该赔的他都已经赔了，后来好像也没惹其他事啊？

任锦到底是路景宁的头号迷弟，听他这么说不由有些沮丧："那好吧，我们先走了啊。路哥你要是结束得早，记得一定要过来看看。"

路景宁拍了一把他的脑袋："行了，知道了，来得及我一定过去。"

任锦的神色肉眼可见地开心了起来，愉快地朝他挥了挥手："路哥再见！等你来啊！"

路景宁目送他们离开，看着刚才的通讯记录拧了拧眉，转身打开了衣柜，无意中瞥到了角落里挂着的那件外套，微微顿了一下。

要不，找个机会还回去？

路景宁在原地站了一会儿，不由想起了那人提的要求——如果要还的话，记得提前洗干净。

片刻之后，他从旁边拿了件外套，毫不犹豫地关上了柜门。

算了不还了，还要满足那家伙的洁癖，谁知道到时候会不会嫌他洗得不够干净，麻烦死了。

……

教务处这种地方，路景宁从小到大可没少跑，虽然不知道是什么事，来得也一点思想负担都没有，但进门时看到办公室里站满人，也不由愣了一下。

这些人一看就不是教职工，有男有女有老有少，不知道的还以为他误入了什么全年龄段的相亲现场了。

过了半天，他好不容易憋出三个字："打扰了？"

路景宁说完转身就要走，教务主任祝斋慌忙地开口喊住了他："等等别走，都是来找你的。"

路景宁疑惑地扫视了一圈："各位，都是谁啊？"

那些人在他进来的一瞬间就投来了关注的目光，眼底的神情也颇为复杂，这时候听他一说，表情就更加微妙起来。

最后，一个中年女人站了出来，扯着笑容问道："你就是路景宁？"

路景宁直觉有事，站在原地没有说话。

中年女人见他不搭话，沉默片刻后自我介绍道："那个，我们都是钟锋的亲属。"

话说到这里，一切疑团豁然解开。路景宁忍不住有些想要发笑，隐隐地挑了下眉，抬头看向了祝斋："老师，你们该不会是希望我出面去为钟锋求情吧？"

祝斋脸色也不太好，这件事他了解过，本身就很严重，让路景宁息事宁人这种话，他显然说不出口。

见校方的人始终不表态，钟锋的亲戚们一个个也站不住了。

在场的一个年纪最大的老人摇摇晃晃地从人群中走了出来，笑容和蔼地道："小路同学啊，你看，这件事我们家锋锋也已经知道错了。说到底，你也没有受什么损伤，要不就发发善心帮忙出个面？想要什么补偿尽管说，我们一定会尽量满足你的。"

路景宁面对这张看似满含善意的脸，半点都笑不出来，嘴角讥诮地微微勾起："钟锋知道错了，我也没什么损伤？这位爷爷，你这张嘴也是厉害，这么严重的事情被你一说，怎么感觉完全都不用当回事了呢？"

老人脸上的表情不由一僵："你这小朋友，怎么跟长辈说话的？"

"跟什么人说什么样的话，少跟我玩避重就轻这套。"路景宁根本不吃倚老卖老这一套，笑容也已经完全收敛了起来，"这次我确实没有出事，但没出事只是因为恰好被他们锁在仓库里的人是我，我反倒觉得你们应该庆幸才对，如果随便换上一个其他人，事情会发展到什么地步，到时候钟锋就不只是坐几年牢这么简单的了。"

老人被说得哑口无言，紧紧握着拐杖，整个人都气得抖了起来。

中年女人显然也站不住了："事情都可以商量，何必把话说得这么绝？你难道不知道……"

路景宁似笑非笑地打断了她的话："确实，什么事情都可以商量，但这件事情，根本没的谈。你们要是再纠缠不休，把我逼急了直接去帝星最高法院上诉，你们猜，会不会再多判个十来年？"

在他嚣张至极的态度下，中年女人的脸顿时变成了鹅肝色。

教务主任祝斋始终一言不发地在旁边听着，这时候忍不住暗暗多看了路景宁一眼，眸底满满的都是惊叹。

还是老人最先反应过来，深深地看了路景宁一眼，忽然放沉了声音："小朋友，这种事我劝你最好还是跟家里商量一下。你年纪还小，有些事情不计后果可以理解，但有时候，还是需要为家里的其他人考虑下的，如果因为自己的事连累到父母，那就不太好了。"

路景宁当然听得出来话里满满的威胁，忽然间明白钟锋那股有恃无恐的嚣张劲是从哪来的了。

只不过，这个老人的态度让他感到十分想笑。果然不是一家人不进一家门，威胁谁不好，居然威胁到他头上来了。

就是因为不想招惹不必要的麻烦，他才特意隐瞒了家世。没想到，钟家的这些人查不出他的底细，居然有恃无恐地找上门来了。

钟家的人见他没说话，以为他怕了，气焰不由得又高了几分。

正要再次开口时，门口的人不徐不缓地开了口："不好意思，我来晚了。"

路景宁听到熟悉的声音下意识地看去，只见闻星尘站在门口，穿了一身黑，衬得高挑的身材愈发完美。

这届的新生第一，身为教务主任当然不可能不认识，但祝斋这会儿却显得有些茫然："闻星尘？我没喊你来啊？"

闻星尘微微一笑："听说事关钟锋的暴力事件，我也算是目击者，就过来看看。"

之前钟家人绞尽脑汁想要大事化小，这时候闻星尘一开口就说是暴力事件，脸色顿时都不好看起来。

中年女人咬了咬牙："这位同学，还请注意一下用词！"

闻星尘嘴角勾起一丝笑意："啊，抱歉，是我形容不当。"

女人的脸色稍微好上些许，便听他又慢悠悠地开了口："不是暴力事件，是企图暴力欺负同学反倒跪地求饶。"

"噗——"

周围陷入一片诡异的沉默，一个不和谐的声音喷笑而出。

路景宁留意到周围投来的视线，歉意地连连摆手："不好意思，不好意思，一个没忍住，你们继续，你们继续！"

估计也只有在这种时候他才会欣赏闻星尘这张恶毒的嘴。

他这样一笑把钟家那些人彻底点燃了，后面的两个男人凶神恶煞地撸了撸袖子："怎么说话的！"

路景宁可以感受到充斥在空气中的气能，忽然唯恐天下不乱地挑了挑眉，这下有意思了。

这两个男人把气能放出来一方面是朝闻星尘施压。

忽然一层骇人的气场散开，以绝对强势的气魄完全压制住了他们，让还没来得及迈出的步子，下意识地又退了回去。钟家的几人不由得感到有些头皮发麻，背脊的薄汗瞬间湿了一片。谁也没想到一个在校学生居然会有这么强大的气场，一时间噤若寒蝉。

中年女人心里愈发不悦，又有些讥诮，只觉得闻星尘这样肆无忌惮地释放气能，也不怕把他那个安愈者同学一起牵连进来？

然而，这样的想法在她转头看去的一瞬间荡然无存。

路景宁哪里像有半点受到影响的样子，脸色如常，一副在这种紧迫的氛围当中无比惬意的样子。

钟家的人终于横不起来了，只剩下一阵惶恐。

要说在闻星尘的压迫下面色未改的，教务主任祝斋也算是一个。心知这时候终于轮到他表演了，顿时和颜悦色地出面做起了和事佬。

先是轻轻地拍了拍闻星尘的肩膀："同学，把气能收一收，人家也就是来调解的，就算不接受，也不需要闹得太过难堪。"

说着，又回头看了钟家人一眼，态度友善地询问道："大家说，是不是这个道理？"

钟家人心里当然不甘，但闻星尘这么一震，强势的压迫让他们本能地产生了惧意，只能心不甘情不愿地顺着这个台阶退让了："对对对，今天是我们打扰了。"

闻星尘这才不动声色地把气场收了起来，没再看他们，转身看向路景宁，问："走不走？"

"走啊，当然走！"路景宁说着，还不忘一一道别，"老师，各位，没其他事了的话，那就再见了啊！"

钟家人有心想拦，可碍着闻星尘笼罩在身边的那万年寒冰般的阴冷气息，强烈的窒息感下只能悻悻地目送他们离开。

走下楼后，路景宁问："去哪？"

闻星尘反问："你去哪？"

路景宁看了眼时间："准备去机甲社看看，言和彬那边应该还没结束，作为星际好舍友，我得去给他加加油。"

闻星尘看起来特别地从善如流："我没什么事，都可以。"

今天是社团纳新的第一天，第一批社团已经正式进入到了招募阶段。机甲社作为帝海军大最受欢迎的社团之一，纳新地点人山人海热闹非凡，这阵仗几乎可以媲美星际五百强企业的应聘现场，隔得老远都可以感受到浓烈的竞争氛围。

路景宁正准备给任锦他们发通讯，一抬头恰好看到几个熟悉的身影，遥遥地挥手招呼。

几人闻声抬头，一眼就看到了他那头醒目的金发，却是垂头丧气地走了过来，和临出门时截然相反，看起来情绪低迷。

路景宁看他们这副样子，又留意到言和彬冷峻的脸庞，错愕了一瞬："怎么回事？没进？不可能吧？"

他不说倒还好，这一说，宿嘉年原本沮丧的表情顿时换成了一抹气愤："什么机甲社的干事，我觉得就一群狗眼看人低的家伙！言和彬制作的机甲明明比那些无畏者的强多了，就因为他是一个安愈者，居然提出让他去进行虚拟作战，摆明了就是故意刁难！"

任锦一生气，脸颊都有些微红："就是啊！还让一个 A 级的无畏者来跟言和彬打，气能强度差了那么多，打不过就说是机甲问题！

127

不想招收安愈者就直说，用得着这么欺负人吗？"

路景宁听两人你一言我一语地说了半天，明白了事情的来龙去脉，转头看向言和彬问："所以并不是你的机甲有问题，对吧？"

一直沉默不语的言和彬这才开口，语调听不出喜怒，却很坚定："就场内应聘的那些机甲而言，我的绝对是最强的。"

路景宁本来就被钟家那些人惹得暴躁得很，正愁没地方发泄，闻言顿时忍不住揉了揉拳头："好啊！真是上哪都能碰到这种瞧不起安愈者的人！"

闻星尘在旁边听了个大概，忍不住勾了勾嘴角："我还以为进了帝海军大这么久，你应该已经习惯这个节奏了。"

话听起来有些欠扁，但确是实情没错。

在这种跟军部有密切联系的军校当中，估计也就只有文娱社、料理社等偏后方支援的社团才会欢迎气能等级不高的安愈者，其他社团但凡和作战有关联，多多少少都会受到固有观念的影响，优先选择录用无畏者。

闻星尘说着，还不忘继续补刀："机甲社的话，据我所知出于某个原因，近两年都没有再招收过任何安愈者社员，拒绝你们也是正常的。"

他越是这样说，路景宁就越不吃这一套。

安愈者不适合这个不适合那个的话，他早就听够了！

更何况言和彬这几天为这次面试做了多久的准备，付出多大努力，他都看在眼里，现在居然因为这种原因而被刁难淘汰，他怎么都咽不下这口气。

之前虽然担心气能会不太稳定，但现在不一样，闻星尘这家伙不就在现场吗？一个行走的气能梳理机有没有，根本就不带怕的！

"闻星尘，记得跟上！"

路景宁丢下这么一句话后，朝那人来人往的入口看了一眼，拉起言和彬毫不犹豫地迈开了脚步："走，再看看去！不就是一个社团吗，还不收安愈者？我倒是要看看这门槛到底有多高！"

言和彬被跌跌撞撞地拉了几步，回过神来候正想挣脱，但是一抬头看到路景宁满是不悦的侧颜，心里有什么隐约触动了一下，就这样由他拉着再次走了进去。

闻星尘看着路景宁就这样风风火火地杀进去，不由无语地沉默了一瞬，到底也跟着迈开了步子。

机甲社的入口处摆了一张桌子，一个高年级的女无畏者坐在桌前负责面试登记，刚将前一人的资料完成录入，只听到一个张扬的声音从头顶响起来："学姐，面试是这里登记吧？我要报名。"

女无畏者闻言抬头，看清路景宁的模样后微微愣了一下："安愈者？"

路景宁挑眉："安愈者怎么了，有规定安愈者不能报名吗？"

"也不是。"女无畏者这时候已经看到了站在他后头的言和彬几人，好像明白了路景宁为什么会有这种全身是刺的状态，收敛了下唇角失笑的弧度，从抽屉里拿出了光脑接通器。

她扫了一下路景宁校徽上的编码，调出基础信息后一边登记一边问道："同学，你选什么面试项目？机甲制作吗？"

路景宁说："不，我选机甲格斗。"

"好的，机甲格……"女无畏者终于反应过来，动作不由停顿了一下，"你选，机甲格斗？"

路景宁嘴角勾起："怎么，机甲格斗不能选吗？"

女无畏者说："当然不是……"

路景宁轻轻一笑，指了指言和彬，语调拖长了几分，显得慵懒又有气势："而且，我申请在虚拟对战仓里使用我朋友制作的那台

129

机甲，至于对手，谁都可以，你们随意。"

这样张扬又跋扈的态度，女无畏者愣是半晌没说出一句话来。

闻星尘一直靠在不远处的门边百无聊赖地等着，这时候终于忍不住笑出声来。

呵，这人哪里是来报名面试的，分明就是来砸场子的吧?

机甲社纳新使用的是虚拟格斗模式，将机甲的制作数据导入后，会自动构造出一个虚拟的机甲模型，操控者只需要将意识与虚拟舱进行对接，就可以进入机甲当中进行模拟作战。

在这个过程当中，不管是机甲的各项细化指标，还是操控者的气能波动，都可以百分之百还原，属于目前全星际最完善的机甲运用系统之一。

这种模式，不仅避免了大规模投入的机甲制作及检测费用，还能在确保没有伤亡的前提下进行绝对真实的机甲格斗实战，也就帝海军大机甲社这种背后有机甲机动部队支持的特殊组织，才能顺利地引入这么先进的设备。

这边的动静很快吸引到了周围人的注意，一听说有个安愈者要参加机甲格斗对抗，都好奇地围观，只见一个金发安愈者正面不改色地做着热身活动，另外两个人站在旁边，振臂助威，景象一派热闹。

众人：……这还自带啦啦队呢?

言和彬在旁边站了一会儿，到底还是等不住了，垂眸看向正在压腿的路景宁，问："需要为你介绍一下机甲的性能吗?"

每台机甲的属性都大不相同，有时候一点点认知的偏差，都可能失之毫厘谬以千里。本以为路景宁会毫不犹豫地点头，没想到他却摆了摆手道："不用了，时间来不及。等我进去了自己摸索就行。"

自己摸索? 言和彬的嘴角不由得抽搐了一下。不过时间确实不

130

多了，只见另外那边，门口接待的女无畏者已经叫了一个高年级生过来，遥遥地朝他们这边指了指，不知道在说些什么。

高年级生朝这边看时微微拧了下眉心，虽然听不清楚对话的具体内容，但是隐约可以感到一种溢于言表的不情愿。

任锦一脸愤愤地告状道："路哥你看那个高年生级，刚才就是他欺负的言和彬！"

路景宁撸了撸袖子："放心！等我把他们脸都打肿！"

言和彬无语。

欺负？能换个别的词吗？

两边人员到位，各自走向了准备好的虚拟舱。

到舱门面前的时候，高年级生还不忘刺激上路景宁一句："学弟，一会打的时候干脆点，我们速战速决。"

路景宁心里一声"呵呵"，脸上朝他露出了人畜无害的笑容："好的学长。"

两人各自进入舱门，周围很快落下了数根意识链接枢纽，轻轻地落在头两侧，接通之后，精神便顺利地与虚拟机甲完成了对接。

路景宁再睁开眼睛时，已经在机甲操控室内了。

他扫视了一圈，视野很宽阔，路景宁并没有着急去解决站在广场另一端的对手，而是迅速地熟悉了一下机舱内的操控环境。

看得出来言和彬在构造这台机甲时确实研究过不少资料，就连操作系统都是目前军部最常用的体系，对路景宁这种经常有接触的人而言，可以说是再熟悉不过。

他的嘴角微微勾起，试探性地做了几个动作。

此时高年级生正准备进行第一波进攻，忽然看到对面那台机甲毫无预兆地抬起了前臂。

高年级生吓了一跳，为了避免对方偷袭，他本能地做了一个敏捷的翻身。然而，片刻的等待之后，却什么事都没有发生。

遥遥看去，只见那台银色机甲晃完前臂后又懒洋洋地重新垂落了下来，然后换成侧壁抬了起来，临空慢悠悠地挥舞了两下。

这状态，好像在召唤别人跟着他左手右手一个慢动作。

高年级生：这是干什么，做机甲广播操吗？

现场的全息景象通过仪器投放在场中央的观战平台上，看到眼前的情景，就连原本士气高涨地在场外加油的任锦，都不由地愣了一下："路哥这是在干嘛，示威吗？"

宿嘉年犹豫道："我觉得，应该是挑衅？"

言和彬说："……不，他只是在熟悉操作。"

几人不由得陷入一阵沉默，过了片刻，任锦仿佛寻求认可般问道："言和彬，你说，路哥他一定会赢的，是吧？"

言和彬抬头朝场上看去，银色的虚拟机甲模型映入他的眼中，嘴角微不可识地浮起："当然，会赢的。"

刚才的失利下，他不否认是因为自己的气能等级不够没办法完成高强度的机甲操控造成的。

但是，现在场上的人已经换成了路景宁，他绝对可以！

路景宁熟悉得差不多了，一抬头恰好看到跟前迎面冲来的黑色机甲，眸底锐色一闪，也不避开，气能爆发的一瞬间，张开机械臂就这样刚硬无比地直接迎了上去。

两台机甲的正面碰撞在一起的瞬间，激出了一片耀眼的火花。

其他人即使只是看全息影像，都可以感受到强大的力量对抗，下意识地惊呼出声。不是说是个安愈者在和无畏者打吗？这种势均力敌的阵势又是怎么回事，看起来不像是放水啊？

高年级生眼里，早就已经被震惊的情绪完全填满，他本意是想要像之前跟言和彬打的那场一样，仗着力量上的绝对优势，将这个安愈者的机甲直接推出场外了事。可没想到的是，这短暂的一下试探非但没有得手，反倒感受到了一股比他更为强势的力量。

就当高年级生还在愣神，下一秒，作为承受方的银色机甲忽然发力，双方的局势瞬间扭转了过来。

路景宁从来没有给人留余地的习惯，操控系统一旦熟悉，几支机械臂同时发力，接连的进攻下不止把黑色机甲打得节节败退，银色的盔甲周围瞬间还笼上了一层隐约的电波。

台下的言和彬眉目间不由得露出了惊讶的神色："他居然触发了电感系统？"

有了充能的机械拳和普通拳头的杀伤性完全不同，高年级生下意识地伸出机械臂去接，却在正中的一瞬间被彻底震飞。

重重地摔地上的一瞬，真实的震感让他感到有些目眩，眉目间的神色也终于跟着凝重了起来。此时更是不再犹豫，两颗光速飞弹转眼间已经冲着迎面追来的银色机甲发射而出。

路景宁眉目间浮起了一丝笑意，机械臂上的电流瞬间凝聚到了腿上，眼见飞弹逼至眼前，银色机甲的影像忽然间模糊了一瞬，下一秒出现在了十米外的距离，完美地避开了所有的攻击。

观战的人看得有些愣神，一时间有些拿捏不准："刚才那是……空间瞬移吗？"

空间瞬移是机甲领域最顶级的项目之一，虽然刚才的那一下移动距离极短，但的的确确是这项高端无比的技术没错。

短暂的沉默之后，全场轰然炸开了。

这机甲怎么回事，简直神作啊！不是说出自一个低年级新生之手吗，居然还加上了空间瞬移设备？！要知道，掌握这项技术的人就算放眼全帝国，恐怕都不会超过十人！

言和彬可以感受到周围好奇无比地投来的视线，看着场上积极

133

对战的机甲，神色间却有些复杂，他也没想到路景宁居然第一次驾驶，就能把他的机甲运用到这个地步。

此时此刻，明明有数次可以直接击垮对手的机会，路景宁却始终没有结束这场对战的意思，他似乎明白了场上那人的想法。

一场表演。

不出意料地，继电感系统和空间瞬移之后，紧接着是臂力强化、激光束、固化防御等一个个新型形态。

一个接一个在对战过程中呈现，与其说是在进行实战格斗，倒不如说是在将言和彬的机甲在做最全面的展示。

最后，在所有人眼花缭乱下，终于达到了最后的高潮。连续几枚粒子弹束射出，随着敌方机甲被彻底瓦解，对抗也终于结束。

直到退出模拟系统，高年级生依旧有些回不过神来。回首刚才整个过程，从头到尾他几乎都处在无比被动的节奏当中。

对手的攻势实在是太过凶猛，完全没有给他任何喘息的时间，更别说招架之力了。

稍微熟悉机甲格斗的人都很清楚，这种高频率的作战节奏是无比消耗个人气能的。而要想顺利完成如此华丽的一整套操作，气能到底强悍到什么地步，实在有些难以想象。

最关键的一点是，对面操作舱里的人，居然还是个安愈者！

高年级生几乎是一脸茫然地从虚拟舱里走出来，一回头，正好看到旁边的舱门也打开了，就这样跟旁边那人四目相对。

路景宁一脸神清气爽的样子，半点都看不出刚刚经历了一场如此高强度的格斗对抗，视线接触下态度倒是极好，笑眯眯地率先开口打了声招呼："学长，不好意思啊，没有做到你要求的速战速决。"

高年级生忍不住捂了捂胸，字字扎心，好想吐血！

忍了一会儿，他还是走了过去，神色别扭地问道："同学，你机甲操控得不错，之前应该跟机子磨合很久了吧？"

"什么磨合？没有啊？"路景宁露出一抹错愕，"这台机甲刚刚我才第一次接触，哪有磨合的时间？"

高年级生表情微僵："第一次接触？"

路景宁点头："对啊，你没看我刚开始的时候，还熟悉了一下操作系统吗？还好我适应能力强，要不然可能就真的输了呢！"

高年级生回想起对方刚开局时候的怪异举动，这才明白过来是在做什么，可是这样一来，总感觉被打击的程度更大了。

原本吧，他今天用的也是临时调出的机甲。如果对方在这之前提前进行过充分的人机磨合，那他就算输给一个安愈者新生，多少也算是有了一个台阶下。

可现在，对方居然说，他也是在刚刚才和机甲有了初次接触。

高年级生的脸色不由有些精彩，半天都没酝酿出来应该用什么样的话去接。就在他尴尬无比的时候，后头突然传来一个声音："万晨，你杵在这里做什么，还嫌不够丢人吗？"

叫万晨的高年级生背脊顿时一僵，苦笑着转过头去："副社长。"

来人说话的语调透着一股子说不出来的傲慢，剑眉星目，剪了个干净利落的寸头，耳边一个红色的耳钉显得分外醒目，正是机甲社的副社长游泽洋。

他的出现瞬间就把众人的注意力全部都吸引了过去，这时也不多废话，扯过万晨的领子，随手就扔给了跟在后头的女无畏者："安火，带这小子去门口做登记工作吧，留在里面也是个累赘。"

万晨憋屈地耷拉着脑袋："副社长……"

他后面的话在游泽洋锐利的视线扫过时，硬生生憋了回去。

名叫安火的女无畏者忍不住轻笑了一声，一边拉着他往外走，一边小声安抚道："行了行了少说两句，副社长什么脾气你还不知

135

道吗？少说话多做事，乖了。"

路景宁站在旁边目睹了整个过程，饶有兴趣地微微挑起了几分眉梢。如果只是那种色厉内荏的家伙，他当然不会放在眼里，不过机甲社这个副社长自从出现后就始终带着强势的气场，显然不是那种只懂装的货色。

而且，还真很久没有遇到过比他更嚣张的人了，这个副社长，有点意思啊？

游泽洋转头时，正好看到路景宁双手插着裤袋靠在虚拟舱的门口，懒懒散散地歪着头打量他，这样的神色，要说张狂至极都不为过。

两人视线碰撞的一瞬间，仿佛可以看到无形的火花四溢。

游泽洋从来没想过自己有一天居然会受到一个安愈者的挑衅，额前的青筋隐约抽搐了两下，眸色也跟着沉了下来："这位学弟，身为副社长，我必须恭喜你通过了我们的基础考验。"

路景宁自然是毫不客气："多谢多谢。"

"很高兴机甲社可以得到你们的青睐，能被选择，对我们来说也确实是至高的荣幸。"游泽洋说到这里，话锋忽然毫无预兆地一转，"但我还是不得不遗憾地表示，我们社团在今年的纳新计划当中，确实没有给安愈者预留位置。不是说安愈者有哪里不好，只不过从各方面来说，无畏者都更适合我们社团一些，所以非常抱歉，机甲社并不能录用你们。"

话落之后，周围突兀地安静了一瞬。任锦几人紧张地打量着路景宁的表情，本以为他随时都会爆发，没想到他没有半点火气地轻笑了一声："哦？所以学长的意思是说，不管考核的最终结果怎么样，都不能录用我们，就因为我们是安愈者？"

游泽洋也不避讳，直言道："是这样没错。"

当听到这话，言和彬的眸色不可避免地黯淡了一瞬。

路景宁依旧是那副笑眯眯的表情，紧着着，从嘴角慢悠悠地憋出四个字来："没错个屁！"

游泽洋的眉心紧紧拧起："注意你说话的态度。"

"注意态度？我不注意又怎么样？"

路景宁最看不惯这种无畏者，今天更是随时爆炸的状态，这时候也不控制了，冲到跟前狠狠地一推，瞬间就将游泽洋推到了墙壁上。

紧接着随手扯起对方的衣领，神色间满满的蔑视："从来没有听说过，哪个社团还能有这种规定！瞧不起安愈者是吧？好啊，今天我人就在这里，要不要再来打一局，看看到底谁才是弱鸡？"

游泽洋怎么也没想到路景宁会突然发难，猝不及防下，居然在大庭广众下被摁在了墙壁上。

回过神来时，他的神色顿时充满了恼意："你给我松手！"

路景宁寸步不让："松手？简单，比试完再说！"

游泽洋本身也是个暴躁性子，看对方是安愈者才稍微收敛了一点，这时候人都要踩他头上了，火气顿时被彻底激了起来。

然而没等他发作，视野中忽然多了一只五指修长的手。

游泽洋只是微滞的工夫，那只手已经拎上了路景宁的衣角，就这样不动声色地给提了起来。

路景宁的双脚就这样毫无预兆地离开了地面，他脸上蛮横的表情也化为了疑惑。一回头，正好对上一双微微含笑的眼睛："啊啊，不好意思，我们的副社长不太会说话，得罪新同学了。"

这张脸看起来无比地人畜无害，长长的桃花眼微微眯起。

路景宁虽然确定从没有见过这个人，但不知怎么的，又有一种莫名熟悉的感觉。

来人被他盯着看了半天，清了清嗓子，语调温柔地说道："抱歉，忘记自我介绍了。我是机甲社社长邝云林，以后，还请多多指教。"

路景宁却笑不出来："可以把我先放下吗？"

"啊啊，抱歉。"邴云林说着，轻轻地松了手。

路景宁重新回到了地面，看着旁边突然间安静如鸡的游泽洋，好像发现了什么全新的食物链关系。

他好奇地打量了一眼这个看起来安全无害的机甲社社长，回想起刚才他说的那句话来，控制不住地想笑："你刚说，以后多多指教？"

邴云林温和一笑："是的，欢迎加入机甲社。以后还请两位多多指教。"

言和彬微微一愣："两位？"

"刚才的对战我看了，不得不承认，操控手确实非常强势，但是这台机甲的制作者，却是一个绝对的机甲天才。"邴云林说着，看向言和彬的眼睛微微弯了起来，"之前是我们的干事眼界太短，我在这里替他们表示歉意。同时也真诚地希望你能加入我们社团，就是不知道，这位同学愿意再给我们一次邀请加入的机会吗？"

言和彬说："当然愿意。"

路景宁本来觉得这个社长倒是个识趣的人，还想针对之前受到的刁难好好说道说道，结果没想到言和彬这个耿直 boy 居然答应得这么直接，反倒让他一时间找不到什么发挥的空间了。

游泽洋显然不满："社长，他们可是安愈者……"

"可以了，其他的事我们回去再说。"邴云林不轻不重地打断了他的话。

路景宁的本意只是帮言和彬满足心愿，这时候正想说他压根就不稀罕什么机甲社团，但一见游泽洋这恨不得他们原地消失的态度，忽然改变了主意。

其实，留下来好像也挺有意思的？

于是到嘴边的话轻轻一转，变成了一声悠扬的口哨。

邝云林解决了这边的事，视线朝周围扫了一圈，最后落在了墙边那个修长的人影上，抬高声音问道："那你呢？来都来了，就不考虑一下机甲社吗？"

其他人见社长亲自招揽，不由好奇看了过去。

闻星尘看了半天热闹，没想到话题会落到自己身上，神色不明地应道："不用了，我对你们机甲社没兴趣。"

"那可真是遗憾。"邝云林微微一笑，"我原本以为，你不去那位那边，多少还是有希望来我这里的呢？"

闻星尘沉默片刻，没有应声，直接站起来："走了。"

也不知道这两个字是跟谁说的，就这样转身离开了。

路景宁也没想到闻星尘居然跟这个机甲社社长认识，盯着这个看起来似乎全身散发着不爽的背影看了一会儿，随手把外套一穿，也懒懒散散地迈开步子："行了，完事了，那我们也走吧。"

任锦和宿嘉年早就已经看愣了，回过神后慌忙跟上。

只有言和彬不忘朝着场内的两位学长点了点头："学长再见。"

邝云林微笑："社团活动见。"

游泽洋一脸不悦，只见走到门口的路景宁又忽然转过身来，朝他做了一个嘲讽无比的巨大鬼脸。

那张嚣张的脸上仿佛满满地写了三个字：气不气？

游泽洋咬牙："……这混蛋小子！"

碍于邝云林在场，他到底还是忍住了冲上去揍人的冲动。

短暂的闹剧之后，机甲社纳新现场又恢复了之前有条不紊的秩序。等到走出了众人的视野，游泽洋终于按捺不住了："社长，你到底为什么非要录用那两个安愈者？"

邝云林脸上的笑容早就已经收敛起来，微微地垂了垂眼睫："那两个安愈者和其他安愈者不一样，我自然有我的道理。"

游泽洋道："这能有什么道理？难道当年温促的事你都忘了吗？万一又……"

他的话在周围突然凛冽的气能压迫下戛然而止。

"没有这个万一！"邡云林的语调也跟着淡了下来，"放心吧，我可以保证，那样的事绝对不会再发生第二次！"

游泽洋在他这样的气势下感到背脊渗出了一层冷汗，但是回想起当年的事故，神色也黯淡下来："但愿吧。"

走出机甲社的时候，闻星尘已经走得快没影了，虽然没说什么话，但看得出来他情绪和平常有些不太一样。

路景宁拧了拧眉心，一言不发地跟着言和彬几人往宿舍走去，走到一半忽然停下了脚步，其他人齐齐回头看他。

任锦问："怎么了，路哥？"

路景宁挠了一把头发，道："没什么，突然想起有件事，你们先回去吧，不用等我了。"

说完也没等他们再问，转身就开始了狂奔。

路景宁沿着闻星尘走去的方向跑了一路，却没见着半个人影，最后干脆在旁边的教学楼里找了一圈，终于在B区走廊里看到了闻星尘。那人就这样支着身子靠在栏杆上，指尖夹着一根不知道哪里弄来的薄荷烟，烟雾笼罩在周围，融入恒星的光辉下，在整个人身边笼上了一层极浅极淡的光晕。

徐徐吹过的风将发丝轻轻撩起。

当他娴熟地将烟卷放到嘴边时，似乎感受到了什么，下意识地回头看了过来，恰好看到站在楼梯口的路景宁。只见那头金发上面点缀着点点汗珠，看起来反倒是比任何时候都要光彩夺目。

闻星尘放到嘴边的半截烟就这样顿在了原地，不知怎么的莫名有种被抓包的错觉，就这样诡异地对峙了片刻，他才掩饰性地清了清嗓子："咳，你怎么还没回去？"

　　路景宁没有说话，只是看着他手里的烟微微挑了挑眉。

　　闻星尘沉默片刻，还是把烟蒂给彻底摁灭了，眼见路景宁终于慢悠悠地晃了过来，忽然语调调侃地笑了一声："怎么，别告诉我你不喜欢烟味？"

　　周围的烟味还没彻底散开，路景宁走近时可以感受到笼罩上来的薄荷烟的味道，他算是发现了，闻星尘就是一个自己不爽也不想让别人舒坦的典型，就比如说现在，不呛他几句就浑身不舒坦。

　　其实吧，这人某方面比他还幼稚。

　　哦对了，不止幼稚，还自恋，简言之就是性格恶劣。

　　路景宁心里一阵疯狂吐槽，完全不想继续深入探讨薄荷烟的味道到底好不好闻这种毫无营养的话题。他伸手在裤袋里掏了掏，拿出一颗薄荷糖来，把包装拆开后手一抬，就这样直接塞到了闻星尘的嘴里，完全没给他半点反抗机会："好好感受一下，这糖的薄荷味可比烟味好闻多了。"

　　闻星尘还没来得及反应，瞬间就感到嘴巴里散开了一股黏黏的甜味。路景宁也拆了颗糖扔进嘴里，懒洋洋地俯身趴在栏杆上，眯了眯眼显得有些享受："看到没，这才是人生嘛！"

　　闻星尘看着他的背影微微愣了愣神，好半天才说出一句话："所以，你着急找我到底有什么事？"

　　路景宁仿佛这才想起正事来，一只手支着脑袋，侧身看了过来："哦对了，我就是想问你，你喜欢什么味道的洗衣粉？"

　　闻星尘问："洗衣粉？"

　　路景宁一边嚼着薄荷糖一边缓缓地点了点头："对啊，你不是让我把外套洗干净了再还你吗？你喜欢什么味道我就用什么味道，你这么挑剔，省得到时候拿来还你还挑三拣四，多麻烦。"

闻星尘沉默片刻，说："青梅酱味的。"

恰好一阵风吹过，周围有些苦涩的烟味瞬间被冲散了不少。

路景宁愣了一下才反应过来："可以啊老闻，有眼光！"

他刚准备再说什么，却被远处突然爆发的躁动声给引去了注意。

闻星尘也抬头看去，当视线落过那个高挑的身影时，眼里的笑意渐渐敛了下去。

此刻，校门外恰好走进来一行人。

有男有女，一个个身材修长，全部都穿着统一的白色军装制服，肩膀上精致的勋章足以彰显不一样的身份。其中一人坐在轮椅上，由一个卷着大波浪的女无畏者推着，看起来像是受了伤。但是，这半点都没有影响到其他人因为他们的出现而爆发的阵阵欢呼。

路景宁的耳力向来极好，从周围蜂拥而至的人群发出的呐喊尖叫声中，非常轻易地就掌握了那些人的身份。

"啊啊啊啊啊啊，是帝海巡卫队的！他们终于返校了！"

"听说他们在 SU8052 战役当中协助军方消灭了东海星系的战祸团，简直不要太帅！"

"但是这次确实非常危险啊！你看，连危舒学长都受伤了，也不知道情况严不严重，真是让人担心。"

"这就是康寒云学姐吗？天啊，也太帅气了吧！"

"闻夜学长终于回来了，我都已经大半个学期没看到过他了。"

"闻夜确实可以，据说这次又立了个二等军功，估计毕业后就直接会去军部任要职，说他是我们帝海军大的第一人也不为过吧！"

路景宁听到最后，所有人的话题似乎全部都转到了帝海巡卫队队长闻夜身上，彩虹屁一套接一套，生怕没办法把他吹到天上去。

啧，真有这么神吗？

这是他第一次正式见到传说中的帝海巡卫队，心里多少有些好奇，但是一听这个队长也姓闻，下意识地回头朝着闻星尘看去。

不出所料，只见闻星尘的视线遥遥地落在队伍最前头的那个男子身上，转瞬间就已经收回视线，恢复了平日里面无表情的样子，不辨喜怒。

路景宁眨了眨眼，觉得自己大概知道了这人不想加入帝海巡卫队的真正原因了。

所以，是兄长吗？

周围的吵闹声，随着帝海巡卫队的路过渐渐远去。

两人在那一言不发地站了一会儿，终于站不下去了。

"回去吧。"闻星尘的情绪显然又低落了下来，好在看起来没像最初那么烦躁。

路景宁也有几个哥哥，不过从小到大都把他宠得紧，从来没有过半点不融洽的氛围。在不了解闻星尘具体家庭情况的前提下，他也没有多问什么。在回去的路上忽然想起一件事来："对了老闻，你跟那个机甲社社长认识？"

闻星尘应道："嗯。"

路景宁问："什么来路啊他？说来也奇怪，我总感觉好像在哪里见过他。"

闻星尘的步伐微微一顿，不答反问："你见过校长？"

路景宁一脸茫然："见过啊。"

"你不觉得，这两人很像吗？"闻星尘意味深长地勾了勾嘴角，"邴云林，就是邴沧校长的孙子。所以，他大概率不会把你怎么样，不过跟这种人，最好还是保持点距离比较好，要不然很可能把你卖了都还在替他数钱。这样跟你说，你应该明白我的意思吧？"

路景宁震惊：什么？！

难怪了，他就说怎么这种感觉这么熟悉，这两人，简直就是一个老狐狸、一个小狐狸啊！

社团活动通常是在周末，路景宁没有那么快再见到机甲社团的那些人，倒是在第二天下午的格斗课上跟闻星尘先对上了。

之前还没有明显的感觉，这时候他终于反应过来，不知不觉间，班级的同学在组队对抗这件事情上面，似乎已经默认把他跟老闻牢牢地捆绑在了一起。

因为四院学生总数本来就不多，格斗课干脆就将三个班级的六十人同时安排在了一起，在训练场上依次排开，看起来颇为壮观。

这堂课老师教的是身体力量的发力点，要求两位同学面对面站定，两只手各自发力，能够将对面的人推倒就算获胜，所有人就这样按照一批十人，被分成了六组。

随着前五组陆续分出了胜负，格斗老师吹响口哨："最后一组！"

于是，路景宁就这样在命运的安排下，跟闻星尘大眼瞪小眼地站在了那里，毫无疑问备受瞩目的两人。

听到口令，闻星尘摆好了站姿："准备？"

路景宁日常走神，想了老半天没回想起来刚才教的动作要领，只能照着闻星尘的样子依葫芦画瓢地站好："手呢？这手怎么摆？"

"双手张开，掌心放平，然后再两只手互相锁住。不对，不是你这样的。"闻星尘不由得沉默了一瞬，"你站好吧，手伸过来，我帮你摆。"

格斗老师正在逐一检查各组的动作正确度，一回头正好看见路景宁的动作，一时间忍不住无语了一把，走过来三两下就把他的姿势调整了过来："看到没，这才是标准动作！"

路景宁表现得异常谦虚："看到了看到了，老师真厉害！"

眼见格斗老师心满意足地走了，闻星尘终于忍不住低笑了一声："马屁拍得不错。"

路景宁没好气地扫了他一眼，鄙视道："你还笑？要不是你教得差劲，我用得着被老师调侃吗？"

闻星尘点头："是，你说得对。"

两分钟后，最后一组成员就位，格斗老师叼着口哨站在旁边，重重地吹了一声，等于宣布："准备——开始！"

路景宁玩笑归玩笑，一听到口令顿时认真了起来。两个人面对面地各自发力，就这样久久地进入到了对峙的节奏当中。

格斗课主要内容是他们的身体强化，在不动用气能的前提下，完全不用担心发生什么事故。

周围的其他小组陆续分出了胜负，还坚持在场上的人越来越少。

三组，二组……直到，只剩下了最后一组。

三班就不用说了，其他两个班级对路景宁这个安愈者的强悍也早有耳闻，但是眼见着在这种格斗课上他居然可以跟闻星尘势均力敌地对抗这么久，还是不免感到有些惊讶。

虽然说路景宁的 S 级气能对身体强度会有一些影响，可是在他对面的闻星尘，同样也是 S 级的持有者啊！

随着时间一分一秒过去，对抗进行到了白热化阶段。其他人看得都出了一层薄汗，可场上的两人依旧面色未改地继续着。

也不知道过了多久，有人忍不住看了眼时间，已经二十分钟了！

现场同学们眼底的震惊越来越重，就连格斗老师看向这两人的眼神都带上了一丝赞许，这两人在硬实力上还真是没得说。

随着对抗时间的无限延长，力量的碰撞下，路景宁感到自己的体能在慢慢地流失。这并不是什么好征兆，在无法确保闻星尘情况的前提下，以往的经验告诉他，非常有必要速战速决。

路景宁的眉间顿时笼起了一层战意，深吸了口气，暗暗把全身的力量聚集起来，全部汇聚到了双手上。

下一秒，稍稍屏息，就这样奋力推了过去。就在这个时候，有一个沉稳的声音从训练场门口传来："陈老师，打扰一下，我找个人。"

熟悉的声音落下的一瞬间，闻星尘不由晃了下神，一阵强大的力量迎面冲来，等他反应过来想要应对的时候，却已经完全来不及了。

路景宁也没想到闻星尘居然会在一刻走神。

眼见爆发力彻底将闻星尘轰然推倒，路景宁的身子也顺势不可控制地朝对方扑去，眉目间闪过了一丝错愕。

围观者们就这样瞠目结舌地看到本来势均力敌的两人忽然失去平衡，一片尘土飞扬过后，路景宁和闻星尘双双跌倒在地。

这一切发生得实在有些突然，就连刚刚因为来人而飞散出去的思绪也被拽了回来，闻星尘脑子难得产生了那么一瞬的空白。

路景宁显然也有些愣神，他是想赢没错，不过现在赢是赢了，这赢的未免也有些太超出预期了。

周围鸦雀无声，时间仿佛就这样凝固在了这一瞬间，许久之后，闻星尘终于徐缓又克制地找回了自己的声音："可以，起来了吗？"

路景宁被这么一点，才反应过来，眨了眨眼，爬起身时已经恢复惯有的嚣张，忍着笑意炫耀般地说道："你看，这次又是我赢了！"

"嗯，你赢了。"闻星尘心不在焉地应着，深深地吸了一口气，才从地上站起来。

不紧不慢地整理了一下衣衫，抬头朝门口的那个男人看了过去。

其他人顺着他的视线，这才看清楚来人是谁。

周围诡异地寂静了一瞬，很多人差点没激动地叫出声来。唯有路景宁不动声色地拧了下眉心，脸上的笑容略微收敛了几分。

现任帝海巡卫队队长，闻夜，谁也没想到他居然会出现在这里。

闻夜的注意始终没有从闻星尘身上离开过，这时候视线相触，才缓缓地开了口："星尘，聊聊？"

闻星尘随手抓了块毛巾抹了把头上的汗，语调无波："随意。"

格斗老师似乎跟闻夜相熟，对于教学过程被打断也不生气，当下就批准了闻星尘的暂离。

看着两人一前一后走了出去，原本安静的训练场顿时炸了锅。

"怎么回事，闻星尘和闻夜学长认识？"

"他们都姓闻，该不会是亲兄弟吧？"

"天啊，如果真是这样，只能说他们家基因太强大了，出来的简直都是怪物级的啊！"

在激烈的议论声中，姜栾早就已经找了个空隙跑路了，于擎苍没人可问，只能一脸谄媚地凑到了路景宁身边："路哥，这怎么回事啊？他们都说闻星尘是闻夜学长的弟弟，到底是真的假的啊？"

路景宁正在仰头喝水，闻言神色淡淡地扫了他一眼，不答反问："从小到大你都是我弟弟，你觉得这又是真的假的？"

于擎苍无语。

路景宁说："这么喜欢八卦，你怎么不让于伯伯送你去菜场当保安呢？发达的四肢和简单的头脑都能得到完美的发挥，多好。"

于擎苍委屈。

大哥，我也只是随口这么一问，哪里又招你惹你了？你以前明明不是这样的，现在这嘴毒的程度，怎么就跟某人越来越像了呢！

★ 第六章
星际海盗的复仇

离开了众人视线，两人在一处树荫底下停下脚步。

闻星尘的耳边是被汗浸湿的发丝，毛巾从脖颈处垂落，只是抱着身子靠在树干上，始终没有主动开口。

闻夜打量了一眼他的表情，幽幽地叹了口气："怎么，还在生父亲的气？"

闻星尘说："这次居然派你来当说客，真是难得。"

"说客算不上。刚回来，才知道这件事。"闻夜对他这样的态度丝毫不感到奇怪，语调随意地说道，"过几天我准备回家一趟，顺便见见那位新夫人。你如果没什么事的话，也跟我一起回去吧。"

闻星尘没有应声，只是冷冷地扫了他一眼："这就喊上夫人了，大哥，你可真是越来越随波逐流了。"

闻夜在他这样的态度下沉默了片刻，道："父亲的性子你也不是不知道，这么多年了，难道还习惯不了吗？"

"有些事情是不可能习惯的。更何况，滥情这种品行根本不应该跟性子联系在一起。"闻星尘眼底已经彻底没了笑意，脑海中闪过某人的身影，嘴角的弧度多了几分讥诮，"有时候我也挺佩服你的，十年来，这位闻先生走马灯似的换了八个法定配偶，你居然还能站在他的立场上为他说情，到底是怎么开口的？"

闻夜没再说话。关于自家父亲那全帝国皆知的风流性子，要想找一些说辞开脱，怎么说都有些牵强。

要不是刚回来就接到了闻暮乔的通讯，哭着喊着说他又惹这个宝贝儿子不高兴了，闻夜其实也不太想来自讨没趣。

要怪也只能怪这个风流成性的男人太不懂得自制了，只要一看到心仪的人就管不住自己，典型的恋爱脑。在那么多短暂的婚姻经历当中，当初跟闻星尘生母在一起的五年，都能算是最持久的一段了。

闻星尘在感情上显然完全不像他们的这位父亲，从小到大看着小妈们走马灯似的换，再看在外面独自吃苦的生母，虽然两位长辈私交还不错，依旧过不去心里那道坎，父子之间的隔阂自然也就渐渐加深了。

"不想回去就算了。"

闻夜提过几句也算交了差，非常干脆地转移话题："趁着这几天我还在学校，加入帝海巡卫队的事，你考虑一下。"

闻星尘看了他一眼："理由？"

之前在新生挑战赛上，他故意输了第三场，照理说闻夜应该已经知道了他不想跟帝海巡卫队扯上关系才对。

闻夜虽然严谨刻板，但是从小到大从来不做强迫他的事，偏偏这次刚一回校就来找他，显然有不得不找他的原因。

"这次去协助作战，我们巡卫队的伤亡有些惨重，特别是危舒，至少需要修养小半年。"闻夜的说明非常公事公办，也无比直白，"军校交流赛马上就要开始了，按照规定，我们需要上报至少三个名额。

149

而且你的实力我再清楚不过，在这种为校争光的时刻，应该当仁不让才对。"

以闻夜的性格确实一切以大局为重，不过这时候，闻星尘所在意的显然是另外的点。

"伤亡惨重？"他微微拧了下眉心，问，"那你呢？"

闻夜说："我没事。"

闻星尘点了点头："我回去考虑一下。"

"好。"闻夜没有强求，简单地交流了两句后便离开了。

只剩下一人，闻星尘却久久没有迈开脚步，只是这样子靠在树边，抬头看着天际的恒星出神，恒星的光泽有些耀眼，但是他站在树荫下，倔强地不让光投射进来。

他跟闻夜虽然同父异母，其实从小到大相处得倒还不错。

实际上，如果不是他那位风流成性的父亲在跟母亲和平离婚之后，成天企图带新欢回家，这个家庭整体勉强也能算是和睦。

也不知道这次带回家里的，又是个怎样的人，一头扎进闻暮乔绘制的未来蓝图里，梦醒的时候会不会又一哭二闹三上吊呢？

闻星尘深深地吸了一口气，将脖颈上的毛巾一把抽了下来，抬步朝训练场走去。

下课铃声早就响过，训练场里空空荡荡，已经没了人影。

然而就当闻星尘迈步走进去的时候，葱葱郁郁的草坪间突然冒出了一个金灿灿的脑袋。看起来之前像是睡着了，睡眼惺忪地朝门口望来，视线相触时还微微愣了一下，然后眼神才渐渐地清晰了起来。

下一秒，便见路景宁从地上跳了起来："老闻你小子，还舍得回来！"

闻星尘呆住。

画风变化得太快，心情一下子还真差点调整不过来。

路景宁一边朝他走去一边还撸了撸袖子，絮絮叨叨："我刚才越想越觉得赢得有些不太光彩，来来来，趁着现在没人，咱们再来一次。"

闻星尘本以为他只是说说而已，没想到等到跟前时居然真的要再比一次，忙伸手拦住了他，无语道："你不累吗？"

路景宁道："累？路哥的字典里从来没有'累'这个字！"

闻星尘道："那你赢了。"

路景宁愣住。

闻星尘说："因为我累了。"

路景宁的嘴角微微抽了一下："身为帝海军校的新生第一，你居然这么轻易地就认输？"

"不然怎么办，我是真的累。"闻星尘倒是毫无半点思想负担，侧了侧身，"路哥，让让？"

路景宁心不甘情不愿地让开了一条道。

闻星尘走过去将自己挂在栏杆上的外套拿了起来，重新走回来的时候好像想起一件事来："路哥，洗衣粉买到了吗？"

路景宁问："什么洗衣粉？"

闻星尘反问："你上次问我的，青梅酱味的洗衣粉，难道还等着我来提供给你？"

路景宁认真地想了想："好像也行。"

闻星尘说："……我怎么现在才发现你居然如此优秀。"

路景宁厚颜一笑："过奖过奖。"

闻星尘头一次被一个人说得接不下话去，微愣了片刻，终于忍不住"扑哧——"笑出声来。

路景宁还是头一次看到闻星尘这么露骨的笑容，弯起来的眼睛似乎将平常全身端着的气势给冲散不少。

不过，这显然并不是现在的重点，重点是——

路景宁拧起了眉心："闻星尘，你是不是在嘲笑我？"

闻星尘摆了摆手，语调里还带着笑意："没有。"

路景宁的眉头拧得更紧了："还说没有？"

闻星尘忽然伸手在他头上揉了一把，平日里不近人情的语调也有些柔和了下来："真的没有。"

似乎感受到路景宁对于他这突如其来的一声笑感到有些耿耿于怀，在回去之后，第二天就给他寄了一份礼物表示歉意。

路景宁兴冲冲地打开一看，里面是满满两袋青梅酱味的洗衣粉。

路景宁呆住。

言和彬回宿舍时，看见路景宁正朝着液化洗衣器里面成袋成袋地倒着什么，忍不住问："你在做什么？"

路景宁头也没回，但是从语调里可以听出一股子咬牙切齿的意味："有人喜欢青梅酱的洗衣粉，我在努力满足，就不信熏不死他！"

言和彬无语。

机甲社的第一次社团活动定在本周周末。

路景宁跟言和彬一前一后地进入社团时，里面的干事们正在进进出出地忙碌着什么。

路景宁一眼就看到了纳新当天在门口接待他们的那个女无畏者，非常自来熟地走过去打招呼道："学姐，这是在准备什么呀？"

安火一回头就见两位新招纳进来的安愈者学弟站在不远处看着她，热情地介绍道："今天是社团第一次活动，我们准备搭个战场出来，到时候让社团里的几个骨干学长给你们表演一下机甲的现场实操。"

现场实际操作，跟虚拟格斗可就完全不同了，虽然说虚拟格斗的全息场景也几乎百分百地趋近于真实，但是从感官上来说，到底比不过真枪实弹来得热血沸腾。

路景宁闻言抬了抬头，只见场馆的大致构架已经完成，随着安火的一声令下，周围顿时笼起了一层透明的光影屏障。

看起来极薄，但了解的人都知道，这是目前帝国星际各大站点用来做防护罩的最主要材料，从这一点也足以看出，机甲社背后资金的雄厚程度。

"唉，言和彬，没想到这机甲社还挺有意思的。"路景宁一看这阵仗就知道是真的准备要拿出大家伙了，按照他那唯恐天下不乱的性子，这种看热闹的机会自然不愿意错过。

相比起来，对机甲社无比执着的言和彬却显得平静很多，"嗯"了一声之后，视线落在刚刚从外面推进来的几台机甲身上，语调平静地说道："这几台机甲都是近五年新推出的机型，就杀伤力来说并不算顶尖，但如果只是拿来进行舞台秀的话，倒是不错的选择。只不过，如果不准备使用隐形的大杀伤性弹药，其实液合屏障就足够了，并不需要这么大费周章地铺盖光影来做保护。"

旁边的安火冷不丁听了这么一番科普，不由得愣了下神："学弟，你的知识面还挺广的……"

"安火，准备得怎么样了？"游泽洋走过来时当然看到了路景宁，视线淡淡地从他身边掠过，仿佛没这个人。

路景宁被这视而不见的轻蔑态度气到了，恨不得直接上去狠狠地踹上两脚，可把他能的！

安火迅速地把现场情况汇报了一遍，朝后头看了一眼，见只有游泽洋一人，忍不住问："副社长，怎么就你一个，社长人呢？"

"我也不知道，刚过来的时候云林给我发了条通讯说暂时有事，让我来负责今天的活动。"游泽洋一边说着一边朝对面那片场地走去，"我去那边看看。"

安火应了声，目送他离开，眉目间依旧有些疑惑，小声嘟囔道："奇怪了，会是什么事呢？社长可不是那种会随意缺席社团活动的人啊……"

路景宁在旁边听着，也附和地哼哼了两声："对啊，早知道你们社长不来，我也就不过来了。不就是个副社长吗，鼻子长到头顶上的样子，不知道的人还以为他是副校长呢？"

说完，还不解气，啧了一声："副校长都没他谱大！"

安火听了不由噗笑出声来："也不要这么说，别看副社长成天凶人，其实他就是刀子嘴豆腐心，人还是挺好的。接触久了，你们就知道了。"

路景宁嗤之以鼻："真看不出来，还是别接触的好。"

游泽洋在转身离开的时候，没让别人看到他眼底深邃下来的眸色，低头看了眼时间，眉心微微拧了起来："但愿只是虚惊一场吧……"

同一时间，帝海军大的总议事厅里，已经坐满了人。

从着装上看，有位高权重的校方领导，有同时兼任军部要职的名誉教授，有普通的在职教师，也有优秀的高年级学生。

其中帝海巡卫队几人一身统一整齐的白色军装，显得尤为醒目。

缺席机甲社社团活动的郧云林也在当中，他在前往社团的路上接到了通讯，就立刻赶了过来。

"各部门的主要干事人员，都已经通知到了吧？"硕大的液晶屏幕上显示出了一个人影，一身干练的军装，从勋章上面的图案不难辨别出他的身份，正是目前帝海星系担任总指挥官的费罡上校，说话时，眉目间满满的都是凝重，"不可否认事件发生实有些紧急，给你们的时间也有些仓促。可是，这次空袭情报不管是否准确，只要存在可能性，我们都必须提前做好一切准备。"

郧沧老校长坐在正当中的位置，这时候也没了平日里温和的样子，微微眯起的眼底闪烁着一丝锐意："这点可以放心，我们帝海军大的每个学生都是未来的军人，随时都做好了上战场的准备。"

场中的氛围显得有些压抑，没有人说话，此时此刻似乎都在等，等待最终的结局。

就在这个时候，所有人注视着的天际，忽然闪过了一道红色光束。

仿佛一把利刃，彻底划破苍穹，也深深地扎入了众人心中。

闻夜沉吟一声，从椅子上站起来："到底还是来了。"

这种警戒信号在星际时代并不少见，通常会根据颜色的不同，来提示敌人的距离。

红色的光讯，意味着敌人已经到了危险范围的。

这波敌袭很有可能是通过空间信号门直接开启的。这也就难怪，军部在这次敌袭的半小时之前，才收到那份模棱两可的临时情报。

闻夜感受到旁边轮椅上的队友危舒不甘心下紧紧握起了拳头，面无表情地拍了拍他的肩膀，语调平缓："这回，就交给我们吧。"

与此同时，校长邶沧的声音在众人耳边徐缓又肃穆地响起："拉响警报，全员戒备！"

机甲社内，机甲实战操作对抗正在激烈地进行着。

路景宁抱着身子，跟言和彬站在旁边，不时地评头论足："其实这机甲还不错，只是操作者发挥得有些烂。唉唉，我真怀疑他们是不是为了增加表演效果故意放水，你看你看，这么近距离的弹道居然又射偏了。"

言和彬听他念叨了这么久，终于忍不住开了口："这是战术掩护，你没发现炸开的烟雾顺利地阻挡了对方的视野吗？"

路景宁不以为然地"啧"了一声："掩护什么，直接上啊！"

言和彬不说话，暗想，你说得好有道理，我说不过你。

随着又一记导弹射出，整个屏障内顿时火光四溢，过分炫目的视觉感受让所有人都忍不住发出了一声惊叹："哇哦！"

路景宁非常配合地也跟着"哇哦"了一声，刚想再说些什么，整个格斗现场顿时被闪烁的红色光线彻底笼罩，与此同时，响起了轰鸣的警报声。

路景宁微微愣了一下，眉目间的戏谑渐渐收敛了起来："怎么回事？"

他虽然平日里没个正形，却是纯正的军人世家，小时候跟着路空斌到处溜达没少撞见过突袭现场，第一时间就已经反应了过来。

言和彬的语调也有些严峻："这是，红色警戒。"

其他人没有他们反应迅速，但在蒙了一瞬间后也渐渐回过神来，眉目间多多少少都有些慌乱。

路景宁没时间去探究言和彬这过分冷静的态度，朝周围看了一圈，一眼就瞥见了还杵在原地的安火，大声喊道："学姐，别走神了！赶紧组织人员撤离啊！"

虽然不知道到底发生了什么事，但是红色警戒赫然已经是最高层面的危机预警，即使一秒钟的延误，都有可能在接下来造成大批人员伤亡。

安火被他这么一喊，当即反应了过来，慌忙组织干事集合在场的社员们，整齐地朝安全区域转移。

游泽洋显然早有准备，在警戒拉响的第一时间就已经迅速地安排好了临时通道，见路景宁这果断的反应不由朝他看了一眼，便继续投身到了现场的紧急指挥当中。

游泽洋平日里就凶悍得很，大多数社员看他心有惧意，在这样关键的时刻由他进行撤离，所有人大气都不敢喘上一下，进展得格外有条不紊。当路景宁、言和彬两人从他跟前经过时，他忽然开口说了一句："你们两个安愈者一定记得跟紧大部队，绝对不可以单独行动，明白吗！"

路景宁果断且直接地给了他一个白眼。

游泽洋被他的态度气得够呛，但却没跟他多浪费口舌，怒道："这种时候必须听指挥！赶紧走！"

两人跟着机甲社的其他人从安全通道迅速进行转移。

言和彬走了一会儿，不由有些不放心地回过头来，问路景宁道："你该不会真的准备搞事情吧？"

路景宁顿时无语了一把："说什么呢，你路哥是在这种关键时刻添乱的人吗？我逗他呢！"

比起其他人，他更懂得在不合时宜的场合逞英雄会是什么后果。

战场可不像平日里的小打小闹，在军事方面的教育上，路空斌几乎是拿着棍棒把他给一拳一脚地教出来的。

言和彬似乎也没想到路景宁居然还有这么冷静克制的时候，不由噎了一下："那就好。"

从安全通道出来，终于进入了露天环境当中。

恒星的光泽瞬间挥洒下来，就在视野开阔的一瞬间，一阵巨大的爆炸声镇痛耳膜，所有的学生都吓了一跳。

顺着爆炸发生的方向看去，只见他们前不久还在上课的教学楼在狂轰滥炸下轰然坠地，大片教职人员正在积极地做着转移工作，但依旧有不少人不可避免地被困在当中，一时间呼救声、尖叫声、哀号声不绝于耳。

然而，敌袭还在继续。

路景宁抬头朝天际看去，只见一架架古旧又巨大的黑色舰艇仿佛凭空出现般，压抑地盘踞在帝海军大上空。

舰身上血色的骷髅无比惹眼醒目，狰狞地刺激着人们，仿佛要幻化成侵入无数人脑海中的噩梦。

不知道有谁在旁边惊呼了一声："是星际海盗！"

这声之后，其他人也才陆续回过神来。

"这标志，应该是东海星系的战祸团！"

"我想起来了，之前我还听说协助作战中其实是巡卫队最后深入敌营歼灭的首脑！"

"报复！这些海盗一定是来报复的！"

"不是说整个战祸团体都已经被歼灭了吗，为什么还会有这么多人？我们该不会被牵连陪葬吧？！"

一片人心惶惶，议论的声音越来越响，到最后，甚至有人开始哀号起来："那些星际海盗本来就是亡命徒，这次来，一定不会放过我们的！"

在场的大多数都是大一大二的学生，根本没几个人经历过真正的战争，冷不丁被摆在战场最前端，课堂上教授的知识在过度紧张下，只留下了一片空白。

路景宁忍不住回头看了一眼神色慌张的同学们，嘴角勾起了一抹嗤笑。还记得不久之前，帝海巡卫队的那些人有如英雄般回归学校时的情景，那夹道欢迎万人追捧的场面啊，现在回想起来，还真是讽刺得很。

在疯狂的扫射中，恰好有高能的激光束在跟前炸开，一片火石飞溅下地面顿时多了一个巨大的窟窿，彻底断绝了前进的去路。

移动的队伍不得不停了下来，人群里也不可避免地出现了一阵慌乱。眼见星际海盗的侦查舰已经发现了他们这批人的动向，千钧一发之际接连几道闪耀光束从侧面射出，提前击炸了迎面射来的火雷，将距离最近的一台小型战舰直接切割成了两半。

路景宁转头看去，只见一台巨大的新型机甲从教学楼后方走了出来。操作舱里的那人一头风情万种的浓艳卷发，在这种紧要关头居然还不忘打开舱门，朝着惊魂未定的众人抛了一个飞吻："乖乖往前走哦小甜心们，这里就交给作战人员来应付吧。"

路景宁吃了一惊。

有的人显然非常吃这套，控制不住地尖叫了起来："康寒云学姐加油！"

帝海巡卫队的康寒云笑眯眯地眨了眨眼，在舱门关上的一瞬间，机甲手中的光雷长鞭挥出，干脆利落地缠住了一座低空舰艇，重重地砸在地面上。

一时间轰然炸裂，零件四散，终于让低迷的士气高涨了一瞬。

见有人专门来为他们保驾护航，在最前头带路的安火也不再耽误时间，抬高了声音大声喊道："所有干事去前方开路！其他社员继续跟我走，都跟紧点，千万不要掉队了！"

刚刚被阻拦的队伍又重新移动了起来。

或许是因为康寒云的激励，大家都安心了很多，甚至有人看到路景宁跟言和彬在队伍后头，故意凑过来打趣道："唉，难怪副社长特意提醒了，你们两个安愈者确实要小心着点啊！听说东海星系的那群星际海盗是那普星人，专门掳掠安愈者。要是一不小心落入他们手中……"

路景宁对那普星人也有耳闻，此时面无表情地看了他一眼，道："哦？不如我现场就来表演个把你打翻怎么样？"

讨了个没趣，那人脸上红一阵白一阵，灰溜溜地走了。

队伍终于移动到了防空区门口，录入信息码打开了金属门之后，所有人都跟着松了口气。

防空区位于地下，顶部为单向可视材质，异常牢固，至少可以抵挡数次最高强度的炮火冲击。

暂时安定下来之后，由于众人都是第一次这样近距离跟战争接触，看着外面日趋激烈的对战画面，心里不免有些撼动。

这可不是他们在课堂上的模拟训练，而是真真正正的战争！

路景宁找了一处地方坐下，懒洋洋地靠在墙壁上，眸底的神色随着外面激战的场面闪烁着莫测的光。

言和彬留意到他表情中的严肃，不由走过来问道："怎么了，是有什么发现吗？"

路景宁拧了拧眉心："我也说不上来，就是觉得有些不太对。"

可以看出军部应该是提前得到情报了，支援抵达得非常迅速。

随着战舰的抵达，转眼间已经将场上的情况保持在了可控制范围之内，但正因为这样，反倒让他觉得有什么东西不太对劲。

就像刚才同学们说的，这次发起突袭的是东海星系的海盗遗祸，可如果真的是来找帝海巡卫队报仇雪恨的话，即使受到重创，这样的攻势也未免太过儿戏了一点。

如果是他的话，这样的深仇大恨，他一定会确保袭击万无一失！

路景宁边想边抬了抬头，朝着天际中最后方的敌军母舰看去。

它就这样静静地等待在云霄之间，血色的骷髅头像狰狞刺目，仿佛一个观察者，在等待着最佳的狩猎时机。

正当路景宁陷入沉思时，手边的通讯器忽然响了起来。

他没想到于擎苍会在这个时候发通讯过来，接通问道："怎么样，到安全点了吗？"

于擎苍带着哭腔的声音传来："别提了！点也太背了！我们在转移过程中直接被牵连进了战争的中心区域里！路哥，我是来找你说遗言的！如果我挂了，可一定要记得我爸以后也是你的亲爹啊！"

路景宁听着通讯器那头战火轰鸣的声音，沉默了片刻，没好气地道："滚，别成天尽想着占便宜，自己孝敬你爹，不准你就这么挂了！"

问清楚于擎苍那边的情况后，路景宁结束了通讯。

趁人不注意，他将言和彬拉到旁边，小声问道："言天才，我们学校西面 E 号教学楼附近的地形情况你记得吗？"

言和彬不懂他为什么忽然这么问，迟疑地点了点头："怎么了？"

路景宁大喜，用终端调配出临时建模系统，做了一个简单的示意，问："你看，如果在这个区域被困住的话，有没有希望通过其他渠道撤离出来。"

言和彬看了他一眼，随意地将虚拟模型调整了一下，指向左侧："E 号教学楼跟隔壁的 F 幢有一个空中平台的链接体系，平常用不上所以很容易被忽略，但是如果上下层的移动路线都被阻断的话，通过这个系统应该可以顺利接出。就是有一点，这个悬浮平台平常收在 F 幢顶端，我也只是听说，不确定具体要用什么方式可以启动。"

路景宁说："这就够了！谢啦兄弟！"

言和彬看他一副蠢蠢欲动的样子，觉察到了一丝不对劲："怎么，你要出去？"

路景宁做苦恼状地摊了摊手："没办法，儿子被困在外头了，我不去也得去。"

言和彬无语："儿子？"

路景宁说："又傻又大个的儿子，如果这次大难不死，事情结束后我介绍他给你认识啊！"

言和彬嘴角微微一抽："免了。"

现在不是闲聊的时候，路景宁也没多说什么，瞥了一眼安火所在的位置，一把揽上了言和彬的肩膀拍了拍："还有一件事，帮个忙呗？"

言和彬说："嗯？"

不知道怎么的，直觉就不是什么好事。

由于安火一直警惕地守在进出口，路景宁想要出去显然是不可能的，就算他把自己要出去的理由说得再天花乱坠，这种紧要关头也不可能让他这个大一新生出去冒险。

所以，只能无比真诚地拜托言和彬了。

言和彬之前在进机甲社的事情上欠了路景宁很大一个人情，他本就是知恩图报的人，这时候被求的没有办法，只能脸色古怪地走了过去，尝试着帮某人转移这位学姐的注意力。

安火看到他突然走过来，感到有些奇怪："怎么了学弟，有什么事吗？"

言和彬的余光扫过路景宁所在的位置，眼见对方给自己比了个信号，忽然清了清嗓子，别别扭扭地憋出一句话来："学姐，你，对我有兴趣吗？"

这种话放在平常，打死他都说不出口。

安火显然也没想到他会忽然来这么一出，整个人都愣住了。

言和彬脸都快烧起来了，但已经到了这个地步，也只能视死如归地咬了咬牙："我的意思是，学姐，你觉得我怎么样？"

这回，安火连一句"啊"都说不出口了。

这虽然都是路景宁临时教学的成果，但看着言和彬这冰山"表白"的样子，依旧忍不住想捧腹大笑。

眼见已经达成了预期效果，趁着安火的大脑还处在宕机状态，他飞速闪身，就这样神不知鬼不觉地从侧门溜了出去。

从防空区一出来，外面震耳欲聋的轰炸声顿时清晰了很多。

路景宁独自一人，目标比集体行动时小了很多，朝空中看了几眼之后，他就已经迅速判断出了敌方目前的火力分布情况。

暗暗提了一口气能，强化了脚劲之后，顿时飞速地移动起来。

路景宁的移动速度很快，转眼就已经靠近了于擎苍他们被困的E 幢教学楼。就如之前形容的那样，整幢建筑的下半层已经被扫射得千疮百孔，上半段也因为火燃弹的攻击而着起了熊熊大火，一副摇摇欲坠的样子，随时都可能坍塌。

唯一的好事是，随着激烈的交锋，战场已经隐约向另一侧偏移了过去，倒是为之后的行动留下了空间。

路景宁不再看 E 幢，转身直奔旁边相对还算完好的 F 幢教学楼。

言和彬说的那个足以容纳数百人的空中平台静静地停靠在 F 幢楼顶，以前主要是用于视察参观，恐怕连平台自己都没想到，有朝一日居然会起到救援作用。

按照计划，确实万无一失，不过人算不如天算，没想到马上抵达顶楼时，居然被一个 AI 智能密码口令给难住了。

路景宁无语："AI 大哥，就不能通融一下吗？救人如救火啊！"

AI 智能无比地铁面无私："救火请接通楼道内的火情系统，不归我管。"

路景宁咬牙："信不信你不启动，完事后我就把你给拆了？"

AI 智能说："威胁有用的话还要星际警察干吗，你太天真了。"

路景宁被气得破口大骂，AI 智能警告："星际时代请注意文明用语，现在的学生素质怎么越来越低了。"

路景宁忍着原地拆了这个弱智 AI 的冲动，琢磨着揍一顿这种操作在 AI 世界里到底可不可行，身后突然传来了一阵脚步声。

回头看去时，恰好跟跑上楼顶的闻星尘四目相对。

愣了一秒，两人几乎同时发声："你怎么在这？"

这场空袭发生得太过突然，根本没有什么时间让他们去关心其他人的情况，在这种生死关头，能顾好自己的安全已经是万幸了，再去关注太多的人反倒是增加思想负累。所以，如果不是于擎苍发通讯留遗言，路景宁根本就没想过要跟任何人去进行通讯。

而现在，面对面地撞上，就是另外一种情况了。

下一秒，又几乎是同时出声："受伤没？"

话出口，路景宁不由愣了一下，紧接着难免有些失笑："行了行了，伤员估计没事也不会往这里跑。"

看了一言闻星尘已经被汗浸透的衣衫，他侧了侧身："所以，你也是来找这玩意的？"

闻星尘显然也反应了过来，点了点头："姜栾被困了，我过来看看。"

一时间路景宁也不知道说什么好了，于擎苍和姜栾这俩家伙都不省事，也难为闻星尘跟他一样操碎了老父亲的心。

他有一茬没一茬地想着，漫不经心地问道："来了也没用啊，你有密码吗？这个 AI 是个石头脑袋，不给密码根本不让变通。"

AI 智能反驳："那你就是猪脑袋！"

路景宁忍不下去了："你真以为我不敢拆了你？！"

闻星尘眼见他在这种时候居然还能跟 AI 吵起来，也是佩服得不行，轻轻拍了拍他的肩膀示意让开，随后就在旁边的面板上输入了一串代码。

AI 智能说："欢迎启动天空平台系统，将为您开启全新的观光浏览体验，预祝你旅途愉快。"

路景宁愣住："你弄到密码了？"

闻星尘已经走进了平台当中，回头看他："还不上来？"

路景宁看着他伸过来的手，嘴角微微勾起，毫不客气地搭了一把也跟着跳了上去："老闻啊，就是靠谱！"

当两人操控着空中平台降落在 E 幢的衔接台上时，死里逃生的一众师生忍不住地喜极而泣。有不少人在逃亡的过程中不可避免地受了伤，但这个时候，原本毫无生机的脸上顿时露出了新的希望。

于擎苍看到路景宁的时候哀号着冲了过来，一把就紧紧地搂住了他的脖子："路大哥，你真的来了！"

路景宁好不容易把这两只熊爪扒拉开，差点没被他给勒晕过去，不过看着他这生龙活虎的样子心里也是高兴，重重地拍了拍他的肩膀道："乖，回头我要吃酱猪蹄！"

于擎苍一脸谄媚："好嘞，给你准备一箩筐！"

所有人顺利转移进平台之后，开始沿着原路徐缓返航。

透明屏障外火光交错，轰鸣声四起，渐渐地，原本欢欣雀跃的氛围不知不觉间沉寂了下来。

众人看着这样战火纷飞的景象，陷入了沉默。

路景宁抱着身子靠在透明屏障上，视线始终盯着空中的那个母舰，久久地没有出声。

从这个角度看去，跟在防空区底下看时完全不同，恰好是在侧面，视线又拉近了数倍，甚至可以看到那架母舰底部若隐若现的幽蓝色光束，一点点地盛起，就像是在……是在，蓄能！

路景宁脑海中灵光一闪，整个人不由站了起来。

过分震惊的发现让他的血液凝固了一瞬，这一刻，有些全身发冷。

闻星尘留意到了他的异常，朝这边看了过来，语调却无比冷静："看来你也注意到了。"

路景宁转过头去，视线对上的时候，看到了对方眼底同样的震惊。

他留意到旁边的于擎苍投来的视线，反倒冷静了下来："你能联系到指挥部吗？"

既然可以拿到空中平台的密码，那就意味着闻星尘至少和中级以上的管理层进行过联系。

闻星尘点了点头："可以试试。"

于擎苍被两人没头没尾的对话弄得一头雾水，但是刚才的经历让他依旧处在头晕目眩的感觉当中，完全没有多问一句的心思。

从空中平台下来后，提前接到通知的医疗队已经等候在了下面，安全转移工作有条不紊地进行着。

路景宁眼见事情告一段落，不由得松了口气，一抬头却见闻星尘一脸凝重地走了过来，不由问："怎么了？"

闻星尘微微拧眉："从刚才开始通讯就被阻断了，应该是受到了干扰。"

路景宁低头看了一眼通讯器，果然已经接收不到任何信号了。

看来，敌方也已经进入了最后准备当中。

闻星尘问："我去总指挥部一趟，要一起吗？"

路景宁想了想："我就不去了。"

他这样的态度显然有些反常，闻星尘狐疑地拧了拧眉心："你想做什么？"

路景宁用更奇怪的表情看着他："我能做什么？"

"最好是这样。"闻星尘打量了一下他的神色，到底还是不太放心，临走前提醒了一句，"我马上回来，安全区等我。"

"快去快回！"路景宁挥了挥手，看着他越走越远的背影，轻轻地挑了下眉梢，"等什么等，天真！我当然是有自己的计划了！"

实际上他并不认为连他们两个在校学生都能发现的情报，总指挥部的那些人会真的毫无察觉，不过通知这种事情，还是有必要去做的。可话说回来，如果军方确实已经察觉到了对方的目的，但依旧没有采取任何行动的话，那就意味着很大的一种可能——连他们都已经不知道应该如何处理了。

蓝色能量等级的蓄能，显然已经具有一定量级，从杀伤性来说，蓄能完毕后的一次性爆发，要毁掉十个帝海军大都绰绰有余。

以军部这边临时组建的作战阵容来看，能够像现在这样暂时掌控战区的局势已经非常不错了，但是如果想要顺利阻拦这种自爆性质的能量源，不得不说，可操作性几乎为零。

路景宁虽然从小到大听多了英雄故事，可从来都没想过要英年早逝，家里的老路还等着他回去尽孝呢，可不能就这么轻易地就交待在这。

所以在这种校方和军方很大程度上已经靠不住的情况下，他也就只能考虑一下去执行自己的小计划了。

看了眼周围，他随手抓了一个医疗队的成员问道："你好，请问知道安愈者宿舍楼里的同学都被转移去哪里了？"

那人想了想，伸手指了一个方向："你是说那些安愈者？好像是送去那边的 23 号防空区了。"

路景宁那边看去，不出意料的，一眼望去战火轰鸣，火光四射。

星际海盗们似乎出于某种原因特别热衷于那片区域，成片的微型轰炸舰盘踞在上空，重兵部署下，显然已经完全将附近控制了起来。

路景宁的嘴角却是忍不住勾起了一抹意味深长的弧度，饶有兴趣地喃喃道："那普星人吗？真是有着非常不错的爱好呢……"

总指挥处。

当闻星尘说完情报之后，室内的所有人都陷入了沉默。

在这样的氛围中，他微微拧了拧眉心，说出了自己的猜想："所以，这事果然早就已经发现了吧？"

几位高层领导互相交换了一下眼神，均露出一抹苦笑。

确实，他们早就已经发现了那些星际海盗的真正用意，但是，以他们现在的兵力，仅仅只能用来勉强维持住战场上局势的稳定，要想去阻止那样强大的自爆蓄能，根本是有心无力。

那些星际海盗，摆明了就是想要跟帝海军大同归于尽！

教务主任祝斋大步流星地走进了总指挥室，直奔郏沧，神色严峻地说道："校长，外面的飞艇已经准备好了，还请您迅速离开！"

闻星尘微微垂了垂眼睫，神色一片淡漠。

此情此景哪里还看不出来，在这样过度严峻的死局之下，军方怕是已经做出了弃车保帅的决定。

郏沧却仿佛什么都没有听到，始终没有迈开脚步。

他只是站在落地窗跟前，看着深陷在战火中的帝海军大，眸底笼上了一层熊熊的火光。

片刻后，长长地叹了口气："祝斋，你带着其他人走吧，能走多少，就走多少。"

祝斋闻言身子微微一震，咬了咬牙，再一次扬声道："校长，请您迅速离开！"

"祝斋，这是命令！"郏沧回头淡淡地看着他，语调无波，"不管现在战局如何，必须有人留下来坐阵，而这个人，只能是我！帝海军大是我毕生的心血，现在，也该由我陪伴着那些孩子去面对最后的结局！但你们不一样，你们还年轻，以后的路还很长，如果今天之后这里真成了废墟，那么，重建帝海的使命，就落在你们身上了，明白吗！"

"校长……"祝斋看着郏沧的视线里满满都是动容，声音隐约哽咽了片刻，最后，含泪的眸底多了一丝坚定，咬了咬牙狠声道，"其他人，都跟我走！"

此时此刻，所有人眼中都含有泪水，老校长佝偻的背影在这一瞬间，显得无比高大挺拔。他们迈开的步子不由停顿了一刻，下一秒齐齐地停了下来，转过身，朝着白发苍苍的老者毕恭毕敬地行了个军礼："校长，请保重！"

邴沧的嘴角勾起了一抹极淡的弧度，朝他们摆了摆手："好了，都去吧。"这样的态度，好像平日里散会时跟其他人打的那声招呼般平常自然。

闻星尘在这肃穆的氛围当中，眼底也不由闪过一丝复杂的情绪。

屋里的人已经陆续离开，邴沧转身时见他还站在原地，眉目间有些惊讶："闻家的小子？你怎么不跟他们一起走？"

闻星尘看了看半空中密集交战的炮火，不答反问："人都走光了，剩下的仗还怎么打？"

邴沧无缘无故被噎了一下，反倒笑出声来："这届的新生还真是一个比一个有意思。"

他见闻星尘这样坚定的神色，也不强求，笑眯眯地拍了拍他的肩膀道："正好，现在通讯都坏了，我确实需要有人来替我传个口令。那就麻烦你帮我跑一趟了，告诉帝海巡卫队，准备执行作战计划。"

闻星尘没有问这个作战计划的具体内容，平静地点了点头："保证完成任务。"

邴沧对他这样的态度感到非常赞许，朝他和蔼地笑了笑："去吧。"

闻星尘快步离开，走到门口时下意识地回头看了一眼，老校长沧桑的背影就这样站在空旷的总指挥室内，万千的炮火成了最壮阔的背景板，一如帝海军大永远高大坚定的支柱，让人莫名心安。

他深吸了一口气，用力地关上了大门。

此时此地，战事相对平稳一些的战区已经准备了成批的飞艇来协助撤离。可惜的是，在校学生的数量到底是太过庞大，这样的撤离舰再多，依旧只是九牛一毛。

整个帝海军大在战火当中沦为了地狱，交锋稍微密集一些的地方根本无法派队伍进去协助撤离，只能眼睁睁地放任那些区域里的学生自生自灭。路景宁此刻前往的 23 号防空区附近，俨然就是一片残骸遍地的战场废墟。他一边踩着残破不堪的地面迅速移动着，一边留心观察着周围的战况。

一路上不可避免地碰到了几个巡查的星际海盗，数量少的都被他一棒一个解决了，稍多一些也都不动声色地绕了过去。

从沿途观察的情况不难看出，那些星际海盗似乎企图把这片区域变成他们在帝海军大的独立据点。

而之所以会选择这里，唯一的可能性显然只有一个，那就是——在帝海军大这种军事学校本来就为数不多的安愈者。

所有人都知道，那普星人对安愈者气能的粒因子怀有独特的痴迷，而造成这种痴迷的最本质原因则是，安愈者的气能粒因子对他们而言，是最强大的能量来源。

一路走来，眼见几波安愈者学生陆续被星际海盗们捆绑带走，路景宁愈发肯定了自己的判断。

果然，海盗母舰这样强大的充能节奏对于这些那普星人本身的能量消耗也无比巨大，要想更快地完成充能，必然需要寻找大批量的安愈者来进行粒因子补充。这些安愈者学生对他们而言，是最好的能量补充。

随着 23 号防空区的接近，越来越多的安愈者压遣队出现在了视野当中，路景宁前进了一会儿后，慢慢停下了脚步，从这个距离看去，可以发现 23 号防空区整个已经被完全抽空，看上去惨烈无比。

而里面的安愈者或是逃离或是被抓，早就已经没有了去向。

抬头朝着正上方的海盗母舰看了一眼，路景宁微微拧了拧眉心。

他有心想要去母舰上面溜上一圈，看样子，还得找一个契机呀！

正琢磨着，耳边忽然传来了一阵激烈的打斗声。

路景宁眨了眨眼，闻声找去，视野中很快出现了几个逃窜的安愈者，在后头掩护逃离的，则是一个伤痕累累的无畏者。

再定睛一看，不由乐了：哟，没想到还是个老熟人。

只不过，身为老熟人的游泽洋早就没有了平日里的张狂，在一身被血水浸湿的衣衫下，显得无比地狼狈。虽然右手还在挥动着激光剑，但左手的臂膀处不时有黏稠的血液流出，显然是受了重伤。

被他保护的几个安愈者也在拼尽全力地逃窜着，奈何后面追击的星际海盗实在太过难缠，长久的对抗之下，不管是游泽洋还是那些安愈者学生，显然已经力有不逮。

这是游泽洋护送的第五批安愈者了，是在防空区不远处的废墟中发现的他们，本可以再次完成撤离任务，不料途中，却被星际海盗的巡逻队发现了。

一支八人队伍，被他击杀了三人，此时还有五人凶恶地追在他们后方。

经过一天的奋战，游泽洋的体力早就已经达到了极限，此时杀红的眼睛死死地盯着后头那些杀人如麻的海盗，喘着气低声跟那些安愈者学生交代道："等会我想办法拖住他们，你们找机会朝西面逃离，那里有我们的支援队。千万记住，路上绝对不能停，明白吗！"

学生们强忍着眼里的泪水，哽咽道："明白！可是学长，你怎么办？他们真的会杀了你的！"

游泽洋不耐烦地朝旁边呸了一口血水，冷笑一声："怕什么，被杀了老子也是英雄！让你们跑就跑，我的任务就是帮助你们顺利撤离，难不成还要我一个人窝囊地逃走？那才叫丢人！"

学生们听他这么说，狠狠地抹了把眼角的泪水，强迫自己收起了心中的动摇："学长放心，我们拼了命也一定跑出去！"

游泽洋满意地笑了一声："这才是帝海军大的好学生！"

他微微垂了垂眼眸，眼见星际海盗再次逼了过来，狠狠地吸了一口气，在迎面反击的一瞬间，咬牙喊道："就现在！给我跑！"

安愈者学生们撑着自己全身的力气，在游泽洋拦住海盗的同一时间，无比果断地迈开了脚步。

那些星际海盗早就被游泽洋阻拦得有些暴躁，眼见着安愈者们突然发疯似的一阵狂奔，等到跑远了才反应过来，看着跟前这个满身是血的无畏者学生，神色间不由露出了几分杀意。

游泽洋对上这样的神色，非但没有半点惧怕，反倒愉悦地笑了起来："别看了，再看也不会让你们追上的！"

他一只手挥舞着激光剑，强撑着身边那丝微薄的气能，脸上的神色却越来越轻松。转眼间，身上再受几道重创，汩汩的鲜血流下，让他整个人看起来愈发触目惊心。

渐渐地，游泽洋的动作不可避免地迟钝了起来，格挡开海盗的最后一下进攻后，终于重重地跌坐在了地面上。

他重重地喘着粗气，激光剑插在地面上强撑着身体的重量，眼见着一步步朝他逼近的星际海盗，嘴角却勾起了一抹讥诮的弧度。

是时候结束了。

猩红的光束在眼前闪起的一瞬，他已经做好了迎接死亡的准备。

然而没想到的是，非但没有半点痛觉袭来，耳边反倒接连响起了海盗们撕心裂肺的嘶吼声。

游泽洋错愕地抬头看去，被血染透的视野当中，只见一个人影快如鬼魅地移动着，看不清手上拿着的是什么武器，就这样一下一个，瞬间把所有海盗都解决了。

片刻间周围恢复了寂静。

等回过神的时候，那人已经晃晃悠悠地走到了他跟前，俯下身来，笑嘻嘻地对他说道："啊，副社长，你现在可是欠了我好大的一个人情呢？"

游泽洋恍惚间只觉得这个欠扁的声音无比耳熟，后知后觉地回过神来，终于在一片血色间看清了路景宁那张过分张扬的脸。

他的身子隐隐晃了晃，再也支持不住，眼见就要瘫倒在地，却被路景宁一把抓起胳膊来搁在了肩膀上。

一边拖动着游泽洋往外围走去，一边还絮絮叨叨地念着："不过你也不用太感谢我，要不是刚才看你那么英勇地保护同学的分上，说不定我还不想多管闲事。"

游泽洋这时终于稍微顺了口气，半晌终于憋出一句话来："你，你怎么，在这里？"

路景宁转头看了他一眼，耸了耸肩："这个问题么，谁知道呢？"

游泽洋无语，到了这种时候，这个家伙还是一如既往地欠扁啊！

他这时候没半点吵架的力气，紧紧地抿了抿嘴没再给自己找气受，暂时松懈了下来，趴在路景宁的肩膀上重重地喘着粗气。

奈何，路景宁却显然不想放过这么好的机会继续刺激他："我说副社长，平时看你很狂的样子，怎么打起海盗来这么弱呢？"

"你看我刚才随便抓了根棍子就一棒子一个，你居然被那些家伙追杀这么久，丢不丢人啊？"

"唉，看你现在也确实惨，按我说啊，就你这小身板也别救什么人了，自己都要人救，这不拖后腿吗？"

"这回出去后整个机甲社马上就会知道我救了你的光辉事迹，是不是想想就开心？哈哈哈，以后看你还怎么瞧不起安愈者，救命恩人啊有没有？"

游泽洋生气了，他感觉自己没被星际海盗们砍死，都快被这个臭小子给气死了。

好半天他才顺过气来，正准备回怼过去，却见路景宁突然停下了絮叨，拖着他闪到了旁边的废墟中躲了起来。

游泽洋的神色不由紧张了起来："怎么了？"

路景宁朝他比画了一个"嘘"的手势："有人来了！"

过了片刻，果然有一支十二人左右的星际海盗巡逻队出现在了视野当中。这些海盗说的是那普星语，路景宁这个学渣当然不可能听懂，游泽洋倒是懂一些，但是此时他的气能微弱无比，能保持理智不晕过去都已经完全靠的是毅力了，指望他集中注意力去偷听情报，根本不可能的事。

至于打出去，说实话，人数确实有些多。

不是必要的时候，路景宁可没有受伤的习惯，而且这附近巡逻队有些多，动静一大很可能会吸引更多的人过来。

所以此时，两人只能这样屏住呼吸躲在原地，尽可能地不让对方发现。然而也不知道到底是谁点背，那些星际海盗偏偏就朝他们这边一点一点地搜寻了过来。

眼见距离越来越近，游泽洋撑着一口气尝试着动了动身子："等会我去引开他们，你自己找机会跑。"

路景宁看着他这半死不活还要逞英雄的样子，差点被逗乐了，根本不需要用力，一根手指头就把人给摁了回去："乖，别闹，我来解决。"

游泽洋皱眉："你才不要胡闹，这么多人，杀不出去的。"

路景宁奇怪地看了他一眼："谁说我要杀出去了？"

"那你……"游泽洋的话还没说完，就被一块不知道哪里冒出来的布条给牢牢地绑住了嘴巴，又看着路景宁不徐不缓地将他的手和脚也紧紧地捆绑了起来，顿时惊诧地睁大了眼睛。

路景宁收工后满意地拍了拍手上的灰，给了他一个灿烂无比的微笑："学长你就乖乖等在这里啊。这里离安全区挺近的，说不定一会就有救援队的人发现你了。当然，如果没发现也没关系，等事情过去后也迟早会有人来救你的。只不过，按你这失血程度，到底能不能熬到那个时候，就看你的造化了。"

说完，他轻轻一撑就站了起来，愉悦地朝游泽洋挥了挥手："那么，我干正事去了，不跟你继续玩了啊！"

游泽洋显然没明白他所谓的正事到底是什么，震惊下疯狂地扭动了两下企图挣脱，奈何根本无济于事。

一抬头，只看到路景宁朝着外头的海盗巡逻队就那样冲了出去。

他不由睁大了猩红的眼睛，本以为马上又要掀起一波血雨腥风，谁料，耳边却传来了某人熟悉的声音，生动无比地惊呼道："啊啊啊，我好怕！我不会打架，还特别弱，求求你们不要杀我！"

被突然跑出的人吓到正准备射击的星际海盗们一片沉默。

因为画风转变得猝不及防而有些回不过神的游泽洋满脸问号。

路景宁却显然沉浸在自己的角色设定中，一脸柔弱无助地看着海盗巡卫队，脚一"软"分分钟跌坐在了地上，捂着脸忍不住地抹着根本不存在的眼泪："求求你们放过我吧，千万别、抓、我、走！嘤嘤嘤，真的好怕，放我走好吗？我真的不想被、你、们、抓、走！"

暗示过度，就差直接挥着手绢朝他们喊"来啊，来抓我"了。

星际海盗们终于回过神来。

发现居然是一个自己送上门来的安愈者，不由喜上眉梢，互相交换了一个眼神后，用那普星语愉快地交流道："白送的安愈者！走，抓去充数！"

星际海盗的运输舰里，关押着的全是帝海军大的安愈者学生，一个个蜷缩在舰舱中，显得有些迷茫无助。

这些学生大多都是在撤离的过程中被星际海盗抓回来的，很多人恐怕一辈子都无法忘记防空区被敌方突破的那一瞬间，血色在眼

175

前绽开，狰狞刺目。

一片绝望的氛围当中，隐约间传来了依稀的声响，片刻后舱门打开了一条缝隙，而此时，很多人甚至麻木地连看都不想看上一眼了。

很显然，不知道又是哪个在逃窜路上被逮到的倒霉蛋。

路景宁被海盗一把给推了进去，非常配合地"挣扎"了一下，然后就被扔到了一个角落里。耳边的脚步声渐渐远去，直到舱门重新落下，他才停止了发挥演技，回过头去望了眼，确定都走了，嘴角不由露出了一抹狡黠的微笑。

可以看出这是一处专门关押俘虏的舰舱，除了四面光滑的墙壁外里面甚至没有任何多余的攀爬点，一群安愈者学生各自蜷缩在角落里，看上去狼狈又难堪。说实话，路景宁也没想过那些星际海盗居然已经抓了这么多安愈者，光是这一艘舰艇，恐怕就不少于二十人。

整个帝海军大的安愈者总共也就那些，看得出来这些海盗在抓人这件事上着实下了极大的功夫，而这也就意味着，他们对于能源的需求比他想象中的要迫切得多。

路景宁拧了拧眉，正低头思考着，忽然听到耳边传来了不可置信的惊呼声："路哥？是你吗？"

这声音听起来有些耳熟，他回头看去，正好和角落里的任锦对上视线，顿时愣住了："你怎么也被抓了？"

任锦的身上还挂着血，看起来狼狈无比，脸上的表情本是一片惨淡，但看到路景宁之后，脸上的神色顿时肉眼可见地明亮了起来："路哥，你是来救我们的吗？！"

他这么一说，其他人也不由地朝这边看来。陆陆续续地也有人认出了路景宁，原来死气沉沉的气氛忽然有了一丝微妙的改变。

别的人他们不知道，但路景宁是谁啊？那可是有史以来第一个初级评测就是S级的安愈者！是他们的安愈者之光啊！

虽然此时此刻他分明也是被星际海盗给抓进来的，但听着任锦的这一声惊呼，原本已经绝望的学生们心里也不由萌生了一丝希望。

所以，真的是来救他们的吗？

"咳咳……"路景宁被他们看得有些心虚，摸了摸鼻尖，盯着天花板哼哼道，"大概，算是吧。"

其实严格来说，他并不知道居然会有这么多人被抓，之所以会来这里，完全是冲着那些星际海盗来的。不过，如果最后能够顺利把这些海盗都搞定的话，其他人当然也会被顺便一起给救出去，所以，认为是来救他们的，应该也不算说错？

听路景宁这么一说，原本紧张的氛围瞬间活跃了起来。

此时，有个声音突兀地响起："还真是说什么就信什么？都被抓到这里来了，自身难保，拿什么来救？"

路景宁闻声看去，只见说话的人一脸沮丧，盯着地板一个劲地抹泪。他本想回怼两句，看这大兄弟哭得这么伤心，倒有些下不去嘴了，失笑道："同学，也别这么沮丧嘛！"

那个人抽泣了两声，语调里还隐约有着哭腔："你懂什么？你们根本不知道那些星际海盗想把我们怎么样！刚才被押送过来的路上我都听他们说了，之前已经好多同学被他们分批送了上去，估计这时候都已经被榨干粒因子只剩下皮囊了。那些星际海盗根本就不是人！他们，是拿我们去当肥料啊！"

这话一出，其他人都忍不住打了个寒战。

路景宁却捕捉到了什么，看向那人的眼睛突然亮了一下："同学，你会那普星语？"

那人继续抽泣着："会又怎么样？我情愿不要听懂！"

他的话还没说话，路景宁就已经一把抓住了他的双手，语调无比热忱："同学，等会请务必帮我个忙啊！"

那个人被他突如其来的举动给吓了一跳，哭到一半的眼泪都不由停了一瞬："你……你想做什么？"

路景宁朝他露出了一抹意味深长的笑容："到时候你就知道了。"

任锦不愧是路景宁后援团的团长，有他在现场调动交流，所有人的情绪很快都平稳了下来，保证后面一切都听路景宁的指挥行事。

片刻后，运输舰启动升空，等再次停下，已经位于星际海盗的母舰内。所有安愈者学生被一路往深处押送，路景宁一边走一边观察着沿路的情况，心里暗暗记下了路线。

那个懂那普星语的安愈者名叫井煜祺，虽然心不甘情不愿，到底还是被路景宁扣在了身边当御用翻译。

在经过最后一扇门时，正巧有一队人拎着什么东西走了过来，到他们跟前忽然嬉笑了两句。井煜祺本来只是站在那里，听到他们的交流之后突然惊恐地抬起了头。

有人留意到他的异样，顺着他的视线看去，脸色也顿时一片惨淡。

之前没有留意，以为那些星际海盗拖着的都是一些破旧的废弃衣物，但是仔细看去才发现，那些网袋里面依稀可以看出一个个近似柔软无骨的人形。

井煜祺哆嗦了一下，面如死灰地说出一句话来："他们说，已经82%了，我们，是最后一批了。"

路景宁听到82%的时候不由拧了下眉心，抬头朝着场中央那高耸巍峨的能量柱看去。它就这样悬浮在一片镂空的平台当中，至少二三十米的高度，周身流动着蔚蓝色的能量体，无数导线缠绕在周围，连接着周围十多个传输平台，正是提供充能能量的初始地点。

这里无疑是母舰的中心区域，可以看到几个统领模样的星际海盗在持续地为能量柱进行能量补充。

而很快，就要轮到他们了。

安愈者学生们眼见星际海盗们朝他们走来，都下意识地往后瑟缩了一下，然而现在的他们却只是砧板上的肉，根本没有选择的余地。

片刻后，所有人就这样被带到了中央的一片开阔的平台上。

这里气能的气息比任何地方都要来得浓烈，让不少人的呼吸不可避免地沉重了起来。能源石充能的工作在这时候也暂时性地停顿了下来，所有在传输平台上的星际海盗们也陆续走了过来。

井煜祺面如死灰，心里虽然知道已经没有了希望，但还是忍不住问道："路景宁，你不是说是来救人的吗？你倒是救啊？！"

路景宁环视了一圈周围的情况，眼见着主舱内的所有人几乎都已经围在了附近，眉目间不由露出了一抹笑意："救啊，没说不救！这不是，轮到你表现了嘛！"

说着，顺便把后面的事情简单交代了一遍。

井煜祺听完，不可置信地睁大了眼睛："你……你认真的？"

路景宁催促地推了他一下："赶紧的，没看有同学马上就要遭殃了吗？"

井煜祺一抬头，果然看到已经有人被星际海盗给带往了场中，心里顿时一横，咬了咬牙，用那普星语大声喊道："请等一下！"

星际海盗显然也没想到居然会有学生懂他们的语言，不由朝这边看了过来。井煜祺在注视下感到两条腿都有些发软，全靠最后的毅力强撑着才陆陆续续地把话说完："我，我这有个同学，他想要，当第一个！"

路景宁非常配合地朝着那些海盗招了招手，神色真挚地喊："我我我！"

星际海盗见状不由犹豫了一下，询问性地朝统领们看去。

其中一个统领在看清楚路景宁的模样后眼睛顿时亮了起来，笑眯眯地摆了摆手，让人把路景宁带了过去。原本被带走的安愈者死里逃生，和路景宁擦肩而过时，不由投以感激又复杂的眼神。

路景宁站在统领跟前，他的眼睑不由微微一垂，提醒的声音不重，但恰好能够让井煜祺听到："小井啊，你是不是还忘了什么？"

井煜祺闻言才回过神来，暗暗地咽了一口口水，颤颤悠悠地用那普星语说出了那番让他无比怀疑人生的话："各位海盗大哥，我，我这个同学他想，想要一些……气能爆发剂。"

说完后，对上路景宁满是怂恿的视线，又咬牙补充道："他刚说了，要，越多越好！"

这些星际海盗显然还是第一次听到这样荒谬的要求，那个首领模样的人震惊了片刻之后朗声笑了起来，向旁边的手下交代道："去！把我珍藏多年的好东西拿出来！"

路景宁听不懂他们的话，却不影响他笑得一脸灿烂。

对嘛对嘛！这种重要的时刻，当然要玩点刺激的才行了！

C号救助站门口，人影匆匆。

帝海巡卫队几人并肩站在外面，神色凝重。

闻星尘已经按照郇沧的要求顺利地将口令传到，只不过他也没有想到，这个所谓的计划居然是釜底抽薪。

以目前的情况来看，就算机动小队能够顺利进入到母舰当中摧毁能量源，但生还的概率近乎于零。

康寒云甩了下浓密的卷发，脸上非但没有半点颓意，眉目间反倒闪烁着兴奋的神色："这任务真是太刺激了，我喜欢！"

闻夜语调无波："星尘，听我一句，这次事情结束后，一定记得回家一趟，知道吗？"

这样话听起来多少有些生离死别的意味，闻星尘不由拧起了眉心："要回一起回。"

闻夜抬头看了看空中的海盗母舰，语调无波："也好。那就，等我回来。"

闻星尘看着这样的侧影，眸底神色复杂，张了张嘴正想说些什么，忽然听到不远处传来了一阵激烈的争执声。

游泽洋刚被人从废墟里搜救出来，此时整个人躺在担架上已经完全没有了移动的力气，但是声音依旧大得惊人："都说了，有一大批安愈者被海盗抓走了，必须尽快派人前去救援！"

救护队的人积极地处理着他的伤势，虽然不忍，但还是告诉了他实情："抱歉，并不是我们不想救，而是，我们去的时候已经太晚了。那些安愈者学生都被星际海盗送上了母舰，很可能已经……"

"晚了？怎么就晚了？！"游泽洋差点没从担架上炸起来，一双猩红的眼死死地盯着他们，牙关紧咬，"明明刚才还有一个自诩S级的安愈者在跟他们周旋，这才多才时间，就已经晚了？！"

救护队的人被他质问得哑口无言，眉目间也满满都是动容。就当游泽洋要再度暴走的时候，一个人影忽然出现在了他的眼前。

闻星尘的语调微沉："你说的那个安愈者，叫什么名字？"

游泽洋冷不丁对上了视线，愣了一下之后也认出他来，紧紧地握了握拳："这么着急找死的安愈者，除了上次跟你一起来的那个路景宁，还能是谁？！"

闻夜留意到这边的异样，跟上来问道："出什么事了？"

闻星尘没有回答，沉默片刻后，紧抿的双唇挤出一句话来："哥，我申请参加，计划！"

此时的母舰当中，并不知道下面发生的事情。

去取首领珍藏的手下很快就回来了，手上托着一瓶药剂，看起来包装倒还挺精致。

海盗首领拿到后不忘上下欣赏了两眼，拿了个杯子倒上几滴，笑眯眯地递到路景宁跟前。路景宁的视线在那个酒杯里的液体上停顿了片刻，也不客气，拿起来一口喝了个干净。

海盗首领这辈子都没见过这么直接的安愈者，愣了一瞬后顿时笑得愈发开怀，刚准备说些什么，只见路景宁突然伸出手来，一把抓过了那瓶药剂，直接一饮而尽。

事情发生得太过突然，海盗首领想拦下都来不及，等回神时，只见路景宁意犹未尽地舔了舔唇角，双眼含笑地看着自己。

这个珍藏品可是当初他们费劲抢到的，随便一滴都足以让一个安愈者完全失去理智，气能得到数倍的爆发，平常都舍不得拿出来用。这个安愈者居然这样暴殄天物，海盗首领不由感到怒不可遏。

其他安愈者在此情此景下已经猜到接下来将要发生的事，不少人已经下意识地捂住了眼睛，不忍去看。

井煜祺之前按照路景宁的交代完成了任务，本以为他要气能爆发剂是在憋什么大招，眼见着场中央那个人迷迷糊糊地就要彻底陷入到药剂的混乱当中，整个人都感到不好了："他到底想做什么？表演一个现场送死吗？"

任锦显然也没想到事态会发展成这样，不由紧紧地捂住了脑袋："路哥——"虽然说他是完完全全无条件相信路景宁的，可是这样的局势下，也不知道该怎么办了。

眼见着路景宁就这样被那群星际海盗围在了中间，任锦心里慌乱忍不住朝周围一阵乱找，第一反应不是到底能不能打过，而是想随便找一件武器去跟那些丧心病狂的亡命徒拼了！

就在这时，那些海盗仿佛按下哪个开关般齐齐地抽搐了一下，紧接着脸色白了一瞬，下一秒仿佛触电般，陡地退开了一片。

气能以路景宁为圆心，充满掠夺性地朝着周围轰然炸开，在正面袭上那些星际海盗的鼻间时，他们感到仿佛有成片的针在头皮上齐刷刷地落下，全身的脑细胞满满的都是抗拒和排斥。

出于求生的本能，他们的第一反应是逃。

可在药物作用下，路景宁这一次气能的爆发比以往的任何一次都来得肆无忌惮，仿佛无数只无形的手狠狠地拽住了场中所有海盗的咽喉，使得他们连后退的力量都有些疲软无力。

伴随着接连传来的巨大声响，距离最近的那批海盗当中有不少已经"扑通"一下接连跪倒在了地上，扭曲的神色间满满都是痛苦。

这一切的变故发生得太快，让场内的安愈者学生有些回不过神来。很多人一脸茫然，似乎完全不能理解那些星际海盗怎么像撞见了最惨烈的毒气弹一样。

路景宁全身上下烫得像个火球，坐在椅子上重重地喘着粗气，一回头恰好看到距离他最近的首领已经全身瘫软地倒在了地上，正努力地试图朝外面爬去。

路景宁微微眯起了猩红的眼睛，一脚踩住了海盗首领的裤腿："这是要跑哪里去？"

那普星人天生就以安愈者气能的粒因子为能量补给，却也从来没有见过眼前这样的情况。

海盗首领的脸色已然苍白如纸，回头看着那张天使般的脸庞，此时此刻却感到比任何魔鬼都要来得狰狞骇人。

他看到周围所有海盗团成员生不如死的样子，狠狠咬牙，用尽了全身力气，抓起旁边的离子枪朝着路景宁就要按下扳机。

然而突然又有一股无比强势的气息迎面袭来，仿佛有无形的力量在海盗首领身上狠狠地压下，全身最后的力气被剥夺的同时，他只感到眼前一黑，枪支也跟着掉在了地上，彻底失去了知觉。

路景宁可以感受到神志在一点一点地抽离，但体内无穷无尽的气能还在疯狂地涌动着，让他毫无顾忌地朝着外面疯狂发泄。

垂眸看了一眼已经不省人事的海盗首领，他暗暗地啐了一口口水："真是废物！"

强撑着最后的理智抬起头来，他深深地吸了口气，咬牙挤出一句话来："任锦，还愣在那里做什么！组织起来！关门！打狗！"

每个字都仿佛一个重重的音阶，敲击在安愈者学生们的心间。

任锦率先反应过来，一回头果然看到几个站得远些的星际海盗已经跌跌撞撞地跑到了门边，当即再不犹豫，直接从旁边抄起了家伙朝着那些海盗的后脑勺挥去。

在路景宁浓度过大的气能作用下，那些海盗虽然只是吸入了极少量气能，依旧感到头晕目眩得厉害，放在平日里个个都体壮如牛，这时候却娇弱得不堪一击。在任锦那挠痒痒似的一记闷棍下，就直接栽倒在了地上，晕死过去。

其他安愈者都看傻眼了，反应过来后纷纷振奋起来，一个个踊跃地加入战场，转眼间就把那些"娇滴滴"的海盗一个不漏地全部控制了起来。

这边的情况不出意料地引起了外头巡逻队的注意，发现异样之后接连有支援队试图攻进来，但路景宁在中央这样一坐，俨然就是一个最大的生物武器，硬是把大厅防御得固若金汤。那些不明所以的巡逻队员们不计后果地往里面冲，结果还没等冲进大厅就已经一个个腿软跪下了。

当然，也有人在途中就发现了不对劲，试图憋住一口气往里面做一波突击，但是再丰满的理想也敌不过骨感的现实，还没等迈开脚步呢，就在他们忍不住深吸一口气的瞬间，过多浓度吸入的气能瞬间剥夺了他们的意识，转眼又晕死了一大片。

已经被安愈者们捆绑在大厅当中的海盗也有一批毅力顽强的，

始终强撑着不愿就此晕厥，但看着自己的同伙一队队前赴后继地来送死，只觉得整个脑袋都快炸开了。

这些海盗哪个不是见惯生死的，这次甚至铁了心地要来同归于尽，却没想到此刻会如此地绝望和无助。

在过分强势的压迫和折磨的双重摧残下，终于，再也没人可以幸免，场内所有海盗团成员就这样一个不漏地全部晕了过去。

长时间的忙碌和抗争之后，周围忽然陷入一片寂静。

所有的安愈者学生都停下了动作，面对这东倒西歪倒了一地的星际海盗们，一个个有些蒙地站在原地，依旧觉得一切的发生有些太过梦幻。

任锦率先回过神来，手上的力量一松棍子顿时掉落在地，他却没时间顾及，当即三步并作两步地跑到了路景宁跟前，关切地问道："路哥，你还好吗？你现在感觉怎么样啊？"

路景宁面色苍白，四处发散着的气能疯狂冲撞，但即使是这样，他却始终紧紧地把握着最后一丝理智："锦啊，扶我去操作台……得，得先把通讯干扰关上！"

任锦对这样复杂的操控台一无所知，只能照着路景宁说的把他扶了过去。路景宁重重地甩了甩头，好不容易控制住视野的聚焦，终于在一片混乱的设备中找到了操控按钮，伸手用力一按，通讯阻挠系统被彻底关闭。

任锦眼见他的身子晃了晃，忙眼疾手快地一把扶住了他："路哥，接下来呢？接下来我们要怎么做？"

路景宁一把将他推开，反身重重地跌坐在了旁边的椅子上，喘息厚重："接下来？"

说完，有气无力地抬了下眼睑，朝着井煜祺看去："接下来……小井同学，就看你的了。"

井煜祺微微一愣："看我？看我什么？"

路景宁感觉自己距离彻底混乱大约只有一步之遥了，喘着气疲惫地闭了闭眼："去给海盗的……其他舰队发指令……至于……发什么……你自己，开心就好……"

突然间恢复的通讯，让原本乱套了的帝海军大阵营重新稳定了下来，但很快，指挥员们又被星际海盗的举动搞得有些蒙。

对面就像是完全换了个指挥官似的，原本目标无比明确的星际海盗舰队忽然开启了花式送人头模式，让人应接不暇，甚至一度让人怀疑海盗们是不是又布置了什么他们没有发现的陷阱。

就在一片乱战当中，特别行动队的几人已经悄无声息地潜入到了母舰当中。

"什么情况？怎么会这么安静？"康寒云举着手中的枪支，警惕地移动着，但是越往里面走，越感到不对劲。

作为星际海盗的母舰，这里未免安静得太过了一些，别说是巡逻队了，压根连个人都没有。

闻夜微微拧了拧眉心，说出了唯一的可能："是不是有人比我们更早一步了？"

康寒云轻笑："别闹了，这不可能。"

她说话的声音到这里戛然而止，似乎突然间感受到了什么，刚刚迈出的步子又下意识地收了回来："这是什么？"

感受到这熟悉的气能的瞬间，闻星尘眸底的神色震惊地闪烁了一下，原本淡定的表情一时间有些保持不住了。

然而没等他开口，闻夜的声音从旁边响了起来："好像是安愈者的气能……"

看了一眼康寒云的样子，闻星尘哪里猜不到情况，他说道："学

186

姐,你不方便进去的话,就留在外面支援吧。我们两个进去就可以了。"

康寒云一碰到那气味就感到一种说不出来的脱力感,此刻也不逞强,点了点头道:"我就在这里等着,随时保持联系!"

闻夜对此也没有异议,只是非常严谨地想起了一件事来:"寒云,你那有带紧急药箱吧?"

康寒云刚想去取,就被闻星尘拦住了,感受到两人投来的视线,他语调平静地道:"药物对他无效,我来处理就好。"

闻夜听到闻星尘说话,不由看了他一眼:"你们认识?"

闻星尘只是"嗯"了一声,就迈开了步子,朝里面跑去。

闻夜当即跟上,两人越往里面,越能感受到空气中弥漫着的气能浓度逐步浓郁了起来,与此同时,视野当中也开始零星地出现了几个躺在地上的星际海盗,生死不明。

闻夜上前试探了一下气息,疑惑地拧了下眉:"晕过去了?"

闻星尘对里面的情况多少有一些猜测,眼前的情形显然愈发印证了他的推断,脑海中不由得浮现出当时在校外仓库时的情形,步伐不由又加快了几分。

随着中心区域的接近,视野当中的星际海盗也愈发多了起来,临近主舱,那壮观的场面,用"尸横遍野"来形容都完全不为过。

闻夜还是第一次见到这种情况,虽然脸上没有太多的表情,但眼底满满的都是错愕。

依稀间,终于可以听到里面传来的隐约声响,两人交换了一下眼神,不约而同地放轻了脚步,就这样无比警惕地沿着机舱壁一点点前进着,从通道旁边悄悄探出头,他们终于看清楚了里面的情况。

整个母舰的主控室里根本没有半个星际海盗的身影,取而代之的是一个个安愈者学生,他们三三两两地聚在一起,神色看上去有些警惕,但早就已经没有了本该有的惶恐,看起来极有规划地守在各个要点。

这到底是怎么一回事？

闻夜只感觉心里的问号越来越大，还没来得及思考，忽然看到身边的人影一晃，等回神的时候，闻星尘已经一个箭步冲了出去。

突然出现的人影让场内的安愈者学生吓了一跳，下意识地把手中搜刮来的武器齐齐地举了起来，但等到看清楚对方的模样时，都不由得愣了下神。

第一反应：这人……是他们帝海军大的同学？

第二反应：终于等到人来救他们了吗？！

在突然间炽热的视线中，闻星尘一眼就看到了面色苍白的路景宁，直接冲到了他跟前。事情发生得太快，任锦都有些来不及回神，等定睛看清楚跟前的人时，不由惊叫出声来："闻星尘？！"

闻星尘没有应声，视线落在路景宁脸上，道："我先带他出去。"

闻星尘一把将路景宁从地面上捞起来，面色平静地环顾了一下四周，对不远处的闻夜说："哥，他的情况还不太稳定，我先带他去其他地方处理，这里，就交给你了。"

闻夜点了点头："你去吧。"

路景宁迷迷糊糊地靠着闻星尘，刚被往外带了几步，忽然间想起一件事来，紧紧拽着他停下了脚步，虚弱地朝闻夜提醒道："学长，如果……如果不是必要……一定不要摧毁能量柱！"

闻夜微微一愣，片刻间领会了过来："明白！"

之前被星际海盗掠夺来的安愈者学生几乎都成了他们的能源补给，但是在粒因子被榨干的情况下，如果可以将能量柱中的能量重新剥离出来，以现在的医疗技术，完成粒因子返还也不是没有操作余地。

之前安愈者们之所以绝望，是因为在这样严峻的局面下，摧毁能量柱本该是首要的选择，自然不会有人想过留下它的可能。

但是，现在不一样了。在已经控制住海盗母舰的情况下，自然不需要以摧毁能量柱来达成战争最后的胜利，从某方面来说，甚至挽回了众多安愈者同学们的性命。

两人简短的对话让在场的其他人不由喜极而泣，眼见着有闻夜现场操控局面，所有人也跟着投入到了协助当中。

路景宁的理智也就在跟闻夜对话期间清醒了那么一瞬，紧接着，很快又陷入到完全混乱的状态当中。

为了不让路景宁的气能影响到后续可能进入到军舰中来的其他友军，闻星尘找了一间单独的舱室关上了门，把路景宁的气能完全阻隔在了里面。

一回头，只见路景宁靠在沙发上轻轻地吸着气，他走过去将路景宁扶着坐了起来，问："你现在感觉怎么样？"

"疼……"路景宁迷迷糊糊地反复说着这么一个字。

闻星尘冷言冷语地说："现在知道难受了？乱来的时候怎么不考虑后果？"

路景宁迷糊间居然还知道顶嘴："后果？你能做到比现在更好的后果吗？"

闻星尘被他噎了一下，不可否认，现在确实已经是他们在这场战役上可以实现的最完美的结局了。

但即使是这样，看着眼前这人的样子，他的心里仿佛燃着一团怒火，忍不住地讥诮道："既然这么厉害，那你就自己承担后果吧！"

第七章
做人嘛，总是应该知恩图报的

有闻夜现场坐镇，整体战局很快步入了正轨。

一边依靠着后方优势牵制部分散落在外的星际海盗战舰，一边与己方人员里应外合，等到军方的支援舰队终于抵达战场后，雷厉风行地清场，这次星际海盗借助空间信号门瞬移进行的临时偷袭，到底还是有惊无险地化解了。

当一切平息下来，星际母舰在万众瞩目当中降落在了平坦的空地上，由校长邴沧为首的一行人已经站在了大楼门口。

舰门打开，闻夜带着一众安愈者陆续走了下来。

在之前的接洽下，医护队的成员早就已经处在随时待命的状态，此时更是刻不容缓地迎了上来。从他们手中接过一干昏迷不醒的安愈者学生火速就医，同时也为一些伤势稍轻的伤员进行了简单的伤口处理，齐齐送往最近的医疗中心。

"校长！"闻夜一眼就看到了邴沧，当即大步流星地走到了他跟前，恭恭敬敬地行了一个军礼。

邴沧的视线掠过他，落在后面庞大的母舰上，神色复杂："你说的那小子呢？"

提到路景宁，闻夜回想到当时在母舰上看到的糟糕情况，迟疑了一下，说道："星尘在处理，应该不会有什么大事。"

邴沧没有追问，幽幽地叹了口气，回头看了眼满目疮痍的帝海军大校区，语调感慨地道："路家的这些人，一个个，果然都是要当英雄的啊！"

这次星际海盗的袭击，不计摧毁的建筑设备损失，光是人员，就有二十人次的教职人员牺牲，数百人次的学生战死。

这不管放在哪个时期，都是一个无比惨烈的数字。这次如果没有路景宁顺利制止了海盗母舰的自爆，伤亡恐怕不止上千人。

这一战，他，注定是帝海军大的英雄！

等到军部的表彰下来，一个三等功勋是绝对跑不了的。

闻夜的眸底有着一丝触动，眼睫不由垂落了几分，到底还是沉声说道："抱歉，如果不是我们执行任务时不小心，也不会让那些星际海盗抓住机会……"

邴沧轻轻抬了抬拐杖，打断了他后面自责的话，语调徐缓地道："这不怪你。即使不是现在，帝海军大，也迟早要有这样一劫。"

闻夜不是很明白话里的意思，正待追问，便见校长已经晃晃悠悠地走远了，只远远传来一句话："后面的事，就交给你们年轻人了。"

战役虽然已经结束，但这片残骸的整顿和重建，以及日后更为严峻的考验，却才刚刚开始。

海盗母舰的某休息室内。

路景宁迷迷糊糊间，可以感受到外边的动静似乎安静了下来。

他微微颤了颤眼睫，再一次大量爆发气能，身体的疲惫一波接

191

一波，他现在只想一直躺着，半点都不想动。

刚才完全陷入混乱时，他其实还存有一丝理智，现在直勾勾地盯着天花板，反倒回想了起来。

闻星尘似乎对他这样不计后果的行为很生气，摔门出去晾了他十来分钟后，沉着脸开门进来："下不为例。"

然后就给他喂了药剂，尽心尽力地为他梳理已经完全混乱的气能，不得不说，老闻是真的仗义。做人嘛，总是应该知恩图报的。

路景宁想着，感觉也休息得差不多了，揉了一把头发，随手拎上外套，大步流星地走了出去。

医护队的人员还在来来往往地忙碌着，无意中一抬头，只见母舰上又走下来一个安愈者，微微一愣之后立刻围了上去。

路景宁被这突然间的关切吓了一跳，等看清楚对方装束后，连连摆手："不用不用，我不用住院！"

医护队的队员并不了解母舰上的情况，只觉得这个安愈者状态显然不算太好，顿时关心地追问："有哪里感到不舒服吗？需不需要输点体能剂？皮外伤有没有？我建议最好还是不要逞强，跟我们回去一起做次全身检查，确定真的没有问题比什么都重要。"

路景宁被问得一个头两个大，直接否认三连："没受伤，不需要体能剂，也不用全身检查！"

天可怜见，他现在唯一的想法就是赶紧找个地方舒舒服服地睡上一觉，其他任何事都别找他！医疗队见他态度如此坚决，互相交换了一个眼神后，也只能无可奈何地让开一条路。

目送路景宁的背影离开，其中一个医疗队员颇为感慨地露出了一抹敬佩的神色来："不愧是帝海军大的安愈者，意志力真是顽强。"

帝海军大在这次偷袭战役结束后，完全进入到了灾后重建工作当中。

而路景宁则一路摸到了暂时安顿点，直接倒头就睡。

这一觉睡得那叫一个天昏地暗，等醒来时已经过了整整三天，一睁开眼睛就看到了任锦满脸关切的样子，小心翼翼地问道："路哥，你……还好吗？"

路景宁睡眼惺忪地揉了揉凌乱的发线，迷迷糊糊地打了个哈欠："有什么好不好的？"

任锦始终记得当时闻星尘把他带走时的样子，闻言松了口气："嗯嗯，没事就好，没事就好。"

于擎苍被他这扭扭捏捏的样子弄得很是不耐烦，没好气地一把将他拎到了旁边，凑过去在路景宁跟前伸出了三根手指："看看我这，说，这是几？"

"……"路景宁的嘴角忍不住狠狠抽搐了一下，"二。"

于擎苍大惊："完了，真的傻了！"

"你才傻了！"路景宁没好气地抬腿踹了他一脚，"我说你是个二傻子！"

于擎苍结结实实地挨了那么一下，却是满脸惊喜："果然是我兄弟，你真的没事！"

路景宁暗暗翻了个白眼，忍着想把这二傻子揍一顿的冲动，随手抓起外套披在身上，朝周围看了一圈，奇怪地问道："你们围在这里做什么，都这么闲的吗？"

"最近都不上课，确实闲得很，不过马上就有事做了。"于擎苍露出了一抹大咧咧的笑容来，一脸感慨，"你醒的也真是时候，马上就要举办全校大会了，要是再不醒，我们都要考虑是不是得连床一起把你给抬过去。"

路景宁眨了眨眼："什么全校大会？"

193

正在这个时候，房门应声而开。

言和彬站在门口，看了一眼室内的情况，最后视线淡淡地落在了路景宁身上，难得有同学爱地提醒道："路景宁，你最好先去换身干净点的衣服，影响不好。"

虽然不知道原因，但考虑到言和彬轻易不开口的性格，路景宁还是找了一身干净的衣服认认真真地换上了。

等到了下午的全校大会，他终于明白了言和彬的用意。

邴沧老校长首先对这次星际海盗偷袭造成的阵亡教职人员和学生进行了哀悼，并表示帝国将针对此次事件，对亡者的亲友家属予以慰问补偿。虽然再多的抚恤金都无法补偿亲人心中的痛楚，但多多少少也算是一点慰藉。

一个个名字报出时，全场寂静无声，所有人都隐忍地低着头，面露哀色，更有不少人的眼中，满满的都是迷茫。

来读帝海军大的学生大部分都是以成为军人作为毕生的目标，但第一次这样近距离地面对死亡，这种浓烈的绝望和不安感，让人感到有些动摇。面对那些死去的同学和老师，想着不久前还出现在视野中的鲜活身影，心里更是充满了复杂的情绪。

接连三次行礼之后，悼念仪式完毕。

邴沧收起了脸上的哀恸，开始简单地介绍后续的工作安排。

因为这次帝海军大的建筑设备或多或少都受到了损坏，灾后重建工作也无法在短期内完成，决定留下大四学生来使用仅存的教学资源。至于其他年级的学生，则将暂时转移到邻近星球的军部232号基地，等到重建工作完成之后，再重新迁回自己的校区继续学习。

这个安排听起来似乎非常合理，可路景宁听完，隐约间总觉得哪里不对。既然要进行全校转移，为什么非将大四的学生留下来？这样一来不是反倒需要一部分老师在两个星球之间来回跑了吗？不管怎么想，都感到似乎有些刻意。

他正拧着眉思索着，忽然听到场上提到了自己的名字。

在交代完部署事项后，今天的全校大会终于进行到了最后一项表彰环节。

邝沧站在台上，环视四周，语调徐缓且严肃地说道："在这次对抗当中，有一部分同学有着非常突出的表现。今天，我代表全校师生，向其中一位同学表示最诚挚的谢意。如果没有这位同学深入虎穴制止了星际海盗的自爆行动，我们根本无法等到军部的支援，帝海军大很可能已经彻底沦为废墟。在这里，我将代表帝国政府为这位同学颁发代表至高荣耀的三等功勋奖章，下面有请我们帝海军大的英雄，来自综合战争学院一年级的——路景宁同学！"

话音落下，全场顿时掌声雷动。在场的所有师生都伸长了脖子，想看看这个路景宁到底是何方神圣。

其实也不怪他们如此期待，先是新生挑战赛一挑二，再后来全星际第一个与生俱来的S级安愈者身份，再到现在单枪匹马拯救了整个帝海军大的英勇壮举，不管哪一条列出来，都是足够列入帝海校史的存在。

更何况，如今帝国政府还单独授予了他三等功勋的奖章。

虽然程度和一、二等功勋还相差甚远，但依旧是很多军人终其一生都很难得到的绝对荣耀。

刚刚进入帝海军校的第一年就获得了三等功勋，路景宁这个名字，注定要扬名内外。

路景宁可以感受到全场惊羡的目光，不由心有余悸地看了一眼自己换上的这身新衣服。形象工程确实是个大问题，还好提前听了言和彬的话，要不然还真是丢人丢大发了！

他远远地给了言和彬一个感谢的眼神，就这样在万众瞩目下大咧咧地走上台去。

邴沧不动声色地打量了一眼路景宁的精神状态，确定气色不错，便笑眯眯地示意他走到场地中央，来做个简单的发言。

路景宁事先没有准备，但这半点都没有影响他的临时发挥。

路景宁在万众瞩目下站到了演讲台前，只见他清了清嗓子，慢悠悠地开了口："那个，对于这次的三等功勋奖章，我感到非常荣幸。在这里我只想说——感谢宇宙 TV，感谢帝国 TV，感谢帝海军大，感谢我的父母，感谢……"

现场鸦雀无声，同学，你当这里是星际发布会现场吗？

队列当中，姜栾忍不住"扑哧"笑出声来，用胳膊肘轻轻碰了碰闻星尘道："我说，这路景宁还是一如既往地有才啊！"

闻星尘的视线落在场中央那个令人瞩目的人影身上，双唇紧抿，半晌没说一句话。姜栾见他无动于衷的样子，刚准备再说什么，只听台上的路景宁感谢完一圈之后，话语微微一顿，忽然换上了一种无比动容的语调："在这其中，最需要感谢的还是我的一位同学。"

闻星尘闻言神色微微一滞，隐约间似乎有了一丝不好的预感。

果不其然，路景宁说着，忽然朝他这边看了过来，视线相触的一瞬间，话语当中满满的都是真挚："那就是——闻星尘同学！"

他无比认真地清了清嗓子："如果不是闻星尘的默默支持和帮助，也不会有今天的我。如果可以的话，这次的三等勋章，也应该有他的一半！"

话音落下，全场视线齐刷刷地移了过来。

闻星尘呆住了。

路景宁说的每一个字都充满了真情实感，每一个字都是这样地情真意切，可落入耳中时，偏偏只让他脑海中的青筋生生地抽搐了一下，恨不得上台把这个恼人的家伙拖下来狠狠地揍上一顿。

谁要他分功勋？

路景宁发言完毕之后，听着周围响起的一片雷动般的掌声，自我感受无比良好。

直到下台之后，他还沉浸在自己的获奖感言当中，只觉得自己为和闻星尘之间坚固的革命情谊上面又多添了一层瓦，心满意足地朝闻星尘那边看去。

结果视线触及的一瞬间，便见闻星尘面无表情地移开了脸去。

路景宁疑惑，这什么毛病？难道是觉得一半的三等功勋不够，想要全额的？

路景宁不由拧着眉头思索了一会儿。

其实三等功勋这种东西他要不要都无所谓，如果老闻想要的话，要不然回头去办事处问问，看看这种功勋奖章能不能直接过户啥的？

他心里琢磨着，后头的内容压根没听进去半点，急切地等到会议全部结束，就快速地迈开步子准备付诸行动。

一想到要给闻星尘一个惊喜，心里还真有点小激动呢！

然而，他还没走出大门，就被一个忽然冒出来的人影给拦住了。

对方话语直白："聊聊？"

就冲这臭屁的语调，路景宁在自己认识的人当中保准找不出第二个。果然，他抬了抬眼皮就看到游泽洋拦在自己跟前。

路景宁现在满脑子都是给闻星尘制造惊喜，想都没想，冷酷无情地说道："没空，让让。"

一边说着，一边急匆匆地就要从旁边绕过去，游泽洋被他这态度气了个半死，一把拉住他，咬牙道："跑什么？真有事！"

路景宁被他拽着，狐疑地回过头来："如果是感谢的话那就算了，我现在很忙，别闹！"

"谁闹了？"游泽洋差点吐血，硬生生地把已经到嘴边的致谢话语给憋了回去，沉着一张脸道，"没人要感谢你，我要说的是社团的事！"

路景宁终于停下了脚步，朝他挑了挑眉："社团的事？你不跟社长说，跟我这个刚刚进社的安愈者说什么？"

猝不及防地又被讽刺了一句，游泽洋只感觉脑子里那根理智的弦狠狠地抽了两下，深深地吸了一口气才控制住随时可能暴走的情绪，咬牙切齿地扯出了一抹勉强可以称为笑容的弧度："这事，必须跟你说。关于马上就要开始的军校联合交流赛，听说过吗？"

路景宁点了点头："嗯？"

说起这个，倒确实有那么一点印象。

游泽洋看路景宁的表情，就知道他对这事一定是一知半解，不得不重重地叹了口气，耐着性子为他详细地做了一番说明。

所谓的军校联合交流赛，即帝海军事大学、穆武战争大学、银英星际大学和重云防务大学这四家帝国顶尖的军事学府联合举办的交流型赛事。

虽然这三年一届的赛事一直都说是交流为主，但各大军校选派出来的都是目前校内学生最高实力的代表，因此，备受各界的关注。

几乎所有人都默认，军校联合交流赛的最终排名情况，即象征着目前帝国顶尖军校的最终排名，说是顶级的荣誉之战也不为过。

在上一届赛事当中，帝海军大在最后的团队对抗中出现了失误，以至于以仅次于银英星大的成绩位居第二名，一度让全校师生感到无比不甘。原本，今年应该是他们一雪前耻的关键，谁料偏偏在这个节骨眼上出现了海盗偷袭事件，精英学生伤亡惨重，以至于原本已经定下的出赛名单不得不重新调整。

路景宁听游泽洋说完，忍不住看了他一眼："所以，你口中所谓的伤亡惨重的精英学生，不会是说你自己吧？"

游泽洋原本沉浸在学校荣誉的义愤填膺当中，闻言脸上的表情不由微妙地僵硬了一瞬："当然……不是。"

　　路景宁神色依旧存疑："跟你没关系的话，跟我讲那么多干吗？"

　　游泽洋再次被他噎到，半晌才沉着脸憋出一句话来："身为帝海军大的学生，你难道就没想过要代表学校争夺最高荣誉吗？"

　　路景宁在他这直击心灵的质问下不由愣了一瞬："啊……你要不说，我好像还真没想过？"

　　游泽洋不语。

　　路景宁算是明白过来，看着对方铁青的脸色，忍不住笑眯眯地凑到了他跟前，似笑非笑地看着他："副社长，是不是有事求我啊？"

　　游泽洋仍然沉默。

　　路景宁摆手："有事求我就直说嘛！你看我们虽然不对盘，但好歹也这么熟了，连你的小命我都救过，其他事情如果好好跟我说的话，也不是不能帮。"

　　游泽洋额前的青筋狠狠地抽搐了一下。

　　路景宁张了张嘴，只见对方把双手往口袋里面一插，怒气冲冲地转身就走。

　　他微微愣了一下，感觉自己好像玩过头了，顿时笑眯眯地跑上去绕到了游泽洋跟前："哎呀，你这人怎么这么经不起玩笑啊？不就是想要我代替你的位置去参加交流赛嘛，我去！我去不就行了？"

　　游泽洋在他这突变的态度下还有些转不过弯来，眉头紧锁地看着他，一脸狐疑："你真的答应了？"

　　"这有什么真的假的？"路景宁朝他露出了一抹笑容，"军校交流赛，应该从来没有安愈者参加过吧？可以成为第一个站上这个赛场的安愈者，难道还有什么比这更有意思的事情吗？我当然非常有兴趣了！"

游泽洋被他说得无言以对。看着对方这副蠢蠢欲动的样子，忽然有些不确定自己的选择到底正不正确。

真让这家伙去的话，不会又搞出什么幺蛾子吧？

但是现在机甲社可以出战的人员当中，单从实力来说，确实没有比他更合适的人选了。

他心里嘀咕着，只听路景宁似笑非笑地说道："身为安愈者，还是需要懂得把握机会好好地展示自己啊。毕竟，总有那么多无畏者仗着天生的优势自视甚高，搞一些有的没的歧视，你说是不是，副社长？"

游泽洋哪里听不出来话里的冷嘲热讽，要说起来，这大概是他见过的最锱铢必较的人了。

路景宁的心思显然不在这里，调侃完之后就转身走了。

看着那渐渐远去的背影，游泽洋不由苦笑了一声，眸底的神色略微复杂："有些事情，可不是你们想的那样。"

话落时，平日里嚣张跋扈的男人身边的光芒也仿佛黯淡了那么一瞬。脑海中不由浮现出了某个熟悉的身影，下意识地伸手摸了一把裤袋，才发现今天忘记带烟了。

……

之后的几天，一至三年级学生的迁移工作进行得有条不紊，另一方面，军校交流赛名单重新拟定的消息也在学生之间流传着，所有人都对这次最终参赛的人员选择感到无比好奇。

毕竟，这次战役对他们的损耗实在太大了，基本上有实力的高年级学生为了守护校区或多或少都受了些伤，在这种情况下去面对其他学校的精英不免有些勉强。

不管怎么看，情况都不太乐观。

路景宁回去之后就进行了咨询，结果却被告知，功勋这种东西是无法跨家族过户的，除非拥有血缘或者亲属关系，否则无法进行任何继承操作。

挂上电话之后，路景宁不得不暗暗地骂了一句："神经病！"

如果他和闻星尘有血缘关系，他还犯得着这么绞尽脑汁地想其他方式来报答恩情吗？

于擎苍开门的时候一眼就瞅见路景宁暴躁地把通讯器扔到桌上，非常识趣地叫了声："路哥，今天心情不美丽？"

路景宁心心念念想要制造的惊喜变为了泡影，想要心情美丽确实有些困难，懒洋洋地朝他抬了下眼睫："这里是安愈者的临时宿舍，你使了什么手段，宿管员居然让你进来了？"

于擎苍清了清嗓子："我是来办公事的，怎么就不能进了？而且来这之前我还洗了整整三遍澡，绝对安全环保无污染。"

路景宁："哦，那我是不是应该顺便把你扔进可回收分类的垃圾桶里？"

于擎苍感到有些受伤："路哥，我真的是有事来的。"

路景宁可没耐心听他啰唆："有事快说，有屁快放。"

于擎苍赶紧回答："教导员让你去教务处一趟，说是交流赛的名单下来了。"

当路景宁抵达教务处时，里面已经站了不少人，看到他走进来，纷纷投来了视线。

毫无疑问，他又是全场唯一的一个安愈者。

虽然对于路景宁参加联合交流赛的事外界早有传闻，但是真的看到他出现时，有不少人的眼里依旧不可避免地闪过了一丝光芒。不知道为什么，总觉得有一种一不小心又要见证历史性时刻的预感。

路景宁朝周围扫视了一圈，一眼就在人群中看到了闻星尘，正

201

要走过去打招呼，不远处的邝云林朝他挥了挥手："来这边。"

没办法，他也只能暂时收起心思，走到机甲社的队列当中。

邝沧老校长来时已经全员到齐，他笑眯眯地看了一眼在场的众人，开门见山地道："今天召集大家过来，是为了确认联合交流赛最后的出战名单。这次的比赛分为机甲对抗，实战格斗和团队作战三个部分，正式成员五名，预备成员五名，总计十名。下面，先宣布正式成员名单——帝海巡卫队闻夜、康寒云，机甲社邝云林，格斗社湛社，以及勤卫部门陶雨石。"

从这一批名单中可以看出，正式成员主要还是以高年级干部级别人员为主，当然，让这些人以主力的身份存在，也确实足以服众。

路景宁听到格斗社的那个名字总觉得有些耳熟，等看清楚那张脸的时候才反应过来。

这不是当时挑战赛上被他"击败"的第一个学长吗？

路景宁倒不至于因为自己"赢"过别人一次而产生任何轻视的情绪，其实他心里知道，当时他主要占了不允许使用气能以及突然爆发偷袭这两点便宜。

而对方既然可以被学校选为代表去参加联合交流赛，相信这位学长的实力绝对不容小觑。

湛社留意到他的视线，回过头来礼貌性地微笑了一下。

路景宁遥遥朝他点了点头，视线一晃，恰好瞥见了站在后头的那人，不由疑惑地眨了眨眼，咋回事，这人又是怎么混进来的？

就在这个时候，邝沧不徐不缓地继续说道："下面宣布替补成员名单——机甲社路景宁，格斗社岑俊风、苏才，军械社吕深，以及，闻星尘。"

听完名单后得到了证实，路景宁看着岑俊风的眼神更加古怪了起来。也不能怪他嫌弃，从一开始，这位仁兄给他的所有印象都是一水儿的"弱"。

结果居然被选到这里来了，帝海军大真的没有能打的人了？

岑俊风被这样的视线看得脸上红一阵白一阵的，忍不住暗暗咬了咬牙，这是什么眼神？！

虽然确实是因为这次战役中作为先锋部队的格斗社伤亡惨重，最后这个名额才会落到他身上，但就实力而言，随便派个人出来跟他打，表现也是绝对不弱的好吗！

最后的名单确认完毕之后，教务处主任简单地介绍了一下联合交流赛的流程，众人就解散了。

走出教务处，路景宁瞅着闻星尘的背影不动声色地跟了上去，语调平静地问道："老闻啊，你有没有发现我有什么特别的？"

闻星尘头也没回一下："没发现。"

路景宁清了清嗓子："怎么能没发现呢？我这么特别地靠谱。"

闻星尘的脚步微微停顿了一下，回头看了过来："脑子坏了？"

路景宁无语。

闻星尘说："没事别学那些无聊的东西。"

路景宁瞅了眼闻星尘的表情，看不出情绪怎样，于是试探性地问道："不生气了？"

闻星尘在视线下撇开眼去，不答反问："我生什么气？"

路景宁非常主动地自我剖析道："我知道自己确实对不住你，所以之前还专门去咨询了一下功勋过户的事情。可惜客服告诉我说没办法转移，要不然，我真的很愿意借此来表达我足够的诚意。"

闻星尘面无表情地往前走去。

路景宁快步跟了上去，一本正经道："我说认真的，老闻，到底想要我怎么报答你？别说些俗套的烂桥段，来些硬核点的实际要求怎么样。"

闻星尘盯着他看了片刻，嘴角忽然幽幽地勾了起来："既然你这么真情实意地要谢我，那就暂时先欠着，等我想好了再告诉你。"

路景宁呆住。

这还能欠？

怎么感觉，自己好像一不小心掉进哪个陷阱里了呢？！

最后确定下来的人员名单很快传了出去，路景宁再次成了师生们谈论间出现最多的名字。而就在这个时候，他也终于在星际海盗事件之后接到了来自路空斌的通讯。

当时出事的消息传出去之后，他就曾经接到过哥哥们担心的问候，但是那段时间路空斌恰好在遥远的边缘星系出任务，也就一直没有进行过联系。

这不，刚刚下了军舰，就火急火燎地拨了过来。

路景宁在对面过分嘹亮的声音下将通讯器拉开了几分，好不容易等到稍微安静下来，只听路空斌语调坚决地说道："趁着我还没去出任务，你给我回家一趟！"

路景宁跷着二郎腿坐在临时宿舍的阳台上，在恒星舒适的光芒下懒洋洋的挑了挑眉，语调漫不经心："没空。"

路空斌沉声道："宁崽你变了！你不爱你的老爸了！"

路景宁完全不吃他这套："有句话听过没有，不求天长地久，但求曾经拥有。爱过，够了。"

路空斌见他如此地不近人情，语调里不由带上了一丝疑惑："你真不回来？是不是哪里受伤了？你要受伤了不跟我说，小心我跑学校里跟你闹去？"

"哪有受什么伤啊，好着呢。"路景宁被他这样过分发散的思维惹得无语了一把，看了看墙壁上的液晶屏幕里满满当当的训练计划，懒洋洋地道，"军校联合交流赛你知道吧？马上就要开始了。最近忙着训练呢，我可没空回家遛弯。"

通讯器那头沉默了片刻，路空斌的声音又抬高了几分："崽啊，你居然要去参加军校联合交流赛了？！不愧是我们路家出来的男人，爸真为你感到骄傲！"

路景宁被他吼得揉了揉耳朵，一脸无语："参加交流赛有什么好高兴的，哥没告诉你我获得帝国功勋的事吗？"

不管怎么看，难道不应该是后者更值得骄傲一些吗？

但是很显然，路空斌的脑回路根本和他不在同一条线上，闻言很是无所谓地说道："那事？说了啊！不就是个三等功勋吗，有什么好高兴的，这种东西，咱家又不是没有过。"

路景宁暗想，说得好有道理，真让人感到无言以对，差点忘了老路自己就是个行走的一等功了。

路空斌听他没吭声，就在这短暂的沉默间忽然冒出了一个想法："宁崽啊，反正我最近也没什么别的事情，既然你没空回家的话，就在学校等着吧。"

路景宁好像 get 到了某个点："你要来学校？"

路空斌应道："闲着也是闲着，这次的事情闹得确实有些大，正好也去看望一下邴沧老校长。"

路景宁对自家老爸这种想一出是一出的做派早就已经习以为常，本来还想说一说上次机甲课损失赔偿的事，也就暂时闭了嘴。

算了，还是等来了学校再说吧。

路空斌见路景宁没什么反应，很开心地说道："放心吧，老爸一定会非常低调的！"

他不说倒还好，这一说，路景宁只感到眼皮不受控制地跳了两下。

这种不好的预感是个什么鬼？

于擎苍在听说路空斌要来学校的事情后显得非常地积极，当天一大早就跟着路景宁一起等在了临时校区的大门口，伸长了脖子巴巴地盼望着。

路景宁当然知道于擎苍从小到大都把路空斌当成英雄来仰慕，对这激动的样子也是见怪不怪。只不过没想到的是，他们刚到校门口不久，遥遥地便看到了几个熟悉的身影。

这几个人都是参加交流赛的正式队员，几天接触下来多少也已经有点熟悉，看到了路景宁，走过来简单地打了声招呼。

路景宁看着他们衣着整齐的样子，不由感到有些好奇："学长，你们在这做什么呢？"

闻夜语调平静地说道："本周负责我们交流队训练的教员今日抵达，我们应校长的委托特地过来迎接。"

路景宁皱了皱眉："负责训练的教员？"

旁边的邴云林似笑非笑地看了他一眼，声音温和："你们也在这里等人吗，可真是太巧了。"

他这一说，路景宁只觉得眉梢突突了两下，隐约间似乎有一种说不出来的奇怪感觉。

就在这时，一架运输舰划破苍穹，缓缓地停靠在了不远处的空地上。随着一片剧烈的气流冲撞，周围顿时一片尘土飞扬。

在模糊的视野当中，可以看到舱门渐渐落下，最后在整个舰艇停稳的一瞬间，重重地砸落地面。

转眼，闻夜几人已经快步迎了上去，路景宁站在原地没动，只是面无表情地看着十来个士兵快步跑出，随后在道路两旁依次站开，紧接着，一个熟悉的身影一步步地从舰艇上走了下来。

所有士兵顿时整齐划一地行了一个气势十足的军礼。

在这样肃穆的场面之下，来人一身英气十足的军装，戴一副厚重的墨镜，棱角分明的脸庞左侧落着一道狰狞的十字疤痕，这疤痕非但没有削减半点锐气，反倒更添了一种独特的威严。

这么大的动静不可避免地引来了附近学生们的注意，一个个在这样气派无比的大阵仗下都感到有些好奇。

于擎苍看得眼睛也有些发直，眼见着交流队的几人已经接上来人，暗暗咽了口口水，迟疑地问："那个……我们还去吗？"

路景宁远远地看着在那打着官腔的路空斌，嘴角不由地抽搐了一下，一时间完全不想说话，这就是传说中的非常低调？！

那边路空斌已经在万众簇拥下走进了大门，遥遥地看到路景宁时没有半点特别的举动，只是恰好从他跟前路过时摘下了墨镜，朝着他意味深长地眨了眨眼，随后仿佛无事发生过一般扬长而去。

直到人走远了，于擎苍还有些愣神："路叔叔这，什么情况？"

路景宁连回答他的心思都没了，无语地摆了摆手："走了，回去了。"

回去宿舍后，等接到路空斌的通讯，已经是傍晚时分了。

路景宁闻讯下楼，在转角处站了半天，远远地就看到了一个身穿便服的男人头戴一顶硕大的帽子，鬼鬼祟祟地一路挪到了他跟前。

他忍不住有些失笑："老爸，差不多得了。"

路空斌见周围没什么人，才把鼻梁上的墨镜摘下了一点，一脸不以为然："你懂什么，我这是不想因为我的出现影响到你平静的大学生活。"

"哦，那真是谢谢了。"路景宁敷衍至极地应了一声，随口问道，"吃什么？"

"什么都好，主要是来看看你。"路空斌这时候才仔仔细细地将他端详了一圈，忽然改变了主意，语调里满满的都是心疼，"还是去吃肉吧，崽啊，你看你都瘦了。"

有一种瘦叫老爸觉得你瘦。

路景宁当然不至于把这话放在心上，不过也懒得在吃饭的问题上多计较，直接带着路空斌去了附近的一家饭馆，遵从他的意愿叫了满满一大桌的肉。

路空斌一边吃一边问了一大堆问题，路景宁一一回答，见时机差不多了，从口袋里把当时机甲课的损失报销单拿了出来："老爸啊，有空帮忙结个账？"

路空斌不明所以地接过来，只看了一眼，差点气背过去："你什么时候又惹事了？！"

路景宁在这种时候显得特别有眼力见，笑眯眯地凑到他旁边，一只手顺势搭上了自家老爸的肩膀上，笑容满面："你看我三等功勋也拿了，联合交流赛名额也得到了，稍微惹点事而已，也算是功过相抵了！一点小钱，别这么小气啊老爸！"

路空斌嘴角狠狠一抽："你再说一遍，这点，是小钱？"

路景宁乖巧地眨了眨眼："对我们家英明神武的老路来说，那可不是小钱嘛！"

路空斌本来还想发作，可想着路景宁前不久才经历的惊险又有些不太忍心，好半天才憋出一句话来："下不为例！"

路景宁笑眯眯地递上一杯酒，继续拍着马屁："不愧是老路，就是豪气！"

困扰多时的赔偿金问题顺利解决，路景宁的笑容顿时灿烂得跟花儿一样，路空斌本来就是来看宝贝儿子的，这时候更是心情愉悦，一顿饭自然吃得其乐融融。

路景宁和路空斌吃了顿饭后就各自回去了，明天一大早就是交流队安排的训练时间，路空斌身为这一期的训练员，自然需要保存精力。

这一次校方突然给他们安排了训练员，交流队的所有成员都非常兴奋，但是因为没有详细的资料介绍，并不知道来人到底是什么样的身份，于是都早早地抵达训练场，期待着对方的到来。

当路景宁迈进大门时一眼就看到了整整齐齐的队友们，有些迷糊地走到闻星尘跟前拍了拍他的肩膀，问："什么情况，今天怎么都这么积极？"

闻星尘没有直接回答，语调无波地说道："看样子最近确实很忙啊，忙到连什么情况都没时间关注了。"

路景宁想了想没有发现这两点当中的关联，不过还是非常认真地回答道："其实也不是很忙。"

闻星尘抬头看了他一眼，嘴角微微抿起："不忙的话，不如把心思多放在正事上。"

路景宁终于听出了一丝不对味，抬眼瞅他："老闻，你今天吃炸药了？"

闻星尘说："我每天都吃，才发现吗？"

路景宁无语，很显然，今天的某人显得比以往更难以相处。

于是，他头也不回地转过身去，扫视了一圈，直接溜达着去找旁边的岑俊风了。

"也没什么，就是今天来了个新的训练员，大家就都有些期待。"岑俊风刚才就看到他们两人在那说话，简单地回答了问题后，不由侧了侧身子看了眼不远处的闻星尘，调侃地问道，"你们俩什么情况，吵架了？"

这大概是路景宁跟岑俊风可以找到的唯一共同话题了，他闻言长长地"哦"了一声："没吵架，就是嘛，你懂的。"

岑俊风感同身受地点了点头："闻星尘这人，大部分时间确实都不太好相处。"

闻星尘面无表情。

距离那么近也不知道避嫌，这两人根本就是故意说给他听的。

这边正说话着，外头正好走进来一行人。负责这次领队的老师纪翰走在最前头，轻轻地拍了拍手，示意众人过来集合。

闻星尘一抬头就看到了跟在后头的那人，只见那个中年男人忽然朝着路景宁的方向微不可识地眨了下眼，两人不露痕迹地相视笑了一下。

集合完毕，纪翰简单地跟队员们交代了一下今日的训练流程。

在这期间，自始至终没有提过半点训练员的身份信息，这反倒让所有人愈发感到好奇。

这种情况一般只有两个可能。

要么就是身份太过平常没有进行说明的必要，但是校方既然专门请人过来帮他们训练，这显然有些说不太通，所以也就只有另外一种可能了，那就是——这位训练员的身份在军部属于机密性的存在，也就是那种不宜太过高调张扬的特殊部门，因此才会直接省略了介绍来历这个环节。

但凡是那种特殊部门的，通常都是军部里面能力极强的存在，心里有了判断之后，所有人对今日的训练内容顿时愈发地期待了起来，根本不敢有半点怠慢。

路空斌这次应郉沧校长的委托，带来的是一整套他们特殊作战部队的内部训练方案。

站上训练场后，他好像完全换了个人似的，气能一经炸开，仿佛一只沉重的大手重重地压住了全场，让所有人都感到气息一震。

路景宁早就习惯了自家老爸的气能，面对这样强烈的压迫感根本就面不改色，心里暗暗想着还真是好久没见了，他老爸的气能可

210

真是强大得让人感到有些怀念啊。

早上的一整套训练下来，所有人都累了个够呛，大家顶着路空斌的气息压制完成了最后一项负重越野项目，有不少人已经累得直接趴倒在了地上。

就连路景宁的呼吸也沉重了几分，拎着一瓶水走过去递到闻星尘手里，靠着旁边的栏杆抹了把汗："感觉怎么样，还行吗？"

闻星尘接过来仰头灌了几口，看似漫不经心地应道："还行，你呢？"

路景宁整个人挂在栏杆上，歪着头笑了笑："我？那还用问，再来一遍都不是问题！"

这时候路空斌已经将气能收敛了起来，但周围还是飘荡着若有若无的余威，随时随地刺激着神经。

自家老爸的场，总归还是要捧的。

不过要说他很享受那个训练过程，还真是有待商榷了。

路空斌还在旁边盯着呢，以一贯的严厉程度，他要不投入一些，保不准全部训练结束后会被拎回训练场来，二二三四，再来一次。

就当他在心里疯狂吐槽的时候，旁边的闻星尘忽然把手里的空瓶一塞："帮忙扔了，谢谢。"

说完，就这样头也不回地走了，路景宁看着这个潇洒的背影，忍了忍，到底没把手里的瓶子朝他砸去，他深深地吸了口气，走到垃圾桶前把手里的空瓶一股脑地丢了进去。

今天的训练内容至此已经告一段落，纪翰一边整理着统计数据，一边问旁边的路空斌："上校，接下来，是不是可以让队友们先暂时解散了？"

路空斌不认识闻星尘，只是遥遥地看着两人过度熟悉的交流过程，闻言，头也没回地说："解散？再等等，我这还有个保留节目。"

211

纪翰虽然不明白是什么情况，但他还是非常配合地把所有人都集合了起来，众人在训练场中围成了一个圈。

路空斌站在场中央，神色睥睨地环顾了一圈，墨镜后的余光若有若无地从闻星尘身上扫过，语调平静地说道："作为最后的收尾，我决定再补充一个环节。就是不知道有没有同学愿意站上来，进行一场现场的实战切磋呢？"

如果放在平时，大家自然都非常愿意向这种正式的军人寻求指导，但今天才刚刚结束强度超大的训练项目，实在是有心无力，闻言，自告奋勇的人寥寥无几。

路景宁可没有大庭广众下挨老爸揍的兴趣爱好，乖巧无比地蹲在原地一动不动，无意中一回头，只见旁边的闻星尘居然举起手来，不由错愕地看了过去："你要上去？"

闻星尘淡淡地回头看了他一眼："不可以？"

"也不是不可以。"路景宁想了想，说，"就是觉得刚消耗了那么多体力，你不觉得这种实战有些不太公平吗？"

闻星尘没有温度地勾了勾嘴角："你觉得我会输？"

路景宁很无辜地眨了眨眼，确实是这样没错，正当他琢磨着怎么在不打击对方自尊心的情况下开口时，只听一个粗狂的声音遥遥传来："行了，就你吧！"

路空斌已经摘下了鼻梁上的墨镜，不动声色地揉了揉拳头，一副蠢蠢欲动的样子。

闻星尘"幸运"地被选上，周围顿时起了一阵惊呼，加油声此起彼伏，他就这样在万众瞩目当中站了起来，迈步走到了场中央。

路景宁看着这个背影，不由得陷入了沉默。

一边是自己的老爸，一边是仗义的好兄弟，似乎给哪边加油都不太好。正当他抱着身子犹豫不决时，无意中一抬头，恰好对上了闻星尘投来的视线。

恰好旁边又涌起了其他队友们热情的呐喊声，他下意识地脱口而出："老闻加油——！"

闻星尘的眉目间浮过一丝不易觉察的笑意。

旁边正在做准备工作的路空斌身子隐约歪了一下，暗暗地咬了咬牙：这个臭小子，才开学多久，居然就学会了吃里爬外？！

切磋很快就正式开始了。

看得出来路空斌是真的完全不留情面，一开场就将闻星尘掀翻在地，干净利落的动作，一看就是久经战场，在无数次血的洗礼中磨练出来的。

但闻星尘也不甘示弱，倒地的瞬间一个侧翻起身，转眼便逼近路空斌，紧接着就是一套近身缠斗。

双方就这样不断地加强着气能的强度，过度强大的对抗引得周围狂风阵阵。气能极致的碰撞下，所有人只感到头皮发麻，甚至连叫好都给忘了。

路空斌显然没想到闻星尘居然会有这样强势的气能，眉目间戏谑的神色也渐渐收敛，终于认真了起来。

不再是玩玩的心思，也就不存在手下留情。无数场战役当中训练出来的绝对经验，转眼间就彻底体现了出来。

众人都没来得及看清楚，原本势均力敌的局面已经被打破。

闻星尘毫无预兆地完全落了下风。

接连被重重地摔在了地上，他的状态不免有些狼狈，但眼底的锐意始终不减分毫。一次又一次地喘着粗气从地上爬起来，气能的气势非但没有丝毫减弱，反倒有愈演愈烈的趋势。

路空斌正准备用最后一波攻击来结束这场战斗，不料在发起攻势的瞬间，闻星尘突然改变了对抗的路数，本以为抵达极致的体能仿佛忽然间再次有了提升，居然在倒下的一瞬间强行做出了一个扫腿的动作，连带着路空斌一齐双双跌倒在地面上。

场内顿时一阵尘土飞扬，周围的人在这神操作下一片鸦雀无声。

路空斌结结实实地摔了这一下，本来笔挺整洁的军装不可避免地沾满了灰，回头看了眼旁边闻星尘汗透淋漓的样子，忍不住调侃："小朋友，可以啊！"

闻星尘没有回应他，而是拍了拍身上的灰又站了起来："才刚开始，再来。"

路空斌呆住，这小子怎么比他还拽！

他有些不满地眯了眯眼睛，站了起来，要笑不笑："这么有韧劲，看来得让你见见真功夫了。"

闻星尘抬头看了他一眼。

听这话的意思，是想说之前一直是在逗他玩了？

场内一瞬间剑拔弩张，周围的人下意识地屏住了呼吸。

眼见两人又要再度交锋，忽然有个人影跑了上去，拦在了两人中间："谢谢训练员的指导！下午我们还有别的训练内容，要不，就到这里吧！也考虑一下我们其他同学的感受啊！"

他不说还没感觉，一说，场内的其他队员都多多少少都感到自己的四肢有些发麻。刚才场上两人的气能撞击之下，作为围观者的他们想要抵挡这样强势的压制，也不可避免地消耗了太多体力。

路空斌见路景宁跑了出来，眯着眼睛站在旁边没有说话，不置可否。路景宁见他没有意见，三步并作两步地跑到了闻星尘跟前。

从闻星尘的表情，不难看出他依旧没有下场的意思。

路景宁压低了声音劝道："老闻啊，你就当卖我一个面子，别打了。按你俩这不服输的性子，再打下去，大家都别吃午饭了。"

闻星尘看了他一眼，似笑非笑："你很了解他？"

路景宁确实没想要公开认亲，不过闻星尘也不是别人，毫不掩饰地小声应道："当然了解了，他是我爸啊！"

闻星尘一愣："你说，他是谁？"

路景宁说："虽然我们俩确实不太像父子，但他真的是我爸，我长得随我妈。"

闻星尘惊呆了。

他沉默地看了一眼站在不远处虎视眈眈地盯着自己的路空斌，没等路景宁再次开口，一言不发地转身走了。

前半天的训练正式结束，所有人都长长地吁了口气，强行按下了自己极度想要咸鱼躺的念头，挣扎着各自回去吃饭洗澡。

趁着没人注意，路空斌溜达到路景宁身边，小声问道："宁崽啊，一起吃个饭？"

路景宁根本不需要思考："不用了，目标太大。"

路空斌委屈巴巴地想要反驳，但是思考了半天却找不出一个可以说服他的理由，只能气冲冲地拧着眉头看他。

就在这时，出去洗了把脸的闻星尘又回来了。

走到跟前时，云淡风轻地跟路空斌打了声招呼："训练员好。"

路空斌用鼻子哼了一声。刚才也没见这小子把他当训练员尊重啊，怎么的，终于打服气了？

闻星尘说完，转身看向了路景宁，问："吃饭去？"

路景宁这次依旧没经过任何思考："好啊！"

路空斌在旁边看着，宁崽死活不跟他去吃，这小子一来就答应得这么干脆，到底还是不是亲生的了？他气得鼻子一歪，正准备抬脚就走，只听闻星尘又语调淡然地问道："训练员，要一起吗？"

路空斌迈开的步子一顿，当即又收了回来，思考了片刻后，勉为其难地点了点头道："既然你都这么邀请了，其实，也行。"

闻星尘微微一笑："真是我们的荣幸。"

路景宁抬头看着天长长叹了口气，把双手往裤袋里一插，转身就走。

午饭的地点是这附近一家口碑不错的餐厅。

三个人坐下后闻星尘接过了菜单，一边点着菜一边看似漫不经心地询问道："训练员，有什么忌口的吗？"

路空斌道："没有。"

长年累月在外奔波，说是经常过茹毛饮血的生活都不算夸张，自然没有挑嘴的习惯。

闻星尘点了点头，又问："那口味呢？喜欢偏辣的还是清淡的？"

"都行。"路空斌应着，不由看了他一眼，"一直问我口味，不问问你同学？"

闻星尘淡淡地"哦"了一声："他的忌口我都知道。"

说话间已经填好菜单递了上去，没过多久，服务员上菜，琳琅满目的一桌菜肴，三人一边吃饭，一边聊了聊关于海盗偷袭事件的情况，又谈到了接下去军校联合交流赛的事。

一顿饭吃得还算愉快，从餐厅出来后，三人就各自回住处午休去了。

路空斌回去之后，交流队按照他留下来的训练模式每日持续进行着练习。

其间，路景宁抽空跑了一趟医院，有个好消息。

经过这次海盗事件的刺激，在极致的气能发泄之后，路景宁气能紊乱的情况居然拉了快进条似的好转了很多，只要稍微注意几个点，以后就算去参加比赛也不会有任何问题。

终于，半个月之后，迎来了军校交流赛正式开办的日子。

由纪翰担任领队，帝海军大的学生代表队正式出发，前往本次赛事的主办方重云防务大学。

刚进校区，便有两个身穿制服的接待人员迎了上来，带他们前往专属的休息区落脚。

重云防务大学在军校当中属性比较特殊，比起前线战役的军方力量输出，更偏向于后方的应急人员培养，因此在无畏者和安愈者的分配比例上，更趋近于帝国的普通大学。

路景宁一边走，一边发出阵阵感慨："重云防大就是和我们学校不一样啊，路上随便走走都可以碰到那么多安愈者，比全是无畏者的画面简直不要太养眼！"

闻星尘走在旁边本来没准备搭话，只听路景宁又絮絮叨叨地念道："到时候交流赛的时候重云的学生们应该都会来观战吧？不知道他们看到路哥的潇洒英姿后，会不会也拜倒在我的帅气下呢？"

闻星尘沉默。

不待他开口，旁边已经有人受不了了："路景宁你能不能行行好？好不容易来到别的学校，你就不能放我们这些无畏者一条生路，给我们一个展示的机会吗？"

"你们不能因为我过分优秀而特别针对我。"路景宁无比嫌弃地摇了摇头，转身向闻星尘求证，"老闻你说句公道话，优秀难道是我的错吗？"

闻星尘回头看了他一眼，嘴角微微勾起："不是你的错。"

路景宁满意地点了点头，但没等他开口，只听旁边那人又继续说道："所以为了不要浪费这先天的优势，我建议你比赛前可以先走上几个来回的台步，好好地展示一下自己。要不然，大家都不能全方位地感受你独特的魅力。"

路景宁说："……我又不是开屏的孔雀，要什么全方位展示？"

闻星尘慢吞吞地说道："当然不是，你比孔雀有想法多了。"

路景宁不语，他合理怀疑这人在嘲讽他，可是没有证据。

其他人早就已经笑到不行。在这一路的嬉闹之下，接待人员已经领着帝海交流队的众人顺利抵达了休息区。

刚从门口进去时，恰好迎面走来了一群人。

这次都是代表学校的队伍，所有人都穿着专属制服，从对方那身统一整齐的蔚蓝色装束不难看出，这些应该是来自银英星际大学的交流队成员。

为首的那人走到跟前停下了步伐，似笑非笑地打了声招呼："闻夜，又见面了。"

闻夜抬了抬眼睫，语调平静："好久不见。"

这次帝海军大的交流队里有几个经历过上届交流赛的老队员，此时面对对方这些人，表情都显得不太友善。

上一届赛事，帝海军大就是以微弱的劣势输给了银英星大位列第二，当时这个唐嘉泽就是正式队员之一，没想到，如今居然以队长的身份再次出席。

银英星际大学跟帝海军事大学争夺帝国军校第一的位置已久，说是宿敌也不为过，此刻一个简单的照面就已经暗涛汹涌，不得不说是冤家路窄。

唐嘉泽表面工作做得还不错，至少说话的语调非常诚挚："帝海遭遇偷袭的事我也有所耳闻，听说这次的损失十分惨重，真的是非常遗憾。"

闻夜神色无波："谢谢关心。"

唐嘉泽轻轻地叹了口气："说起来也真是可惜，本以为这次可以在赛场上好好地对战一场，没想到居然临时出了这种事情。在这样艰难的时刻还组织队伍出赛也确实难为你们了。但不论如何，友谊第一比赛第二，不管这届交流赛最终的成绩怎样，这样的参与精神都是我们这届军校学生们的榜样，值得我们好好学习。"

路景宁听着这怪怪的台词，很是不爽地拧了拧眉心。

听这话的意思，是觉得他们今年已经输定了咯？

帝海军大的队员们感到有些不悦，一时间周围的氛围有些剑拔弩张。郏云林走了出来，笑眯眯地打破了这份僵局："还没发生的事情，现在说，是不是有些太早了？"

唐嘉泽点了点头，笑了一声："也对。"

闻夜说："没其他事的话，我们回去休息了。"

唐嘉泽侧身让出了一条道，礼数有佳："你们先。"

帝海军大的其他人显然也没人愿意搭理他们，目不斜视地走了过去。

当一行人从旁边经过的时候，银英星大的队列当中有人疑惑地皱了皱眉："是我看错了吗？帝海的队伍里面，居然有一个安愈者？"

唐嘉泽刚才就已经留意到了站在人群中的路景宁，闻言轻轻笑了一声："只能说帝海在这次袭击事件当中真的是伤亡惨重，怕是实在没人了，在交流赛这种重要场合居然找了个安愈者来充数。"

其他人闻言忍不住轻笑出声来："要不怎么说精神可嘉呢？"

唐嘉泽跟着笑了一声，挥了挥手："走了，吃饭去。"

抛开帝海军大这个棘手的存在，他们银英星际大学蝉联冠军道路上的绊脚石，似乎又少了一块。

军校联合交流赛共分为三个部分，按照常规流程，比赛第一天进行的是实战格斗部分，随后才依次是机甲作战和团队对抗，最后，按照各校拿到的总分做出最后排名。

抵达重云防大的当天晚上，纪翰将所有人带到了外面聚餐，说是赛前放松，实际上是最后的动员。

所有人的兴致都非常高涨，特别是经过白天被银英星际大学的那些人挑衅过之后，恨不得分分钟把他们揍趴在地上。

因为路景宁没在提前拟定的实战格斗名单里，他虽然手痒得很，却没有上场的机会，只能拍着岑俊风叮嘱道："岑俊风同学，明天上场后请务必把银英那些人打爆，千万不要客气。"

岑俊风还是第一次跟路景宁这么勾肩搭背，不太习惯地从他的手臂中挣脱出来，咬牙道："不用你说我也知道！"

路景宁对他这样的态度显得很不满意："哎，你躲什么？"

岑俊风差点一口老血喷出来："你能不能离我远一点？"

路景宁一听顿时不爽地拧起了眉心，非但不走，反倒忽然间凑地更近了，一只手勾着他的脖颈一用力，语调似笑非笑："怎么的，你怕了我了？"

周围的人闻言一阵哄笑，岑俊风不由有些惊恐地求助道："谁来管管他？这家伙怕是喝醉了！"

"谁说我醉了？我好着呢！"路景宁听他这么说就更加不乐意了，正准备好好地让这个岑俊风清晰地感受一下这个社会的险恶，忽然感到身子一轻，被后头那人不动声色地提着胳膊拉了过去。

顺着力量往后一倒，声音轻飘飘地从头顶传来："别闹了。"

抬头时对上那双深邃的黑色眼瞳，路景宁后知后觉地眯了眯眼，忽然间笑了起来："老闻，你啥时候学了分身术啊？嘿，这一变怎么还变了三个。"

闻星尘不语。

邴云林朝这看了过来："是醉了，要不然先把他送回去休息吧。"

闻夜提醒道："明天就是实战格斗赛了，路景宁不用出场也就算了，其他人注意着点，别喝太多。"

其他人纷纷表示冤枉："我们才没有！"

按照路景宁这轮番干一圈的喝酒习惯，不醉才奇怪！

岑俊风在旁边看着路景宁的样子，依旧一脸警惕："酒品这么差，让他离我远点！"

闻星尘随手拉起他的手往上一抬，直接搭上了肩膀，就这样把人轻轻松松地架了起来，他的语调淡淡："我送他回去。"

路景宁拧了拧眉心，正要说"不"，侧眸的时候恰好看到闻星尘警告的眼神，到嘴边的话在嗓子里转了两圈，到底还是咽了下去。

众人朝他们挥手告别，等到那两道身影从视野中消失，不由暗暗地吁了口气。

路景宁在回去的路上也一刻不肯安分，闻星尘不得不牢牢摁住他："专心走路，别乱动。"

路景宁闻言不悦地"啧"了一声，到底还是听话地没有继续扑腾。

休息区安排的房间是两人一间，但因为队里只有路景宁这么一个安愈者，所以享有了单独一间的特殊待遇。

闻星尘扶着路景宁回到了房间，毫不客气地将他扔在了床上。

路景宁轻轻地哼哼了两声，没半点反应，非常自然地转了个身把床上的被子揉成一团抱在了怀里。

闻星尘在床头沉默地站了一会儿，走过去轻轻地拍了拍他的背："别睡，先洗澡。"

路景宁闷闷的声音从里头传来："不洗，睡觉，再吵打死。"

闻星尘走过去一把将被子掀了起来："洗干净了再睡，难道你准备顶着一身酒味去比赛现场吗？"

路景宁被突如其来刺眼的灯光迷得眯起了眼，干脆伸手将自己的脸一把捂住，显然完全不想搭理："走开！"

闻星尘看着这鸵鸟的做派只觉哭笑不得。

眼见路景宁没有半点反应，闻星尘直接伸手将他从床上捞了起来，似笑非笑："如果真的那么不想动，我倒是有个建议。"

路景宁迷迷糊糊地应道："嗯？说来听听。"

闻星尘停顿了一下，微微凑近了几分，笑里带着几分讥诮："不如，我帮你洗，怎么样？"

路景宁抬头对上了视线。

本以为这样的调侃下必然是一阵暴走，没想到他思考了片刻后，忽然开心地点了点头："好啊，你帮我洗！"

闻星尘呆住。

他沉默了片刻："你说的。"

说完，直接把人拉了起来，转身走进了浴室。

打开淋浴间的玻璃门，他利落地将路景宁放到了地上，打开了喷头，当温水汩汩地从头顶冲落的瞬间，闻星尘已经转身走了出去。

淡淡的语调，隔着浴室门就传了过来："只能帮你到这了，后面，自己加油。"

路景宁冷不丁地被浇了一身水，迷离的酒意瞬间被冲散了不少。

愣愣地在淋浴间里坐了一会儿之后，就算再不想洗也不得不洗了，差点没冲出去找某人拼命。

这什么破客房服务，超级差评！

第八章
呦，被摆了一道啊

　　第二天，路景宁是顶着一张写满了"不爽"的脸到比赛现场报到的。看到闻星尘后更是没半点好脸色，就这样目不斜视地走了过去，连招呼都没打一声。

　　闻夜留意到两人不一样的态度，不由看了眼闻星尘没什么异样的表情，问："吵架了？"

　　闻星尘语调平静："没什么，小朋友闹脾气而已。"

　　闻夜看了一眼路景宁的表情，心道：这脾气闹得还挺凶。

　　纪翰确认全员到齐后，带着交流队的人走进了今日对战的重云体育馆。

　　今天进行的项目说是实战格斗，其实严格得讲依旧是团队赛。

　　按照规则，每个学校可以选择三人出战，根据抽签的顺序，以A对B，B对C，C对D，D对A的顺序依次进行两两对抗，胜者保留席位继续等待下一轮，败者直接淘汰。在此期间，每赢一场计1分，三人全部淘汰的学校将被宣告出局，直到最后一轮决出最终胜者，实战格斗比赛才算正式结束。

在这样的规则下，不管是对个人实力还是排兵布阵都是非常严峻的考验，而且抽签的运气好坏实际上对最后的结果有着极大的影响，因此，所有学校都对这个环节无比重视。

按照最初讨论结果，最理想的位置实际上还是最后才轮到出战的 D 组，如果运气好的话，在这种车轮赛中可以更好地保存实力进入持久战节奏。

随着解说台上的两位嘉宾介绍完具体的规则，接下来就是万众瞩目的抽签环节了。

正常来说，参加这个环节的应该都是各校的队长，但是闻夜因为在这种事上一贯运气不佳，想了想提议道："还是换个人去吧。"

其他人见闻夜不上，但又事关重要，一时半会也没人敢自告奋勇。

最后还是岑俊风先开了口："要不，就让路景宁去吧。"

这话一出，其他人也纷纷应和，觉得这个建议很是不错。

然而，平日里恨不得招摇过市的路景宁今日却显得兴趣淡淡，语调散漫地说道："没兴趣，不去，谁爱上谁上。"

岑俊风奇怪地看着他："你不是说要当全场最闪耀的安愈者吗？怎么让你去反倒不去了？实话告诉我，你是不是针对我？"

路景宁说："放心，你还没有重要到值得被我针对的地步。不过，如果非要这么想，其实我也没有什么意见。"

岑俊风气得鼻子一歪："你果然还是针对我！"

邴云林见他们争执不下，笑眯眯地回头看了闻星尘一眼："你不说点什么？"

闻星尘本来完全没有参与的打算，被这样的视线落过，默了默，到底还是不徐不缓地开了口："抽签仪式往往都是最提士气的时候，作为我们交流队里至关重要的一员，这个时候要是不上去让全场瞻仰一下大神的英姿，那该是一件多么让人遗憾的事。你说是不是？"

原本态度坚定的路景宁忽然回头扫了他一眼："你说认真的？"

岑俊风暗想，还用问？不管哪个字听起来都是在开玩笑的好吧！

然而闻星尘微微一笑："发自肺腑。"

路景宁被不痛不痒地捧了一通，昨天晚上平白被淋了一身的不爽顿时消散了不少。

思考片刻，深感认同地点了点头："你这话说得很有道理，我忽然觉得，确实只有我才能担起这个重任！"

岑俊风呆住，第一次知道彩虹屁居然还能这么玩，涨知识了！

路景宁被哄高兴了，转身就往台上走去。

其他人被这突如其来的态度转变弄得有些回不过神来，片刻后才扯着嗓子喊到："路哥，D组！一定要抽个D组回来！"

路景宁没有应声，只是遥遥地背对着他们举起了握拳的手，慢慢地伸出了两个手指比了一个"yeah"。

这样的背影落入眼里，要多放荡不羁就有多放荡不羁。

这时候其他学校交流队的抽签代表也已经陆续上了台，不出意外全是队长，一个个身穿自己校队的制服，看起来英姿飒爽。

解说已经依次介绍了各校交流队的情况，等到最后一个身影出现在视野中时，将内容转移到了帝海军大今年的队伍阵容。

"今年帝海军大的队长相信大家都不会陌生，正是近几年来呼声很高的闻夜同学。当初他以帝国军考第一的成绩进入帝海军事大学，是为数不多的初级评测就是S级的气能持有者。由他来带领队伍，确实一点都不让人感到意外，只不过前不久帝海刚刚发生了变故，应该受到了一定的影响，其他队员的名单倒是有些出人意料。"

"除了上一届参加过交流赛的几位老队员外，帝海今年的队伍当中有不少新面孔。从目前统计的数据来看，光是大一新生就有三人之多，其中还有一个更是历届军校联合交流赛中第一次出现的安愈者选手，路景宁。对于这位同学我们知道的信息也不多，不知道他的出现会不会彻底打破无畏者常年统治这类军部赛事的僵局呢，让我们拭目以待！"

听着解说员激情澎湃的介绍词，场上的几位队长相互间交换了一个眼神。

好吧，有时候这种联赛确实也需要制造一些无关紧要的噱头。

就在这时，只听解说员的语调忽然抬高了几分："哦，帝海军大直接派出了这位安愈者选手来代表队伍进行赛前抽签！"

话音未落，所有人都转身看了过去。

路景宁结结实实地享受了一把全场瞩目的待遇，走到台中央的时候笑容满面地朝着周围挥手示意，然后就站到了银英队长唐嘉泽的旁边。

唐嘉泽默了好半天，才问道："你们的队长呢？"

路景宁应道："他脸黑，只能让欧气爆棚的我来代替抽签了。"

唐嘉泽不吭声，理由太过充分，想怼都无从下口。

这边各队代表在台上依次站开，观众席上的人们却是有些蒙。

那是，一个安愈者？居然真的有安愈者来参加军校联合交流赛了吗？

绝大部分观众的第一反应是帝海军大今年是真的决定直接放弃冠军了吧，改走卖萌路线了吗？还是说他们弄个安愈者出来单纯只是凑数，借此扰乱一下其他校队的视听？

毕竟每个队伍都有那么几个替补，很多到最后都没有上场的机会，说不定这个安愈者就是这样的存在，只是单纯来露脸凑数的吧！

但即使只是以替补的身份待在队伍当中当个吉祥物，以联合赛历年的情况看，依旧是史无前例的存在。

因此，路景宁哪怕只是这时候稍稍冒个头，场内的其他安愈者都集体兴奋了起来，看向他时一个个眼睛放光，神色间止不住的都是崇拜。

这个安愈者居然能站上交流赛的赛场，简直帅爆了啊！

后台，帝海军大的人暗中观察着众人的反应，一个个都露出了意味深长的笑容。

岑俊风一副过来人的样子摇了摇头："唉，看看那些无畏者，我真为他们感到悲哀。瞧不起路景宁，到时候怕是脸都要被打肿。"

闻星尘淡淡地扫了他一眼："你是在现身说法吗？"

岑俊风被噎了一下，不由回想起当时自己被路景宁怼在垃圾桶旁边的情景，心情复杂地看了看头顶的天花板："别提过去了OK？多么痛的领悟……我早就已经顿悟了！"

旁边的吕深提醒道："注意了，要抽签了。"

所有人的视线同时投向了场内。

在万众瞩目下，路景宁却没有其他人那么紧张，看着送到跟前的虚拟屏，毫不犹豫地轻轻触碰了一下抽签按钮。

下一秒，大屏幕上帝海军大的校徽后面出现了一个字母。

路景宁听到周围有一阵隐约的躁动，顿时自信满满地转过身去，当看清楚那个字母时，嘴角的笑容不可控制地僵硬在了那里。

别说手气最佳的 D 组了，就连 B、C 这相对次一点的组别都没抽到，最后拿下的居然是所有队伍都不想抽中的 A 组。

其他学校的队长们微不可识地都松了口气。

路景宁可以感受到背后来自于队友们的视线，掩饰地清了清嗓子，虽然面上一片淡定其实心虚得不行。

不应该啊，这完全不像是他抽出来的签，难道是昨天给队长敬酒时一不小心沾染到了他的黑气？

旁边，唐嘉泽一边点下抽签键，一边似笑非笑地问道："欧气爆棚？"

路景宁面色无波，回头看了眼银英星大后面弹出来的组别，回眸微微一笑："一开场就能直接锤爆你们，你说，算不算是欧气爆棚？"

冷不丁被放了句狠话，唐嘉泽的脸色不由一黑："嘴炮倒是厉害，但是，你难道不觉得自信过头了点？"

路景宁眨眼："自信还是实力，打过不就知道了？"

唐嘉泽冷冷一笑："那就赛场上见。"

转眼间其他学校也完成了抽签，解说员声音嘹亮地宣布了最终的分组情况：A组帝海军事大学，B组银英星际大学，C组重云防务大学，D组穆武战争大学。

按照规则，接下去的第一场比赛，将在A组的帝海军大和B组的银英星大之间展开。

如果说A组是个下下签的话，那么银英居然恰好分配在他们之后的B组，更无异于雪上加霜了。

路景宁虽然在台上表现得云淡风轻，但实际上特别能屈能伸，刚从台上下来就非常主动地对队友们忏悔道："怪我怪我，抽了个死亡之组。"

他这话说得没错，除了B组的银英，D组的穆武在格斗对抗当中也是非常难应付的存在，夹在两者当中确实最大幅度地增加了难度，毫无疑问的最惨组别。

邴云林轻轻地拍了拍路景宁的肩膀，非常有学长爱地安抚道："不用放在心上，有闻夜这个队长在，可能就注定抽不到什么好签。"

闻夜沉默。

他都不去抽签了，怎么又关他事了？

这边分组确定下来，为应对马上就要开始的赛事，作为领队的纪翰飞快地进行了出战名单的最后调整："第一场对战银英星大的话，湛社，你先上吧。"

闻夜闻言微微拧了拧眉心，提议道："老师，让我第一个吧。"

首战的胜负往往最影响队伍的士气，一开场就碰上银英，在不确定对方人员安排的情况下，他觉得作为队长的他有必要身先士卒，以确保制造更好的局面。

纪翰却摇了摇头："不行，你首发的话，谁来压轴？"

闻夜说："只要我能保证尽可能多的胜场，谁压轴都一样。"

这样的语调平静得很，但落入耳中却是透着一股极度的嚣张。

听他这样说，纪翰沉默了片刻，最后还是答应下来："那行，你第一个。"

路景宁在旁边听着，下意识回头看了闻星尘一眼。

闻星尘感受到视线垂眸看来，淡淡地勾了勾嘴角："这么看我做什么，好看吗？"

路景宁感慨道："我在想，你跟队长真不愧是亲兄弟，随便说句话，欠扁的劲都一模一样。"

闻星尘要笑不笑："谢谢夸奖。"

路景宁默然。

你哪只耳朵听出来这是在夸你？

首发确定下来之后，帝海众人抬步前往备战区休息，至于剩下的出战人选，将会根据战况进行临时调整。

半小时之后，军校联合交流赛的第一场比赛终于正式打响。

为了避免伤亡，比赛过程中采取的是虚拟对战技术，帝海和银英出战的队员在工作人员的引导下走进了各自的虚拟舱。随着信息导入完毕，全息影像就这样真实无比地投放在了赛场中央。

这种对战技术会在虚拟空间当中百分百地还原所有实战效果，不管是外界人员的观看画面，还是对战人员的作战感受几乎和实战没有任何区别，是目前全星际最完善的对战运用系统。

　　帝海军大的所有队员也将注意力投向了场内。

　　当看清楚银英星大的首发队员时，纪翰微微地拧了拧眉心："银英这人……以前没有见过。"

　　岑俊风显得很是乐观："新人？那不是要被队长吊起来打？"

　　邴云林回头朝着银英星大的休息区看去，恰好碰上唐嘉泽含笑的视线，隐约有了不好的预感，脸上也难得没有了惯有的笑容："希望是这样吧。"

　　比赛正式开始，顿时将所有人的注意力都吸引了过去。

　　但这样期待的情绪并没有持续多久，就被场上一面倒的局势给弄蒙了。不是说银英星大很强吗？怎么一开场就被压制成这样？

　　可以看出银英那边派出的队员在闻夜面前几乎没有半点招架之力，全程除了气能的激烈碰撞外就一味地处在防守的状态当中。

　　顽强倒是相当的顽强，但这样的情况一直持续到结束，可以说完全没有半点惊喜。

　　帝海军大就这样顺利无比地拿下了第一场比赛的胜利。

　　岑俊风喜上眉梢："我就说嘛，队长肯定赢！"

　　首战告捷，全队的士气显得很是高涨。

　　只不过让他们感到惊讶的是，银英星大那边的氛围非但没有半点低迷，反而一片和乐融融的样子。

　　路景宁没有加入到欢呼的队列当中，只是跟闻星尘默默地交换了一个眼神。

　　赢是赢了，但半小时的用时，确实也太久了一点。

　　闻星尘没等闻夜回来，取了瓶水已经快步迎了上去。

闻夜接过来仰头就喝了几口，回到座位上用毛巾抹了一把汗水，胸膛有些沉重地起伏着。

闻星尘驻足看着他，眉心微微拧起。

他很少见到闻夜这个样子，这次的体能损耗，未免有些太大了。

在这规则下，显然不妙。

银英星大第一场失利，按照规则，需要派出第二位队员与 C 组的重云星大继续对战。

就在这个时候，只见一个出人意料的身影徐徐地从银英休息区的座位上站了起来——是唐嘉泽。

按照正常的节奏，像他这种实力的选手不是首发就是压轴，在第二顺位出场，不管怎么看都显得不伦不类。

唐嘉泽在经过帝海休息区时，忽然在闻夜跟前停下了脚步，看着他疲惫的样子，似笑非笑地问道："闻夜，我们专门为你准备的新人喜欢吗？为了让你更好地享受交流赛，我们可是花了不少心思呢。"

这样的话落入耳中，让周围的人都不由得安静了一瞬。

然而唐嘉泽却似乎并没有感受到这分明的敌意，笑呵呵地摆了摆手："那么我先走了，期待第二轮在赛场上碰面。"

说完，转身就走向了对战区。

路景宁看着这个背影只觉得怎么看怎么碍眼，眸底的神色也隐约间深邃了几分，语调凉薄："哟，看来是被摆了一道啊……"

闻星尘没有说话，但从表情上看也心情不佳。

经过唐嘉泽这一拨挑衅，他们终于知道之前那种不对劲的感觉到底是因为什么了。

银英的这次人员配置显然是做过针对性安排的。

在第一轮利用那个新人的特殊体质，最大程度地损耗了闻夜的体力之后，接下来就算他们顺利赢了D组的穆武战大，等第二轮开始之后就不得不对上唐嘉泽这个难缠的对手。

唐嘉泽虽然性格极度让人讨厌，但不得不承认他确实极有实力，除非他在第一场就输给重云，要不然，以闻夜现在的状态碰到他，注定要陷入一场苦战。

而且如果闻夜在第二轮就败下阵来，那么帝海接下去的局势，就要无比艰难了。

银英星际大学对战重云防务大学的那一场最后还是赢了，而且赢得相当干脆利落。看得出来，重云面对银英这个强敌有意地选择了避战，把主要战斗力安排在了下一场面对穆武战大的对战当中。

唐嘉泽胜利归来时依旧精气十足，跟损耗过大的闻夜形成了鲜明的对比。

知道对方使的战术手段之后，帝海的队员们都显得很是气恼，岑俊风忍不住冷哼了一声："奸诈小人，瞧把他们给得意的！"

邴云林拍了拍他的肩膀："赛场如战场，是我们没做到全面的战术分析，怪不了别人。"

岑俊风心里不服，但是知道这说的也是事实，只能沉着一张脸把后面的话憋了回去。

转眼间重云跟穆武的对战结束了，已经损失一员的重云终于在这一场扳回了一城，拿下了他们在本届交流赛获得的第一分。

身在主场，这样的结果让看台上的观众响起了一阵热烈的呐喊声，但是落在帝海军大众人耳中，却不是什么心情愉悦的事。

这就意味着，穆武将会派一位体能充足的新队员在接下来的比赛中跟闻夜进行对战，而在已经损失一员的局面下，他们为了不让自己陷入连输的绝境，势必会想办法稳定局面。

第二位出战的队员，只强不弱。

可以感受到周围有些压抑的氛围，而闻夜只是表情淡淡地站了起来，态度平静："我去准备了，等我拿下第二分回来。"

这样平静的一句话，仿佛一只无形的手，在众人紧绷的神经上缓缓抚过，悄无声息地抹去了紧张的情绪。

路景宁看着那朝着比赛区走去的背影，用胳膊肘轻轻撞了撞闻星尘，语调感慨："老闻，你哥，有点帅啊……"

路景宁想了想又说："不过队长平日里太严肃了，稍微开个玩笑就被他一个眼神扫下，冰窟似的。"

"你想得还挺透彻。"闻星尘语调不明地轻笑了一声，"你把大哥看得这么透，那么……"

他就这样静静地看着路景宁，片刻的停顿后，忽然问道："那么，我呢？"

这时候双方选手上场，周围顿时响起了热烈的掌声，顺着耳朵一下子在脑海里炸开了。

话题转得太快，路景宁一时间有些没反应过来。

刚刚在提到闻夜时的侃侃而谈仿佛忽然间卡壳，对上闻星尘那似乎带着一丝期待的视线，好半晌才再次发出声音来："你的话……"

闻星尘说："嗯？"

路景宁认真地想了想，爽朗地说道："老闻，你，是一个好人。"

闻星尘噎住。

就当他还准备说些什么的时候，岑俊风忽然间激动无比地冲到了他们旁边，重重地在肩膀上搭了两把，语调兴奋地喊道："我的天！队长真的是太帅了！！！赢了！我们又赢了！又是一分啊！！！"

路景宁顺着他的话朝场上看去，才发现短短几分钟居然已经分出了胜负，不由顺着他的话说道："确实帅！"

就连穆武战大都没想到自己的主力选手居然会被这样秒杀。

实战对抗本该是他们在交流赛中的拿手项目，而这一场结束之后，几乎已经宣告他们提前退出了竞争，气氛不由显得低迷无比。

与之形成鲜明对比的，自然当属帝海军大了。

之前还在担心这一场会再次损耗闻夜太多体力，但是目前的情况，让他们为下一场跟银英星大的对战再次燃起了信心。

队长这么强，谁说就输定了？！

队员们都无比振奋，但是后方的纪翰通过大屏幕看了一眼赛场上的那个身影，转身对湛社小声地交代道："准备热身吧。"

湛社收到指令，神色严肃地点了点头。

因为接下来就是跟银英星大的比赛，连胜之下帝海这边依旧是闻夜出战，因此并不需要退出，而是直接留在场上等待比赛开始。

银英星大这边，唐嘉泽也已经走进了虚拟舱，片刻后，身影出现在了赛场上。

因为听不到场内的对话，远远地，其他人只能从一开一合的口型上看出两人似乎正在进行着交谈。

康寒云跷着二郎腿坐在位置上，一脸的不屑："唐嘉泽这家伙一直自诩战术大师，实际上就是个不入流的嘴炮。不过他要想通过垃圾话来影响对手情绪，那如意算盘就打错了。现在场上的人可是我们队长，就算他说破嘴，都没有半点用处。"

其他人闻言遥遥地看了眼闻夜的表情，脸上果然没有半点波澜。

随着裁判的宣布声，对战正式开始。

唐嘉泽似乎不想让闻夜多哪怕一秒的休息时间，几乎是在开始的一瞬间，就毫不犹豫地发起了攻击。

因为是虚拟对战，外界的人并不能真实地感受到气能爆发的冲击力，但是从两人凌乱震动着的发丝不难看出场内那一瞬间炸开的强烈气流。

看着飞速碰撞在一起的两个身影，纪翰脸色略沉："不太妙，唐嘉泽完全把握住了闻夜体能不足的这个劣势。"

康寒云冷冷一笑："他怕是太小瞧队长了，这样持续爆发下去，他也一样讨不到半点好。"

邴云林却没她这么乐观，眉心不由紧拧了起来："但是再这样下去，闻夜迟早要耗尽所有的气能。"

正说着，只听场内发出了一阵剧烈的撞击声，带着周围的一阵惊呼，便见两个人影都踉跄着后退了两步。

岑俊风被这激烈的战况弄得愣了下，看着大屏幕中唐嘉泽有些惨淡的脸色，顿时喜上眉梢："有戏啊！队长或许真的能赢！"

就在刚才，唐嘉泽试图再次爆发气能来创造绝对的气能气场，但是被闻夜一眼看破。

一波强势无比的反向操作，直接导致双方气场在撞击过程中堪堪炸破，两边显然都因此受到了不小的创伤。

从旁观者的角度来看，这样强势击破对方意图的闻夜，显然更胜一筹。但是，纪翰却脸色微沉地从位置上站了起来，语调果断地对旁边的裁判说道："我们弃权。"

岑俊风一脸不解："我们占优呢，为什么认输啊老师？"

纪翰没有回答，只是严肃地看向了场上。

就在这时，透过大屏幕的画面，可以看到场内试图重新站起来的闻夜整个人都有些不稳，踉跄地晃了两下。很显然气能损耗得有些过分严重，情况不太乐观，再战斗下去，怕是会伤及根本。

在这种交流赛上，显然是最不愿意看到的。

裁判在第一时间发布了对战结束的信号。

唐嘉泽的样子比起上场之前也显得有些狼狈，但他并没有着急结束，而是眯了眯眼睛，忽然间再次爆发了一波气能。

体能透支的情况下，这样极强的压迫感让闻夜不得不扶住旁边的墙壁才勉强站稳身形，一抬头，正好对上对方那睥睨的神色，玩味且戏谑。

这样静止的画面透过场中央的大屏幕落在观众们的眼中，全场安静了一瞬。

帝海军大的队员们顿时坐不住了，纷纷从椅子上站了起来。

邴云林眯了眯眼，语调微沉地对裁判说道："比赛已经结束了，银英星大的队长这个做派，是不是有些辱没比赛规则？"

经他提醒裁判才回过神来，再次朝场内发去警告。

唐嘉泽这才不徐不缓地收敛起了强大的气能，神色讥诮地看着闻夜退出了全息赛场。

帝海星大的队员们蜂拥而上，去虚拟舱将体能明显透支的闻夜接了出来。

康寒云看着大屏幕里的唐嘉泽，暗暗咬了咬牙："这家伙，怕是从三年前开始，就在等着这样的机会了！"

路景宁不知道唐嘉泽跟闻夜到底有过什么样的恩怨，但是刚才的事情让他不爽到了极点，一言不发地从椅子上站了起来。

闻星尘脸色也好看不到哪去，见他这突然的动作，还是保留了一丝理智，问道："你要做什么？"

路景宁暗暗地咬了咬牙："去给我男神报仇！"

闻星尘呆住。

刚还是队长，这么快又升级了？

路景宁心里憋着一股气，转眼就已经快步走到了纪翰跟前，开门见山地道："老师，我申请第二个出战！"

这边湛社正在进行着热身，闻言看了过来。

纪翰皱了皱眉："你要出战？"

"没错！"路景宁应道，"如果不让我出战，我怕会忍不住在比赛结束后直接去银英星大找人单挑。"

纪翰无语。

要这么聊的话，真的是半点驳回的余地都不给他留了？

他毕竟是路景宁班级气能运用课程的老师，对这个学生独特的气能情况也较为了解，沉默了片刻后，语调严肃地问道："你知道第二个出战意味着什么吗？"

"当然知道。"路景宁张狂地一笑，极尽自信，"意味着今天，我将会把队伍带向最后的胜利。"

纪翰久久地注视着那双隐约蹿动着火焰的黑色眼眸。

如果运用得当，这个唯一的安愈者选手或许真的可能成为今天扭转乾坤的关键。纪翰心里已经有了判断，缓缓地吁了一口气："那就，做给我们看吧！"

路景宁的嘴角顿时飞扬了起来，端正地行了一个军礼："保证完成任务！"

旁边的湛社听完他们的对话，用力拍了拍路景宁的肩膀，仿佛要把自己的力量也灌注到他的身上。

"加油！"湛社说完，又重新坐回到休息区的椅子上。

唐嘉泽战胜了闻夜之后依旧留在场上，继续迎战重云防大。

经过两场对战，他的气能显然也损耗了很多，重云防大显然不想放过这样好的机会，第二位出战队员当即进入了作战区，不想给对方留太多喘息的时间。

随着比赛的再次开始，所有人把注意力再次投到了场上。

帝海军大这边的队员们自然是希望重云的人可以把唐嘉泽狠狠地按在地上摩擦，但是事与愿违，这一场对战，依旧以银英星大的胜利告终。

这样一来，银英光靠唐嘉泽一人就已经赢下了三分，超过了闻夜的二分记录，一举跃居总分排行的第一位。

康寒云说："啧，手段难看。"

岑俊风说："呸，小人得志。"

闻夜休息了一会儿已经恢复了些许体力，闻言语调淡淡地打断了他们愤愤的吐槽："唐嘉泽在上半学期就已经正式迈进了S级的行列，不得不说，实力确实很强。"

康寒云被自己队长的一句话哽得差点背过气去，还想反驳什么，然而闻夜忽然回头看了他一眼："寒云，和你说过很多次了，面对别人的优点时，必须承认。"

康寒云张了张嘴，最后只能委屈巴巴地"哦"了一声："知道了还不行吗。"

路景宁在旁边听到了他们的对话，蠢蠢欲动地揉了揉拳头，笑得灿烂："都急什么，就是要银星赢了才好！要是不赢，我怎么跟姓唐的好好玩？"

其他众人："……"

忽然觉得，这话说得真的好有道理哦！是他们狭隘了！

想通之后，刚才对唐嘉泽连胜战绩的不满顿时荡然无存，就连队员们转身看向银英休息区时，都不由带上了不怀好意的笑容。

嘿嘿嘿，不是欺负我们队长体力损耗过大吗？风水轮流转，等着吧你们！

银英星大的队员们冷不丁感受到背脊上隐约渗起凉意，一回头，恰好看到帝海军大众人笑容满面的表情。

这是怎么了，主力被打跪了集体疯了吗？

场上的比赛还在继续。

接下去 C、D 两组的对抗中，重云防大和穆武战大目前都损失两员，可以说双双站在了悬崖边退无可退，谁能拿下这一分的胜利，至关重要。

但是毕竟今天才是第一天赛事，各校在排兵布阵时，不得不考虑后面两天需要面对的赛事。

在进过紧锣密鼓的商议之后，双方的参赛选手终于双双上场。

可以看出两边对这场对战都非常重视，出战的两人更是势均力敌，为观众们呈现了一场精彩绝伦的对战比赛。

最终，重云防大以微弱的优势拿下了本场的胜利。

全场在短暂的寂静后爆发了热烈的掌声，差点掀翻屋顶。

别说是主场来观战的学生们感到激动万分了，就连其他学校的人对这个结果都表示很是吃惊。

毕竟重云防大的优势项目是机甲对战，在实战格斗方面历年来的表现只能说差强人意，而今年，居然接连两场都赢了更有优势的穆武战大，第一天就大爆冷门，无疑让所有人对后面的赛事更加充满期待。

纪翰看着重云阵营那边兴奋雀跃的样子，也有些感慨地道："看来，重云为了这次交流赛，确实做足了准备。"

路景宁却没时间感受几家欢喜几家愁的氛围，拍了拍大腿，从椅子上站了起来："下面看我的了！"

在重云获胜之后，穆武的三个选手名额尽数淘汰完毕，成了四校当中最先出局的一家。

这样一来，按照比赛规则，刚连续打完两场的重云暂时休息，接下来将直接开启第三轮比赛，由 A 组的帝海军事大学对战 B 组的银英星际大学。

路景宁这么一说，其他人顿时反应了过来，给他递水的递水，帮忙活动关节的活动关节，一边捏着肩膀一边鼓励道："路啊，打赢他们！"

"必须的！路哥出马还有搞不定的事？"路景宁大咧咧地笑着，瞥到坐在原地没有动的闻星尘，不由眯了眯眼，"老闻，对于即将上战场的英雄就没有什么话想说的吗？"

闻星尘突然被点名，抬头看了他一眼，反问："这种难度的对手也需要鼓励吗？"

路景宁说："当然需要了！"

闻星尘微微一笑，忽然站了起来："也行。"

路景宁还没回过神来，只见跟前的人影猝不及防地靠近了几分。

闻星尘轻轻拍了拍路景宁的背，用淡淡的语调道："加油的话你也听多了，我就来点实质性的鼓励吧。"

闻星尘鼓励完毕之后，非常公事公办地收回手去，完成任务般地朝他挥了挥："好了，去吧。"

路景宁这一刻忽然怀疑这人是不是在故意整他，无语地看了他一眼，决然地转身，朝场上走去。

这时候银英星大也做好了出战准备，当看清楚帝海这边走出来的是谁后，都不由感到有些蒙。其中一个队员下意识地揉了揉眼睛，有些怀疑自己是不是产生了幻觉："帝海怎么回事？这么重要的一轮，居然派了那个安愈者出场？"

另外一人的语调也满满的不可思议："这是要直接放弃实战格斗吗？他们是准备把战斗力留在接下来的机甲赛和团队赛上了吗？"

唐嘉泽在赛前做过不少针对性的方案，原本以为帝海这边将邝云林留在机甲赛上的话，至少会派一个湛社这种老队员出战，没想到最后的排兵布阵完全超出了他的认知。

他的视线久久地落在了路景宁身上，眼中却没有其他人的乐观。

一种隐约的违和感让他下意识地拧了拧眉心，没有说话，就这样迈步朝赛场走去。

目前的战况来看，帝海军大和银英星大都是第一天争夺得分排名第一的最大热门，所有观众的视线都一瞬不瞬地锁定在了赛场上。

虚拟舱导入完毕后，两个身影出现在赛场当中。

当观众看清楚帝海这边的人时，全场不由诡异地安静了一瞬。

下一秒，彻底炸锅。

帝海这是什么套路，居然派一个安愈者学生上场了？！

难道，真不是带来当个吉祥物的？

太过出人意料的出战安排，让所有人都止不住地感到震惊，无畏者们翘首以盼地想要看看这个安愈者能够有怎样让人眼前一亮的表现，而看台上的安愈者们投去的视线当中，那崇拜之情更加溢于言表。

这绝对是他们安愈者当中的 Super star 啊！

场上，身为集万众瞩目为一身的焦点，路景宁面对唐嘉泽，却还有心情笑眯眯地跟他打招呼："嗨学长，还请多多指教啊！"

唐嘉泽得知他出场后从头到尾都感到一种说不出来的不对劲，但是又不知道具体不对的点在哪里，面对他这样嬉皮笑脸的态度，不由微微地拧了下眉心："这里是赛场，别以为派个安愈者上来我就会手下留情。"

"手下留情？怎么会呢，就学长这样杰出的人品，可是想都不敢想的事情。"路景宁不忘阴阳怪气地讽刺上一句，嘴角的弧度愈发浓郁，"我来这里，可是为了让学长享受一下前所未有的体验呢。"

唐嘉泽问："什么意思？"

要是不听话里的内容，路景宁的态度可以说表现得要多友好就有多友好："听说我是交流赛有史以来第一个参赛的安愈者，那么，唐学长你马上能成为第一个在交流赛上被安愈者揍趴下的无畏者了。你说，是不是特别地惊喜？"

　　唐嘉泽好半天才消化了他话里的内容，差点被气乐了："自信是好事，但是过度自信可就成了自负，小朋友。"

　　"哦？"路景宁不置可否地挑了挑眉，"到底是自信还是自负，我们马上就知道了。"

　　外面听不到两人的对话，单看路景宁这笑容可掬的样子以为两人正在进行和平的对话交流，但是再看唐嘉泽显然有些难看的表情，又有些摸不准了。

　　哦，大概是觉得帝海居然派了一个安愈者来应付他，感到有些没面子吧。毕竟安愈者的气能比起无畏者来说确实弱，大部分人的心里自然而然地这么推断着。

　　就在这个时候，裁判宣布比赛开始的信号正式发出。

　　唐嘉泽刚才就被路景宁给气得牙痒痒，原本存了一丝手下留情的心思也已经没了半分，一开局就直接凝聚起了气能的轰然炸开，毫不客气地朝着对方压去，想要好好地给对面那个臭小子一点教训。

　　让他臣服，好好听话。

　　而与此同时，路景宁也同样干脆利落地炸开了气能。

　　安愈者的气能原本应该是温和无害的气息，此刻，路景宁的却是凶悍无比地一瞬间将唐嘉泽的气能完全吞噬殆尽。

　　这是一种压制性的存在，仿佛极致饥饿的猛兽般朝着唐嘉泽的身上迎面扑去。

　　唐嘉泽本身的气能很是狂躁，但是从来没想过居然有人比他更加狂躁，更没想到的是，这个人，还是一个安愈者！

席卷而来的气能，在擦过肌肤的时候仿佛有股股电流流过，刺得他全身上下只觉一阵发麻，沉沉地覆在他的身上，意图将他往地面上狠狠压去。

唐嘉泽只感到脑海中的意识也连带着放空了几分。

出于本能的，他的双脚已经自发地开始弯曲了起来。

但是下一秒，他在这片混沌的状态中强行拉回了一丝神志，完全靠着意志力支撑，才勉强至极地让自己保持住了场上的站姿，没在第一时间跪倒下去。

唐嘉泽无比艰难地抬头看去，看着眼前那个似笑非笑的少年，双唇紧紧地抿成了一条缝，几乎是挤出的声音，低哑地问："你……做了，什么？"

路景宁一边放肆地发散着自己的气能，一边慢悠悠地朝他走来，语调懒散："不是很明显的事吗？当然是，比比谁的气能更强大了。"

他其实很少对着无畏者爆发自己的气能，上次在课堂上也只是因为老师的要求而勉强做一下配合。

当时，他只是稍微释放出了一些就足以让同班的 A 级一个个腿软无力，更不用说这时候毫无顾忌地放肆爆发的状态了。

直到走到跟前，即使已经步入 S 级的唐嘉泽，依旧没能做出半点反应。看得出来，光是勉强站住都已经非常艰难了，更不用说意图反抗了。

但是即使这样，路景宁也多少感到有些意外。

毕竟在此之前唐嘉泽已经消耗了不少气能，按照他原先的设想，不是秒跪也不可能撑得过十秒，没想到，还是一根硬骨头。

不得不承认，就像闻夜之前说，银英星大的这个队长，实力确实强劲得很。

但不管再强的实力，也无法忽视这人让人不爽的暴躁做派。

路景宁垂了垂眼眸，居高临下地看着唐嘉泽额间已经不可避免地渗出的那层薄薄的汗珠，低低笑了一声："啊，真是辛苦呢。"

话音刚落，周围的气能再次爆发，逼向唐嘉泽的瞬间，攻击性比之前赫然更为强烈。

唐嘉泽保持站姿本就已是很难，这时候更觉得肩上如重千斤。

再加上那强势的压迫，仿佛让他全身的细胞都不可避免地意图缴械投降，再强的意志力都有些支撑不住。

脚下终于不可避免地一软，被压得直接跪在了地上。

这样强势的压迫感让他连抬头的动作都十分艰难，但是这样狼狈的状态让他的自尊心完全无法容忍，狠狠咬着牙，硬是撑着一口气，满是不可置信地朝着路景宁瞪了过去。

路景宁接收到他这样的视线，只是轻轻地挑了挑眉梢，语调愉悦地笑了起来，说出来的话却极尽戏谑："哟，学长，不是喜欢用气能压人吗？来啊，继续啊！"

场内奇怪的走向，让观众们都愣在了那里。

这是怎么回事，怎么安愈者还没被压趴，反倒是身为无畏者的唐嘉泽先跪下了？

要不是深知帝海军大和银英星大是宿敌般的存在，怕是都要以为这两人是不是私底下有什么不为人知的交易了。

唐嘉泽虽然听不到外面的动静，但是基本上也可以猜到观众们会是什么样的反应，脸色一时间阴沉得厉害。

在路景宁居高临下的注视下，更是被激得怒起，气极之下，居然真顶着全身紧绷的状态站了起来。猝不及防下提起了手，就这样狠厉至极地朝着那张惹眼的脸庞直挥过去。

路景宁也没想到在这样的局面下唐嘉泽居然还能临时发难，可是眼底非但没有半点惊慌，反倒掠过了一丝笑意。

有的时候，稍微有些反抗才会更有意思。

他侧了侧身轻描淡写地避开，就在擦身而过的同时，伸手一把拽住了唐嘉泽的衣领，像拎宠物狗一样就把人直接给提了起来。

手腕忽然一用力，朝着场边一把扔了出去。

"嘭——"的一声巨响，唐嘉泽就这样结结实实地被甩在了场地的边缘，胸口沉重地起伏了两下，如果不是虚拟设备当中，怕是得直接涌出一口鲜血来。

这一下砸得极重，看得旁人都不由倒吸一口冷气，一个肉眼可见的大写的疼。

眼看着唐嘉泽似乎还欲反击，路景宁已经先一步到了跟前，朝着对方的屁股，精准无误地就是一脚。

这回，唐嘉泽再次飞起，重重地撞在了旁边的虚拟屏障上。

几秒后，才缓缓地滑落到地面上。

观众们目瞪口呆！

这，光是看着都觉得惨烈啊！

银英星大的休息区里一片死寂，再没了之前那嬉笑得意的样子。

本来唐嘉泽已经完成了一挑三，就算这局体力不支败下阵来，今日比赛的 MVP 也应该非他莫属了。可是，却没有人想过，这一场，会是以这种被完全单方面碾压的姿态展示在观众面前。

此时唐嘉泽不管是被气的还是被揍的，几乎已经处在濒临晕厥的边缘了。银英星大的带队老师眼见他的状态显然支持不住了，终于从椅子上站起来，找裁判申请了弃权。

不说还有没有赢的机会，只说按照这情况再打下去，恐怕就不只是关系到唐嘉泽的个人了，而是上升到银英的颜面问题。

当裁判发出比赛结束的信号时，路景宁朝着唐嘉泽脸上挥去的拳头正好在半空中。随着指示灯亮起的一瞬，就这样在距离咫尺的地方堪堪停下，无比克制地没有打上去。

即使这样，过分凛冽的拳风依旧不可避免地直逼而去，将唐嘉泽脸旁的发丝震得一阵肆意飞散，可以说是狼狈无比。

唐嘉泽本已经做好了挨上这一拳的思想准备，见状反而愣了一下，喘着粗气问道："怎么不打过来？"

路景宁老实地收回了拳头，神色鄙夷："我眼不瞎耳不聋，结束了就是结束了，才不像某人那样，需要靠一些下三滥的动作来突显自己。"

唐嘉泽知道他是在讽刺自己赛后还用气能压闻夜的事，神色略微僵了一瞬，彻底颓倒在了地上，嘴角自嘲地勾起了几分："确实不需要。"

截止目前，短短一场对局的时间，就已经将他之前所有的成绩彻底否定。

今天结束之后，没有人会记得他战胜闻夜时候的干脆利落，也没有人会想起他一挑三的壮举，只要提到他唐嘉泽的名字，所有人只会记得他在今年交流赛上彻彻底底地输给了一个安愈者。

刚才唐嘉泽为了抵抗路景宁的气能已经完全透支了体力，队友们将他从虚拟舱里扶出去的时候，几乎使不上半点力气，只是一言不发地任由他们搀了回去。

路景宁站在舱门口遥遥地看着，愉悦地轻笑了一声，施施然地回到了自己学校的休息区。

他这一回来，众人就差敲锣打鼓地夹道欢迎了。

路景宁对此半点都不带谦虚的，自信满满地得瑟道："怎么样，你们路哥牛不牛？"

岑俊风大加赞赏："牛！特别地牛！我忽然觉得当时被到丢垃

圾桶旁根本就不是什么事！"

路景宁笑："还敢瞧不起安愈者吗？"

"我从来就没有……"岑俊风说到一半时被他的眼刀刮过，顿时感到背脊一凉，连声道，"不敢，绝对不敢！"

路景宁满意地哼哼了两声，走到闻星尘旁边一屁股坐了下来，问："你呢，不说两句？"

闻星尘问："说什么？"

路景宁的脸色有些臭："你说呢？"

闻星尘想了想，从旁边掏了瓶水递过去："滋养一下？"

别看路景宁刚才在台上一副耀武扬威的样子，实际上为了直接把唐嘉泽压趴下，气能消耗得也很严重，嗓子早就干得不行。

这时候，心里虽然对闻星尘这样的反应感到很不满意，身体还是非常诚实，到底还是伸手接了过来，仰头就往嘴巴里灌。

闻星尘见他这副一脸不爽的表情，有些绷不住地轻笑了一声："还有最后一场，等赢了再给你奖励。"

路景宁听到"奖励"两个字，眼睛终于亮了一下："你说的。"

闻星尘嘴角微微浮起："嗯，我说的。"

银英星大这边，在淘汰了唐嘉泽之后只剩下最后一个名额，新上场的队员跟重云防大的最后一人双双走上了赛场。

重云防大的三号队员在跟穆武作战时已经消耗了不少体力，这时候对上银英新出场的第三位队员，不出意料地迅速败下阵来。

于是，今日实战格斗的压轴对决，依旧是在帝海跟银英之间展开。

路景宁才是帝海这边第二位出战的选手，整体来说，队伍的优势显然更大一些，但他可不是那种安于保底的人，上场之前就非常直接地撂下了狠话："等着吧，五分钟内保证解决，解决不了，这几天你们换洗的衣服我全包了！"

所有队员顿时一阵欢呼："提前预祝凯旋！"

路景宁对他们配合的态度感到非常满意，临上场之前还不忘提醒闻星尘道："奖励，可别忘记了。"

闻星尘说："放心，忘不了。"

得到了想要的答复，路景宁就这样无比放心地上场了。

五分钟后，银英星大的最后一位队员宣告战败。

比起唐嘉泽那一场，路景宁这场的表现直接很多。

持续地爆发气能到底是一件非常累人的事，他一开场就感受了下对方战五渣的气能强度，干脆连开都懒得开了。

上场后半句废话没有，才刚照面就直接跟对方硬刚上了。

一拳接一拳，可以说是半点都没有停歇过，最后，居然真的就这样把人直接给揍趴在了地上。

全场再次重现了上一次对战时诡异寂静的场面。

要是说跟唐嘉泽比赛的时候路景宁表现出了强势的气能压制，那么这一场，他向众人展示的无疑就是绝对的力量了。

力量太强，甚至连格斗技能都不需要做太多展示，就结束了。

这样的沉默一直持续到裁判宣布了第一天的所有对抗比赛正式结束，全场才彻底炸锅。

路景宁还算是一个安愈者吗？

帝海星大的这个安愈者就是一个 BUG 吧？！

而从赛场上凯旋的路景宁仿佛没有感受到四面八方投来的惊叹视线，只是散散漫漫地说了一句："啊啊，终于打完了。"

其他人早就已经兴奋无比地扑了过来，恨不得全部都挂到他身上："路景宁，你真的太厉害了！这局太关键了，赢得漂亮啊！！！"

原本，银英星大那边按照胜场总共拿到了四分，而他们帝海这边合起来也只有三分，如果路景宁输了这一场，不管第三个上场的

248

湛社能不能获胜，拥有四分的银英星大已经注定位列积分榜第一。

但现在，因为路景宁的连胜，让他们拿下至关重要的一分之余，还额外拥有了一个没有出战的名额。

根据赛制，这个名额也统计为一分。

总计五分，让帝海军大顺利反超银英，一举跃居今日积分榜的榜首。

要说功臣，闻夜毫无疑问也是，但是路景宁却是当之无愧的头一号。身为最大功臣的路景宁好不容易才从队友们兴奋无比的拥抱里挤出来，笑眯眯地凑到了闻星尘跟前，迫不及待地问："老闻，奖励呢？"

因为期待，他的眼睛里隐约透着一丝别样的神采。

闻星尘被他这样看着，不由微微愣了一下，顿了顿，忽然张开了嘴："啊——"

路景宁虽然不明来由，被感染到，他下意识地也跟着张了张嘴。

闻星尘不知道从哪里掏出了一颗糖，转眼间就已经塞进了他的嘴里。

路景宁可以感受到薄荷糖的甜味在嘴里瞬间散开，冲淡了满嘴干燥的苦意，忍不住吧唧了两下，紧接着，出于不满，整个眉头都拧了起来："这就是你说的奖励？"

闻星尘想了想："嗯？不够吗？"

说着，他伸手在裤袋里掏了掏，变魔法似的抓出了一大把，一股脑地全部塞进了路景宁手里："那都给你。"

路景宁无语。

他盯着满手的糖，不由满头黑线："居然拿一把糖打发我，我是小孩子吗？"

岑俊风恰好从旁边路过，一眼就看到了路景宁手里的薄荷糖，顿时凑了过来："咦，哪来的？给我也来一颗？"

眼见他作势就要来抓，路景宁眼疾手快地把所有糖果往裤袋里一塞，面无表情地嗤道："滚滚滚滚滚，这么喜欢吃，自己买去！"

岑俊风气哼哼自语，不就是一颗糖吗，真是抠到极点了！

恰好在这时，解说台上高亢嘹亮的声音遥遥传来："今日的实战格斗赛正式结束，目前积分排名为，帝海军事大学五分，银英星际大学四分，重云防务大学二分，穆武战争人学暂木得分。在这里，让我们恭喜帝海军事大学旗开得胜，暂时位居积分第一！"

岑俊风顿时没再管路景宁的糖果，号叫一声，转身就加入到帝海众人欢呼雀跃的行列当中。

路景宁见他跑了才稍稍松了口气，一抬头，恰好对上闻星尘似笑非笑的神色。在嘈杂的背景音中，只听他微不可闻地呵了一声："藏得这么快，不是说不喜欢吃糖吗？"

路景宁不悦地抿了抿唇，冷漠孤傲地移开眼去。

啧，不止小气，居然还小气出优越感来了？

第一天就拿到积分榜的第一名，大家都很高兴。为了迎接第二天的机甲对抗赛，大家回去吃过饭后就各自回房间洗洗睡了。

路景宁躺在自己宽大的床榻上，饶有兴致地用终端登陆了星网。

毕竟是帝国最高军事学府之间的较量，历年来的军校联合交流赛都备受各界媒体关注，不出所料的，今天赛事一结束，有关报道就已经占据了各大平台的头条。

"帝海军大位列第一""银英唐嘉泽完成一挑三""重云防大爆冷连胜穆武战大"……一系列话题都热度十足，而其中最受关注的无疑就是今年赛场上出现的安愈者新人了。

能够在交流赛上一鸣惊人的，几乎都是天才般的存在，而从路景宁今天堪称碾压式的表现来看，谁都看得出来他的气能绝对不低于 A 级。

而如果比 A 级更高的话——S 级的安愈者？！全星际都从未出现过，前所未有！

这样的消息一出，全网爆炸。

路景宁懒懒散散地翻看着各网站上疯狂堆起的话题楼，终于露出了满意的笑容："哟，反应还不错。"

不过，也只是还不错而已，距离他想要的，还远远不够。

经过一晚上的休息，第二天一大早，所有人在休息区楼下集合。

显然大家回去后也都刷过了星网，一看到路景宁下来就满脸羡慕地望了过来："行啊你小子，出尽风头了。"

路景宁一副经历过大风大浪的样子，故作潇洒地摆了摆手："今天参加机甲赛的兄弟姐妹们，努力一把，头版头条也会为你们敞开怀抱！"

其他人忍不住笑出声来，不过笑过也就算了，谁也没往心里去。

毕竟，这话一听就知道只是说说而已。

路景宁能引起这样大的轰动不止是因为他超强的实力，还有很大一部分原因是出于那特殊的安愈者身份，这种成功的道路只能看着，根本无从复制。

纪翰带领帝海军大交流队众人来到了场馆休息区，远远望去，可以看到场中央的设备已经重新换了一套，改成了机甲对抗模式。

为了让对战更具公平性，和往届一样，今年的机甲也采取了统一机型，主要数据由军部友情赞助。

观众们入场之后，又到了抽签环节。

有了昨天的教训，路景宁这次倒是学乖了，有样学样地跟闻夜一样站在角落里，安静如鸡。

郉云林见状忍不住笑了一声，主动站了起来："今天我去吧。"

没人反对。

事实证明郉云林的运气确实好多了，虽然没有抽中 D 组，但至少带了个 C 组回来，前面是穆武战争大学，后面是重云防务大学，虽然参加交流赛的都没有弱队，但至少在前期不需要跟银英打个你死我活，比起昨天的死亡之组简直备受上天眷顾。

郉云林知足得很："还不错。"

确认组别之后，就需要决定今天的排兵布阵了。

纪翰翻了翻名单，沉默片刻就有了判断："康寒云，你第一个。"

康寒云甩了甩飘逸的长发，妩媚一笑："没问题！"

她在帝海巡卫队里担任的就是主机甲操控手的位置，就算是郉云林这个机甲社社长，面对这个女无畏者依旧需要忌惮几分，绝对是帝海军大顶尖的存在。

帝海今年全队就康寒云这么一个女队员，虽说是个御姐型的无畏者，但该捧还是要捧的，周围人顿时一阵起哄："云姐，来个一串六！"

这话一听就知道是玩笑，对面就算再菜，连续六场的机甲操控，气能都得被彻底耗空。

康寒云却是相当配合，闻言一笑："等着，串十二个回来给你们开开眼！"

众人说："哇——唉，不对啊，打全场都没十二个这么多吧？"

康寒云说："反正都是吹牛，不要在意细节。"

路景宁听着他们闲扯，忽然想起了什么，朝旁边的人蹭近了几分，问："闻星尘，今天的名单里有没有你来着？"

闻星尘看了他一眼："老师没说，我也没问。"

路景宁轻轻地推了推他："你去问问呗。"

闻星尘没动，反倒轻轻地勾了勾嘴角："怎么，你想看我上场？"

他本来只是想调侃他一下，没想到路景宁倒是无比直接地点了点头，应道："当然想啊！"

没等闻星尘再开口，路景宁已经自顾自说下去了："你看，昨天之后，我的风头已经出够了，但是人家一说起来总是那什么安愈者新秀，多没气势。今天你要出个场也碾压上一把，到时候报道上提起来就会把我们两个新生放在一起夸？名头我想好了，帝海双雄，听听，是不是霸气多了？"

"霸气倒是未必。"闻星尘状似漫不经心地说道，"不过，帝海双雄，听起来好像还不错。"

路景宁还没反应过来，他就已经起身朝纪翰那边走了过去。

远远地，也不知道两人说了些什么，等回来，只见闻星尘伸手指了指康寒云，语调淡淡地说："等会学姐下场后，就轮到我了。"

说完，还不忘轻笑着问上一句："开心吗？"

路景宁其实还没来得及感受自己的情绪，就应道："开心……"

闻星尘看起来很满意，施施然地找了条椅子坐了下来，还不忘在旁边给路景宁留了个位置："还没上，慢点开心。先看比赛。"

路景宁终于发现哪里不对了。

明明是极有集体荣誉感的事情，但到闻星尘这边，怎么上场打个比赛弄得像是上去做个人表演似的？

他拧了拧眉心想要纠正，但看闻星尘一副神色淡淡的样子，话到嘴边咕噜了一下到底还是吞了回去，走到旁边坐下了。

就在这个时候，裁判嘹亮的声音响了起来，机甲对抗赛正式开始。

第一轮比赛，就由今天时运不济抽到 A 组的银英星大对上了 B 组的穆武战大，率先拿下一分。

随后，穆武第二位选手也败给了代表帝海上场的康寒云，连续损失两员。

接下去两场，康寒云先是趁胜追击解决了重云，为帝海拿下了本轮的第二分，紧接着重云防大的第二位选手则险胜银英打破了零分的僵局。

这样一来，本轮结束之后，帝海以二分的优势暂时位列第一。

接连四场比赛看得人心潮澎湃，不少人默默地为穆武战大点了根蜡，只能说他们今年的运气有些太背了，截止目前，积分榜上的总分居然还是个鸭蛋。

第二轮开场之后，穆武战大似乎终于开启了绝地反击模式，第三位上场的队员一阵摧枯拉朽的操作，一口气击败了银英和帝海两大强队，直接连胜两局。

康寒云从虚拟操控室出来的时候已然大汗淋漓，仿佛丝毫不记得自己之前夸下的海口，只是略感遗憾地甩了甩秀发，问道："下一个谁上？"

闻星尘从位置上站了起来："是我。"

康寒云在海盗偷袭期间跟闻星尘有过合作，深知他机甲操作的水平，再加上他是闻夜的弟弟，心里自然放心得很，闻言也不见半点惊讶，笑眯眯地拍了拍他的肩膀："加油，去给云姐报仇啊！"

闻星尘轻轻地应了一声，转身朝路景宁看去，见他一副无动于衷的样子，问道："没什么话说？"

路景宁依稀觉得这样的画面似曾相识，盯着他看了一会儿，心底忍不住笑了一声，要不怎么说"风水轮流转"呢？

他忽然站了起来，哥俩好地拍拍他的肩："去吧，帝海的准英雄二号！"

闻星尘微微愣了一下。

而路景宁站在那笑眯眯地朝他挥了挥手："加油啊，等你把这个场子打穿了回来，再给你奖励。"

闻星尘沉默。

现学现用，还真挺能的。

心思转了转，他也没再说什么，转身朝场上走去。

帝海军大这边再次派出了一个新面孔，顿时又吸引了一波注意。

有昨天横扫四方的路景宁在先，重云防大的队员不敢太过轻敌，可惜的是，有的事情并不是轻不轻敌就可以决定的。

事实证明，可以站上交流赛平台的所有新人都是怪物。

闻星尘在机甲操作的过程中，精细得宛如经过仪器测量一般，不管是闪避的过程还是移动的瞬间都没有半点多余动作。

可要说他因此过分求稳，却又在重云队员露出一丝微不可察的破绽时，当机立断地进行了直面反扑，这样狠厉的做派和之前应对时的谨慎可以说是形成了鲜明的对比。

完全没有给对手反击的机会，就这么用最简短的时间干脆利落地结束了对战。随着残破的机甲轰然倒下，重云防大的第二位队员宣告出局，全场彻底地沸腾了。

众所周知，机甲对抗的过程中，越是这样细致的的小动作，反倒越考验操控者的个人水平，需要消耗的气能也就越多。

像刚才这样堪称教科书样本的机甲操控，场上那个选手的气能浓度，无疑高得可怕。

先是一个路景宁，再来一个闻星尘，帝海军大这届的新生阵容，未免强大得有些过头了啊！

第三轮比赛在众人的议论纷纷中展开。

比赛一开始，重云的最后一位队员到底还是没有顶住压力，输给了银英星大，率先退出了比赛，而银英显然有意要趁胜追击，奈何在跟穆武三号位对决期间出现了失误，再次败北。

截止目前，穆武的第三位队员已经前后拿下了三分，可以说是狠狠地扬眉吐气了一番。但是连打三场，对于操作者的气能消耗也是极大的，面对马上上场的帝海军大，几乎已经没有了可一战之力。

即使胜负已没了悬念，闻星尘从位置上站起来的时候，全场看台上依旧不可控制地响起了一阵热烈的掌声。

路景宁感受到了这份不一样的热情，不由朝观众席上看了一眼。

只见台上那些观众一个个激动的脸色，心里不屑地轻嗤了一声。

啧，全是些肤浅的颜控！

目送闻星尘上场之后，路景宁不悦地撇了撇嘴，也从椅子上站了起来，双手往裤兜里一插，抬腿就要走。

旁边的岑俊风留意到了他的动静，不由问道："这比赛呢，你去哪啊？"

路景宁冷酷无情地扫了他一眼："怎么，去哪里还得跟你汇报？"

岑俊风被他冻得一个哆嗦："不，当然不是。"

路景宁扫了一眼大屏幕上展示的那张好看的侧颜，听着全场观众此起彼伏的尖叫声，面无表情地说道："也没什么好看的，反正赢定了。"

说完，转身朝着出口晃晃荡荡地走了出去，声音幽幽地传来："我给他，准备奖励去。"

岑俊风盯着他的背影好半会儿，直到消失在了转角，才讷讷地自言自语道："这还没打完呢，就说赢定了，现在的大佬都这么自信吗？"

等路景宁回来时，机甲对抗赛已经结束了。

闻星尘正好从对战区回来，也不知道是不是因为心情不错，居然站在原地接受着队友们的热烈拥抱，而没有把这些毛手毛脚的家伙一脚踹开。

仿佛有感应一般，没等路景宁走近，他忽然抬头看了过来："回来了？"

路景宁正要应声，只听解说台上慷慨激昂的声音遥遥传来，整个场馆因为今天赛事的结束而彻底沸腾了。

正如他想的那样，毫无意外的，闻星尘上场后完成了一挑三。

总的来说，比他昨天的成绩有过之而无不及，几乎可以想象出不久后出现在各大媒体头条上的醒目标题。

路景宁觉得自己距离梦寐以求的"帝海双雄"称号只有一步之遥了，顿时心满意足地弯着眼睛笑了起来，走过去拍了拍闻星尘的肩膀，竖起了大拇指："可以啊老闻，不愧是你！"

闻星尘在他这样的态度下轻轻地挑了挑眉，不动声色地扫了眼他空空如也的双手，语调淡淡地问："不是说你准备奖励去了吗？"

路景宁闻言，不由回头看向了岑俊风。

被这样锐利的视线扫过，岑俊风下意识地缩了缩脖子，一脸"我什么都不知道"的表情哼着小曲转身跑了。

路景宁算是记住了这个大嘴巴，心道以后可得好好教育教育。

闻星尘见他光顾着发送死亡射线，又慢悠悠地问了一句："所以，奖励呢？"

路景宁说："急什么？东西太大，我给你放房间门口了，回去就能看到。"

闻星尘本来以为他会抓一把糖还给他，这么一听，居然还是个大东西，眉目间也闪过一丝诧异。

路景宁神秘兮兮地刺激着他的好奇心："放心，这东西，保证你会喜欢！"

闻星尘看着他如此笃定的样子，不知道为什么，隐约间似乎从那人畜无害的笑容里读出了一丝不怀好意。

哦，果然不会是什么好东西。

连续两天的比赛都拿到了不错的成绩，大家都很开心，纪翰请客带全队人去重云防大附近的特色餐厅吃了一顿。

出于路景宁的前车之鉴，为了有更好的状态迎接最后一天的团队赛，用餐前，他直接勒令所有人禁用任何的酒精饮品。轻重缓急大家还是分得清的，因此并没有人表示不满，吃饱喝足后，就各自回房间休息去了。

路景宁还没等进休息区的大门，就已经一溜烟地跑没了。

闻星尘回到房间，久久地看着自己门口堆砌着的那个巨大纸箱，神色不明地垂了垂眼睫。

岑俊风跟他分在同一间，见状非常好奇地凑了过去："这就是传说中路哥准备的奖励吗？"

闻星尘不置可否。

岑俊风拿眼神询问了一下，见他没有意见，便手脚利落地开始动手开箱子。不怪他积极，实在太好奇路景宁这精心准备的奖励到底会是什么。

可是当看清楚里面的东西后，岑俊风却在原本过高的期待下久久没有回过神："这些是……洗衣粉？"

整整塞满了一箱子的洗衣粉，琳琅满目，各种品牌一应俱全，唯一的共同点，都是青梅酱味的绿色包装，刚一打开就可以清晰地闻到那扑面而来的酸涩气息。

岑俊风一脸茫然地朝闻星尘看去："赢比赛送洗衣粉？这是什么寓意？"

闻星尘在原地沉默地站了一会儿，没有回答。

他脸上依旧没有太多表情，也不知道站了多久，才模棱两可地开口道："这么多，还挺客气的。"

说完，只见他随手从里面拎起了一袋转身就走，遥遥地对岑俊风说道："麻烦帮我搬进屋里，谢谢。"

岑俊风看着那个渐行渐远的背影，虽然那张脸上和平日里一样没什么太多的表情，可是不知道为什么，落入眼中总有一种说不出来的感觉。

"怎么，这么生气的吗？"

他低头看了一眼那一整箱的生活必需品，默了默，动手将箱子拖进了房里，他一边拖一边心里打鼓。

路景宁也是个不好招惹的主，闻星尘这样去找他，在这团队赛的前一晚，两人可别打起来了。

话说回来，也不知道这两人如果打上一架，到底谁更厉害一些？

奈何不论哪个的气能他都顶不住，要不然真该跟过去看看。

同一时间，早一步回到房间里的路景宁正躺在床上心情颇好地哼着小曲。他几乎可以想象出闻星尘看到那一箱"惊喜"后的表情，忍不住地就想笑出声来。

不过他嘴角的笑容并没有保持多久，就听到房间门被人敲响了。

路景宁脑海里的第一反应，就勾勒出了某个高挑修长的身影。

他默了默，换上了一副睡意朦胧的语调："谁啊？这都睡了，有事明天说。"

闻星尘的声音隔着房门传来："哦，睡了？那是谁在校网里跟别人聊得那么欢脱？"

路景宁默默地看了看终端上正跟于擎苍几个侃得兴起的界面，不禁哑然。

还是大意了！

不过转念一想，喜欢青梅酱味道的洗衣粉也是闻星尘自己说的，他只是投其所好而已，心虚个什么劲呢？

　　这样一想，他顿时没有思想负担地走过去把门一开，慵懒地靠在门边，拽拽地抬了抬眼睑："说吧，有什么事？"

　　闻星尘将手里的东西随手扔了过去："外面不方便，进去说。"

　　说完，没等路景宁反应，就已经侧身走了进去。

　　路景宁没想到闻星尘居然这么不把自己当外人，低头看了一眼自己怀里的那袋洗衣粉，把门一摔，一边往里走一边撸了撸袖子，一副随时应战的样子。

　　闻星尘在椅子上坐下时一抬头，就看到了他这样的阵仗，脸上的表情差点没绷住："我不是来找你打架的。"

　　路景宁面色存疑。

　　闻星尘说："收到你给的奖励，我感到非常开心。"

　　他露出一抹堪称温和的笑容来："所以特意过来道声谢，顺便探讨一下，是什么样的动机，让你决定送我这一整箱如此珍贵的礼物？"

　　他越是这样笑，就越让人感觉瘆得慌，也就路景宁还能在这样的注视下忍俊不禁地笑出声来："这不是按照你那缜密的逻辑做的推导吗？"

　　笑到后来，还不忘语调嘚瑟地调侃："怎么样，这个味道是不是特别喜欢？不止是你喜欢的青梅酱的味道，而且重点是量还特别足，比你那几颗糖要来得有诚意多了吧？"

　　是的，他就是对闻星尘之前那敷衍至极的送糖行为感觉到格外不爽，借机报复又怎么样？

　　也不知道是不是听到了他的心声，闻星尘眼睑微垂，语调听不出来是认真还是揶揄："青梅酱的味道，我确实喜欢。"

然后，闻星尘又情绪不明地问道："既然这么想要投我所好，那怎么不干脆送我个洗衣粉店呢？"

碍着闻星尘平日里也是嘴上不饶人的性格，路景宁原本已经严正以待地做好了跟他舌战三百回合的准备，可是冷不丁听到这么一句，还是不由得愣了一下。

理性上，他其实很倾向于只是单纯的玩笑，可是这时候的闻星尘跟平日里有些不同，那双幽黑的眸子却亮得惊人，像是有一种情绪在企图挣脱。

路景宁可以清晰地闻到一股淡淡的气能气息萦绕在身边，愈演愈烈。哦不对，确切地说，在闻星尘走进房间的那一刻起，这样的气息就已经隐约存在了。只不过当时只是极浅的一抹，也就没有太留意，现在，却无法忽视了。

路景宁微微皱了皱眉，脸上的玩闹神色也收敛了起来："闻星尘，你是哪里不舒服吗？"

无畏者不像安愈者，对于气能有极强的把控能力，特别是像闻星尘这种无畏者，几乎不可能存在这种无意识地泄露气能的情况。

路景宁的第一反应，是闻星尘是不是身体发生了不适。

这时候他才回想起来刚才在饭桌上，闻星尘似乎比平日里更加沉默寡言，而他当时却因为一心想着洗衣粉的事，故意避让着没有上去搭话。

想到这里，他心里不由有些悔意，又追问道："怎么回事，下午比赛时受伤了吗？"

闻星尘说："没受伤，就是……"

话音未落，闻星尘突然眉头皱紧，随着落下的话音气能轰然炸开，彻底地占据了房间的每个角落。闻星尘的气能浓度本就很高，随着这下无法控制地爆发，顿时在房间里激起了一阵狂风，将周围的摆设吹得一片狼藉。

玻璃杯都隐隐出现了裂缝，跌落在地面上，一地碎片。

闻星尘也随之晕了过去。

路景宁怎么也没想到会是这种情况，不由愣住。

半夜把医生叫来，确诊了只是不小心感染了某种病菌引发的气能失控，除了会感觉疲劳以外，没有生命危险。

路景宁悬着的一颗心终于稍稍落下了。

他稍微犹豫了一下，试探性地替闻星尘披了下被子。从小到大他都不是照顾人的性子，还是第一次遇到这种情况，不确定自己到底该怎么做。

这动作惊醒了闻星尘，但他似乎连说话的力气都没有，只是昏昏沉沉地"嗯？"了一声。

路景宁问道："感觉好些了？"

闻星尘沉沉地应了声："嗯。"

路景宁默了默："还回去吗？"

闻星尘的声音疲惫："可以睡这吗？"

路景宁扫了一眼这人和平日里截然不同的状态，到底硬不下心来："那就早点睡吧，明天还有比赛。"

闻星尘没有回答，只是转过身去把整个人都揉进了被子里。

路景宁终于忍不住笑出声来，刚才被折腾的疲惫感一扫而空，心情愉悦地转身走进了浴室。

等他洗完澡出来，床上的人已经睡着了。

看来生病确实可以把任何一个无畏者折腾得够呛，强如闻星尘也不例外。即使已经入睡，那好看的眉心还紧紧地拧着，仿佛上了一道永远也解不开的锁。

262

路景宁翻身躺上了另一张床，盯着天花板发呆老半天，到底还是忍不住转过身去。

　　这样近的距离，旁边那人的睡颜无比清晰地落入眼中。

　　闻星尘不像他，平日没人招惹的时候无比安静，但现在睡着的他又似乎显得有那么一丝不同，少了很多锐气，平添了一种容易亲近的柔和感。

　　想到这里，路景宁不由眨了眨眼。

　　估计他也被闻星尘那混乱的状态给影响到了，居然有那么一瞬间觉得这个人好亲近？！

　　他摇了摇头，抱着被子转过身去。

　　闻星尘刚醒来时，盯着陌生的天花板，有那么一瞬出神。

　　他侧了侧眸，另一张床上的睡颜落入了眼里。别看路景宁平日里总是一副小爷天下第一的架势，但这个时候，看起来格外乖巧。

　　他下床不小心弄出的动静吵醒了路景宁，路景宁睡眼惺忪，伸手揉了一把眼睛，语调慵懒地道："老闻，早啊。"

　　路景宁大大地打了个哈欠，显然没有睡饱，下意识地又往被子里缩了缩，一边努力地把自己揉进去，一边随口问道："现在感觉怎么样，还难受吗？"

　　"不难受了。"闻星尘不管怎么回想，脑海里对睡着后的事都只有一片空白，微微拧了下眉心，"昨晚……"

　　路景宁终于留意到了他的态度，睡意也去了一大半。忍不住起了耍弄的心思，转过身来看着闻星尘眨了眨眼："你不记得了？"

　　闻星尘没有说话，算是默认。

　　路景宁心里一阵大笑，嘴角勾起一抹促狭的弧度来："唉？昨晚你说梦话的时候还一个劲地拉着我喊哥哥，怎么可以一回头就全忘了呢？"

闻星尘被他这样的视线一扫，眉梢反倒轻轻地挑了起来："哦？然后呢？"

"然后？"路景宁形容得可以说是无比地绘声绘色，越编越兴起，"然后你还特别黏人，哪里都不让我去，哭唧唧地说如果路哥走了你就闹给我看。你说路哥我这么仗义的人，怎么忍心赶你走呢，没小法，我只能收留你了。怎么样，睡的是不是特别香？"

闻星尘呆住了。

这时，一阵敲门声响了起来。

岑俊风的声音在门外传来："路哥，你在吗？路哥？"

被这么一搅和，路景宁一把掀开被子从床上跳了下来，将房门拉开。

岑俊风看着刚起床的路景宁，不由有些欲言又止。

他是来找闻星尘的。

虽然他看这个年级第一始终不顺眼，但毕竟昨天一夜未归，他觉得还是需要关注一下，看看自己的这个室友被打死了没。

实在是昨天闻星尘杀气腾腾来寻仇的背影太让人印象深刻了。

昨天一直没等到人回来，岑俊风就不断地脑补这边可能发生的血雨腥风，生怕正面对上的两人一言不合真闹出人命来。但是看着路景宁现在的样子，似乎事情并没有他想象中的那么悲壮。

岑俊风心里默默嘀咕着，正琢磨着应该怎么开这个口。

侧了侧身子，他的视线从路景宁的身侧掠过，一瞬间，询问的话就完全堵在了嗓子里。他关心的闻同学这时候正坐在床边有条不紊地整理着自己的衣服，岑俊风内心的尴尬无以复加，怎么和想象的不一样？这到底，打没打起来啊？

路景宁打开门后见岑俊风一言不发，而且还主动地往后退去，

264

不由一脸问号："说啊，什么事？"

岑俊风的大脑瞬间暴风运转起来，做出了毕生最机敏的反应："啊，我就是来问一下，需不需要帮闻星尘送套衣服过来啊？"

路景宁朝房间里歪了歪头，问："老闻，衣服要换吗？"

闻星尘也听到了外面的对话，控制着嘴角勾起的弧度，语调无波地应道："嗯，麻烦了。"

路景宁把头转了回来，笑容如常地转述道："他说，麻烦你了。"

"稍等，我马上就送过来！"留下这么一句话，他也不再在这是非之地多待，当即脚底抹油，转身走了。

路景宁看着他来去匆匆的背影不由有些愣："岑俊风的性格，居然这么热情的吗？"

闻星尘忍不住轻笑出声来："一直都是。"

今天毕竟是团队赛的日子，路景宁倒是想睡回笼觉，到底还是没有重新爬回床去。

等闻星尘衣服换好，下楼跟交流队的其他队员集合完毕后，就一同前往了团队赛现场。

最后一天的比赛也将会出现最大的比分变动，所有人都非常积极，纪翰清点完到场人数后，开始确认最后的出场名单。

军校联合交流赛的团队赛是七人赛制，其中五人首发，两人替补，当首发队员出现减员后，替补队员将自动入场。

纪翰在前一天就已经初步拟好了首发名单，只是在替补的两个名额上，有些犹豫。他抬头看向闻星尘，问："昨天机甲作战的损耗怎么样，还能打吗？"

路景宁听到他们的对话，不由想到了昨晚的情况，没等闻星尘回答就先一步说道："老师，让我上吧！"

纪翰好笑地看着他："当然，怎么可能少得了你。不过替补名额有两个，除了你之外还需要安排一个人。"

路景宁想都没想："那就给没上场过的去露个脸呗，全程坐冷板凳都没机会上场，多可怜。"

众人：……真是谢谢你哦！

岑俊风本来事不关己地站在旁边，忽然间留意到路景宁朝他这边扫来的敏锐视线，当即领会过来："对啊老师，让闻星尘多休息一会吧，我们都可以上。"

纪翰听他们都这么说，皱了皱眉，陷入了沉思。

这时候，闻星尘突然开口道："没事，就我上吧。"

路景宁闻言，暗暗地用胳膊肘撞了他一下，小声问："你真要上？"

闻星尘也压低了声音，语调散散地笑了一声，不答反问："你担心我？"

"是啊是啊，担心你死了。"路景宁留意了一下他的神态，见他似乎已经下了决定，只能幽幽地叹了口气道，"得了，上就上吧，记得到时候跟紧我，路哥保护你！"

这样的话语听起来要多嚣张有多嚣张，闻星尘对上那过度灿烂的笑颜，不由愣了下神。

片刻后，勾起了嘴角："好啊。"

第九章
所过之处，寸草不生

因为是最后一天的比赛，看台上可以说是座无虚席，就连过道上都站满了人。

虽然只经过了短短两天的比赛，本届表现优异的选手们都已经各自吸了一大波的粉丝，声势不可谓不浩大。

这边帝海军大一个简单的亮相，顿时引得看台上一阵疯狂的尖叫。岑俊风依稀间听到了在沸腾的人声中夹杂着几个熟悉的名字，不由有些泛酸地看了看旁边的两人。

闻夜、邝云林这种早就声名在外的学长也就算了，居然连闻星尘跟路景宁两人转眼都已经有了一大波粉丝。

明明同样是第一次出战的新人，差距怎么那么大呢！

众人到了休息区后，开始进行最后的准备工作。

纪翰跟首发队员们再次强调了战术部署，抬头深深地看了他们一眼："我要说的最后一句话就是，今天的团队赛，大家加油！"

所有人将掌心叠在了一起，齐齐振臂高呼："加油！"

眼见比赛时间临近，在工作人员的带领下，所有首发队员都前往虚拟舱准备录入。场外，解说员在声情并茂地向在场的观众介绍着团队赛的具体规则。

　　今年的团队赛依旧沿用了往年的模式，所有队员在比赛开始时将刷新在属于自己的阵营领地，每个领地中，都存在一个能量水晶。

　　比赛中，选手们需要做的无非也就两件事，也就是击杀敌方队员，以及，破坏敌方据点。

　　每击杀一人获得一分，每破坏一个据点里的充能水晶获得三分。

　　而在这个过程中，但凡有一方阵营的能量水晶遭到破坏，不管场上还有多少队员存活，均会被视为全员淘汰。

　　因此，如何合理分配防守和进攻队员，显得尤为重要。

　　介绍完毕规则，解说员开始逐一介绍起了各校的首发阵容名单。

　　几乎每做完一批介绍，都会得到一阵无比热烈的欢呼声，足以看出各校代表选手都无比地深入人心。

　　等介绍到帝海军大的时候，欢呼声显得尤为夸张，声势之浩大，几乎要将场馆的整个屋顶完全掀翻。

　　就连解说员被震惊得愣了下神，忍不住笑道："看来今年帝海军大的人气非常地高啊！如果要评选一个最受欢迎学府，应该非他们莫属了吧！"

　　路景宁身为替补，这时候和闻星尘两人单独坐在替补位上，听完解说的话，忽然问道："老闻，你说我们学校的人气这么高，主要都是冲谁来的啊？"

　　闻星尘看了他一眼："你？"

路景宁却是摇头："那怎么能呢！"

闻星尘正为他难得的谦虚感到惊讶，便听他说道："我觉得这人气至少有百分之八十是冲我们队长来的，你说我们队长这么男神般的存在，谁能不崇拜呢？"

闻星尘不语。

这波欲扬先抑做得可真是漂亮，他沉默了下，又道："哦，认真观战。"

路景宁这才发现最后的团队赛已经正式开始了，与此同时，所有声音都被隔绝在了外面。

替补在后面可能需要轮换上场，所以他们所在的空间也是完全独立的。虽然不能像外面的观众们拥有纵观全局的上帝视野，但可以清楚地看到自己队友们的具体情况。

路景宁朝画面上一看，只见闻夜他们一入场就飞速地采取了行动。按照之前安排的那样，由邴云林留在营地操控设备负责防御，另外四人两两一队，分头行动。

路景宁关注着比赛的进展，时不时地通过切换按钮观看着各小队行动的情况，但是因为久久地没有敌情，觉得无聊，忍不住跟闻星尘搭话道："唉，其他学校是不是太警惕了点，居然到现在还没冒头？是不是队长他们选错路了，别的人不会在其他位置已经打起来了吧？"

闻星尘的视线始终停留在屏幕上："不会，大哥从来不会犯选错路线这种低级错误。"默了默，他补充道："情况好像有些不太对。"

路景宁也觉得闻夜做出的判断必然是正确的，听闻星尘这么一说，眉心顿时拧了起来："你说的不太对是指……"

他的话还没说完，湛社和陶雨石那队就迎来了第一波敌人。

只是这第一波敌人的数量，似乎有些过多了。

路景宁顿时明白了过来，暗暗咬了咬牙："他们居然玩结盟？！"

没错，就是结盟。在帝海军大这边发现之前，外面拥有上帝视角的观众们，早就已经清晰地看到了整个过程。

银英星大跟重云防大遇见后并没有直接开战，而是心照不宣地达成了统一战线。

以目前积分的情况来看，帝海军大无疑是遥遥领先的，历届的团队赛都是放手一搏的最佳战场，而今年，他们这些积分落后的军校要想逆风翻盘，唯一的机会就是在帝海夺得更多积分之前将他们彻底歼灭，以绝后患。

湛社和陶雨石选择的路线并没有问题，可惜运气不好，直接撞上了两所军校的联盟队伍。两个人面对对方总计四人的阵容，几乎已经奠定了凶多吉少的局面。

解说员说："只能说帝海军大在之前两天的比赛里锋芒太露了一点，今天的团队赛怕是要艰险重重。这大概还是近几届交流赛第一次出现联盟战术，这也足以看出今年的帝海军大实力确实强得可怕。只是不知道现在面对另外两家军校的联手合作，还能继续稳定住自己霸者的地位吗？让我们拭目以待！"

路景宁听不到外面慷慨激昂的解说词，脸上挂着各种嫌弃的表情，同时，也在替补区里絮絮叨叨地吐槽："我敢保证这又是那个叫唐嘉泽的想出来的！啧，是男人就来正面刚啊，尽想这种歪点子！"

"战术而已。"闻星尘扫了一眼场上有些严峻的局面，理了理衣服从椅子上站了起来，此时路景宁还在念叨，忍不住伸手在他脑袋上拍了一下，提醒道，"准备入场了。"

湛社这边已经向闻夜汇报了具体情况，虽然将两校结盟的重要情报顺利送出，但是在四人的夹击下狼狈不堪，看起来也支持不了多久，但也正是这样艰险的情景，更加体现出了高年级生的临危不乱。

湛社确实不像在新生挑战赛上看起来的那么不堪一击，本次比赛没有气能运用的限制，也不存在给对手任何钻漏洞的时间，他稳扎稳打的做派完全将场景的特质运用到了极致。

虽然在人数压制的情况下不可避免地节节败退，却因为十分完整的细节处理，让银英跟重云的那几位队员都感到了一种极不协调的不适感。明明应该速战速决才对，不知怎么的，整个过程反倒打得特别地束手束脚。

路景宁看着场上激战的画面，眼见两位学长渐渐不支，不由蠢蠢欲动地搓了搓拳头，嘴角勾起一抹猖狂的弧度来："哎呀，这么快就放路爸爸进去了呀？可别后悔哦！"

场上，湛社跟陶雨石最终还是没能顶住这波围杀，但至少在临死之前拼死换掉了重云防大的一位队员，双双阵亡退场，自此结束了他们在今年交流赛上短暂的实战旅程。

与此同时，路景宁和闻星尘身为帝海军大的两位替补，根据顺序自动入场。当两人的身影出现在帝海阵营领地中时，主办方还不忘迅速地将镜头切了过去。

随着一个巨大的特写出现在场馆中的大屏幕上，观众们还没来得及为团队赛的首次减员表示叹息，安静了一瞬后瞬间沸腾了起来。

岑俊风刚刚还在为自己学长的就义感到扼腕，此刻被这突如其来的爆发给吓了一跳，整个耳朵被震得嗡嗡作响，这才反应过来，心情复杂地撇了下嘴。

柠檬树上柠檬果，柠檬树下只有我。

同样都是新生，这待遇差距也太大了吧。刚才闻夜跟邴云林出场的时候，人气好像都没这么高啊！

感受到场内不一样的氛围，解说员的声音也适时增添了几分激情："出现了，出现了！帝海军大备受期待的新生双星终于上场了！两位首发队员的过早阵亡导致了替补的提前上场，只不过，根据之前两天比赛的表现来看，这两人应该都是 S 级气能的拥有者，在这个时候过早地放他们进来，不知道对于另外三所军校的选手来说，到底算是好事还是坏事？"

解说员不可控制地做了一番设想："帝海军大这边已经知道了结盟的情况，在这样无比艰难的形势下，必然会做出一番调整。以目前他们的人员配置情况来看，在场的几乎都是暴力型选手，不知道他们会选择直接进攻据点，还是靠击杀来累积更多的积分呢？"

岑俊风面无表情地听着，不由抬头瞄了一眼大屏幕上某人看起来已经无比兴奋的神色，忍不住暗戳戳地嘀咕了一句："还能怎么样，反正，就是干呗！"

这时候，进入比赛地图的路景宁也已经通过团队通讯接收到了来自闻夜的指示。队长的意思是让他继续去刚才湛社阵亡的路线，路景宁可以说是发自内心地为这个安排感到满意。

有一个成语叫作"血债血偿"，这时候显然非常适用。

闻夜根据湛社回馈的情报已经基本推断出了那边的战力，虽然心里早有定论，还是不忘问上一句："剩下的三人基本上都是 A 级水平，而且，很可能还会有其他人员出现，怎么样，能解决吗？"

"啊，当然，保证完成任务！"

路景宁说话间已经在军械仓里完成了全面武装，冲旁边的人招呼道："老闻，我们上！"

"嗯。"闻星尘摆弄了一下手中那支颇为顺手的枪，淡淡地应了声，在路景宁冲出门的一瞬间，也抬步跟了上去。

当看清楚路景宁和闻星尘的移动路线之后，解说员显然也已经领会到了帝海军大这边的用意。

但是看了看上方路线发生的变动，他不由沉默了片刻才再次开口："其实我非常可以理解帝海这边的想法，毕竟以路景宁跟闻星尘这两人的实力，处理三个 A 级气能选手确实不是问题。可是，目前的实际情况恐怕只能说……帝海的运气未免也太背了一点。"

看台上的观众们自然也把场上的变化看得一清二楚，此时也不由得感到心情复杂。

"何止是背，今天简直就是帝海的水逆期啊！"

"但是为什么我依旧有一种风雨欲来的感觉？"

"别闹了，二挑六？这才两个一年级生啊，你当是神仙呢？！"

"有句话怎么说的来着，一切皆有可能！"

"只有我觉得三校联合打帝海有点丧心病狂了吗？"

"这就是赛场啊，赛场如战场，真的残酷。"

就在交换队员这么短暂的时间里，另外一所学校穆武防大的三人队伍也出现在了路上，并且非常迅速地跟其他两所学校达成了共识。

这样一来，原本四校混战的局面直接变成了两方阵营的对垒。

解说员感觉自己的职业生涯受到了前所未有的挑战，好半天才重新组织好了语句："不得不说，帝海军大用另一种方式向我们证明了他们的强大。另外三所军校为了获得胜利而选择了结盟，现在只能看帝海这边到底准备如何解决这个难题了，但是不管怎么样，今天的这场团队赛里，他们都已经是当之无愧的主角了！"

身为主角的路景宁听不到外面慷慨激昂的解说词，也感受不到支持者们为他们暗暗捏的那一把冷汗，他们正沿着湛社和陶雨石走过的路线行进着。走着走着，视野当中遥遥地出现了之前打斗现场残留下来的痕迹，看着周围有些过分安静的氛围，路景宁拧了拧眉，忽然间停了下来。

闻星尘始终跟在他的身后，见状也停下了脚步，问："怎么了？"

路景宁摇了摇头："说不上来，但直觉告诉我，前面不太对劲。"

闻星尘扫视了一圈周围，应道："哦，是不太对。"

路景宁看了他一眼："有埋伏？"

闻星尘轻笑："估计还不少。"

因为团队赛里必然存在着频繁的沟通，所以跟之前两天的比赛不同，选手们的通讯对话也被清晰地投放了出来。

这时候全场都关注着他们这边的进展，主画面落在他们身上，自然清晰无比地听到了两人的对话，因为这过分敏锐的洞察力，不由又引起了一阵哗然。

解说员也是惊叹无比："这两位选手的直觉都非常地敏锐啊！没错！目前总共有六人埋伏在前方，比起之前预想的三人直接翻了一倍，所以，他们在有所察觉之后，又准备用什么样的方法来应对呢？会直接知难而退吗？还是……"

休息区的位置上，岑俊风听得只觉得很是聒噪，忍不住吐槽道："退是不可能的，还能怎么样，正面刚呗！"

不出意料的，他的话音未落，便看到画面当中的路景宁忽然从裤囊中摸出了一把光束枪来，给闻星尘比画了几个莫名其妙的手势，就突然间加速冲了出去。

闻星尘居然还奇迹似的完全看懂了，朝着另外一边迅速一闪，

274

从联盟团队那边的视野看去，可以发现闻星尘非常完美地将自己的身影彻底掩藏了起来。

而就在这个时候，路景宁终于正式撞上了埋伏在路边的对手。

他移动的速度非常快，以至于刚一亮相，反倒让另外三所军校的选手愣了一下。等发现来的居然只有他一个，一时间心情又不可避免地有些复杂。虽然说他们的结盟是为了全歼帝海军大而存在的，可是让他们六个人围攻一个人，总觉得有些太过仗势欺人？

这样的视频流出去，就算最后赢了，恐怕各界的评价也不会太过光彩。不过所谓良心的挣扎也只是那么短短一瞬间，毕竟现在他们都身在赛场上，根本没有那么多时间分神。

转眼之间，路景宁已经进入到了攻击范围中，三校联盟的众人果断无比地发起了围攻。

只是他们不知道，跟这种出现得毫无道理的"怜悯心"不同的是，路景宁在看到他们时内心却是控制不住的一阵欣喜。

一、二、三、四、五、六，多么具有吸引力的一堆积分啊！

刚才，在猜到很可能又有新的军校加入联盟之后，他非但没有半点退缩，脑海中唯一的念头反倒是——哇，好多人头！

可不是吗，没有了其他军校相互之间的搏杀，从某个角度来看，完完全全就是把所有的人头集齐在了一起，放在那等着他们帝海军大来尽情享用。

路景宁脚下的步子没有半点迟疑，在坎坷的泥地上一阵飞奔，如同离弦的箭一样锐利无比地呼啸而去。

埋伏的六人差点被他这样如虹的气势给唬住，愣了下神后顿时震怒。明知道人数碾压，居然还敢单枪匹马地冲过来，到底是看不起谁啊？！

解说员也早就被路景宁这样直接到近乎蛮横的做派给惊到了，

声音不可控制地抬高了几分："路景宁居然就这样子冲过去了！要知道，他面对的可是整整六个人！他现在的速度非常快，哦，漂亮的一个闪避，他躲过了第一波扫射！反击！很准的枪法！穆武防大的选手已经失去了移动能力！这会是本场第四位淘汰的选手吗？！"

解说员本来已经非常笃定新的淘汰者即将诞生，可是后面的发展却让他不由得噎了一下："啊，路景宁并没有搭理他……他，他朝着银英星大的两人冲过去了！看得出来他非常善于寻找移动的时机，漂亮！联盟那边的进攻又一次失败了！只能说毕竟是临时组建的队伍，在这样几次三番的干扰下，配合的节奏已经开始混乱了。"

"近身了！路景宁顺利完成近身了！他利用气能强化了自己的脚步强度，也让他的速度快得有些惊人！这波直逼后方的操作真的是相当漂亮，难道他真的准备完成一挑六吗？要知道，这可是在团队赛上啊！"

"哦小心！"在险象环生的局势下，连解说员自己都没有留意到不知不觉间主观上似乎有了一些偏向，眼见其他人已经非常迅速地将路景宁围在了中间，忍不住惊叹了一声。

"不管怎么说，在人数上到底还是有些吃亏，路景宁虽然顺利绕到了后方，但也同样让自己陷入了被人围剿的局面。现在的情况看起来似乎不太妙，他会选择在阵亡之前强行换人吗？可是帝海这边已经减员两人了，再次减员的话，场上的人数就将陷入更大的劣势。等等，这是……"

说话期间，只听战场后方接连几声枪响。

声落的一瞬间，可以看到有人影徐缓地倒了下来。

绕是身经百战的解说员，也被这突如其来的逆转搞得差点吐血："不对，我们好像还漏了一个人！闻星尘！显然没有人想到还有闻星尘在后方！所有人都被路景宁吸引去注意力之后，给了他一个完完全全开放的狙击空间！穆武已经减员一人，下一个是谁？哦是重云！重云防大截止目前已经减员两人了！但是不够，还不够！收回我之前说的话，不是路景宁被联盟给包围了，而是他跟闻星尘两人，把其他三所军校的选手们包围了才对！！！"

说到最后，他已经从位置上站了起来，双只手撑着桌面，激动地差点嘶吼出来。但描述的过程再激情澎湃，也依旧无法形象地表达出场内的险象环生。

路景宁在移动的过程中早就已经提前模拟好了路线，就像之前和闻星尘沟通的那样，他需要做的就是将所有人的注意力完全吸引过来，为闻星尘创造完美的输出空间。

虽然说开启气能压制应该是最为直接的方式，但要做到远距离的震慑，就必须以足够高的释放强度作为基础，那样势必会大量地消耗体能。

所以，直到此刻顺利完成"聚怪"的操作之后，他的脸上才隐约浮起一抹笑容。

银英星大的选手眼见路景宁近身的一瞬间，就已经释放出了自己的气能。两个 A 级无畏者的气能迎面袭来，紧紧地笼在路景宁身边，试图让这个安愈者选手对他们臣服。

无畏者的气能天生具有实质的攻击性，在这点上安愈者本就弱势，因此基本上很少会有安愈者会选择进行近战搏击。

但是路景宁显然不同。

银英星大的选手非但没有看到他受到半点的影响，下一秒反倒有一股更加强势的气能呼啸而至。根本来不及给他们半点反应时间，只一个晃神的工夫，就干脆利落地被清理出局了。

隔得较远的几人本想借着他们缠斗的机会飞速地将路景宁一并解决，奈何对方似乎完全掌握了他们的举动一般，每次都能精准无误地避开他们自诩精湛的射击。

而等到重新瞄准时，有人显然非常不乐意看到他们这种狩猎围攻的做派。

暗处的几声枪响，又接连撂倒了几个身影。

闻星尘手上拿着的是远程射击武器，画面扫过时，他正靠在一棵树旁，散散地收起了刚才进行狙击的姿势，抬眸看着远处那个仓皇而逃的人影。

为了避开他的射程，幸存的选手不得不朝着更远的位置撤离，可是这样一来，反倒恰好撞进了路景宁的攻击范围。

路景宁拿着手上的便携型枪支把玩了两下，放入囊中，连气能都懒得开了，看着来人轻轻地勾了勾手指："玩玩？"

要多张狂就有多张狂。

穆武的这位选手忍不住狠狠地抽搐了一下嘴角，揉了揉拳头。

奈何，说是玩，根本就没能玩得起来。

他倒是气能全开，可路景宁还是轻描淡写地把他送出了战局。

团队赛的积分统计面板，帝海军大从原先的一分，转眼间跳到了七分。

一前一后两个画面切在大屏幕上，整个现场不由安静了一瞬，紧接着彻底炸开了锅。

如果不是亲眼所见，怕是谁都不敢相信在短短的几分钟时间里，六人的联盟伏击居然直接被这样轻而易举地瓦解了？

这到底是什么样的魔鬼组合？！

"队长，我们完成任务了。"虚拟赛场中，路景宁笑眯眯地在通讯器里朝闻夜进行汇报。

团战积分列表的刷新，已经足以让闻夜意味到发生了什么，只不过突然间增加的六分还是多少让他感到有些惊讶，问："三校你们各清理了几人？"

路景宁还真没仔细看，闻言才扫视了一圈，一个个地清点，回答的语调特别淡定："好像是银英两人，重云一人，穆武三人。"

另外那边，闻夜不由陷入了沉默，跟康寒云交换了一个眼神后，说道："你们继续沿这条路前进吧。"

路景宁一看就是没提前研究过地图，问道："这是通往哪的？"

闻星尘听不下去了，说道："穆武战大的据点。"

路景宁眼睛顿时一亮："直接拆家？我喜欢！"

通讯器的另外那头忽然传来了激烈的打斗声，闻夜没有再多说什么，只是留下一句话来："有情况随时联系。"

接着切断通讯，不用问也知道发生了什么情况。

不过路景宁对闻夜那边遇到敌人的事情并不感到担心，蹲下来随手从旁边几具"尸体"上面翻了翻，摸出几件装备塞进了自己腰包，顺便还不忘询问一下闻星尘："老闻，不补充点物资吗？"

闻星尘只是掏了几枚能量弹："够了。"

站起来后看了一眼路景宁，也不知道是不是真的好奇，问道："你男神那边打起来了，难道没想过要去支援吗？"

路景宁嗤笑一声："我男神哪是那些凡夫俗子可以匹敌的，我当然是无条件信任他了！去支援，才是对他最大的侮辱！"

闻星尘默然。

他错了，他就不该问。

两人没再说什么，开始沿着这条道路继续前进，直奔穆武防大的据点。

而这个时候，赛场里的大屏幕已经切换到了闻夜所在的中路，当看清楚他们对面站着的两人时，观众们忍不住发出了一声惊呼。

虽然说因为路景宁的关系，后续提到唐嘉泽的时候总是不可避免地会想起被碾压的狼狈，但此刻这两人同时出现在视野当中时，不少人的脑海里依旧会不由得想起一个词来——宿命。

唐嘉泽看起来已经等闻夜很久了，站在他旁边的正是实战当天第一场强行拖住闻夜的那个银英新生，也不知道是不是想要故技重施，刚一照面就发起了猛烈的攻势。

解说员说："看得出来银英跟帝海两所军校的宿怨果然是纠缠不清啊！还记得上一届帝海本是一路领先，最后就因为在团队赛时不敌银英而遗憾落败，今日战场重演，不知道最后的结局又会是怎样的一番光景。"

"哦，不出所料，唐嘉泽的目标果然还是闻夜，两所军校的两位队长，在团队赛里再次对上了！"

战场当中，一片土石纷飞。

只能说双方似乎都有些过分习惯这种对战模式，不管是远程射击还是近身搏斗，每一次碰撞都透着一股子难舍难分的意味。

之前实战的时候因为提前损耗的体力，闻夜的直观感觉还没那么明显，直到这次正面对抗，他才惊讶地发现唐嘉泽居然进步得这么快，短短一年，已经强大到了这个地步。

两个身影再次交错在了一起，电光火石之间，唐嘉泽看着闻夜那微拧的眉心，嘴角不由勾起了一抹阴戾的弧度："怎么样闻夜，是不是觉得我的实力精进了很多？当然，你们这种与生俱来就拥有 S 级的天之骄子，永远都无法知道我们这些 A 级为了提升而付出的努力。但是怎么办呢，我真的好期待可以把你彻底打倒的那一天呢……"

闻夜侧身避开了他挥来的一拳，拉开了一小段距离后，平稳无波地陈述道："上一届，你们已经赢了。"

他这不说还好，一说，反倒像是提到了唐嘉泽的痛处，让他狠狠地咬了咬牙："赢？呵呵，那才不是我想要的赢！"

是的，上一届确实是银英星大拿到了总积分榜的第一，但是那又怎么样呢？所有人心心念念的都只有闻夜这么一个名字，至于他唐嘉泽是谁，根本没有人多关注过半分！

有些人就是这样，刚一出生就注定光彩夺目，而他们这些从荒芜星系走出来的贫民，却只能靠着自己的努力，一步一步竭尽全力地去勉强够上那些人的步伐。

曾经有无数人跟他说，不同的人注定有不一样的命运，但是他唐嘉泽，偏偏就不信这个命！

他早就受够了那些在底层摸爬滚打的日子！

现在好不容易进入银英星际大学，爬到这光辉荣耀的位置上，他必然要一步一步爬得更高。他要超越那些高高在上的人，向全星际的人证明，荒芜星的人同样可以拥有绝对的实力，他们，不是垃圾！

唐嘉泽眼里的杀意愈发盛起，一瞬间气能大面积爆发，身影犹如鬼魅，对抗过程中发挥出来的力量更是重如千钧。

闻夜没想到他居然会突然间这样不计后果地损耗自己的气能，眉心微微拧起几分，并没有选择正面应对，而是侧了侧身，在关键的时候灵巧地避开了。

解说员说："可以看得出来唐嘉泽这次咬得非常紧，闻夜在他这样的步步紧逼下居然至今都没有做出正面的应对来。根据目前得到的信息来看，这两人均是 S 级的气能持有者，这时候的正面接触更是针尖对麦芒。"

"只是，唐嘉泽看起来似乎表现出了更强的作战意图。所以闻夜到底是在等什么呢？很显然，如果不能解决这个棘手的拦路对象，他们想要继续前进几乎是不可能的事！"

　　不只是解说员有这个疑问，同在帝海巡卫队里并肩作战过无数次的康寒云在应对着新生纠缠时，一时间也有些摸不准闻夜的心思了，忍不住问了一句："队长？"

　　闻夜久久地没有做出回应。

　　短暂的对战期间，周围的树木已经一片颓然，地面上更是布满了坑坑洼洼的印记，一片狼藉之下足以见得战况的焦灼。

　　闻夜拧着的眉心始终没有松开，在跟唐嘉泽长久的牵扯下，隐约间有什么从脑海中一闪而过，沉默了片刻忽然开口："寒云，退！"

　　康寒云立刻说："明白！"

　　虽然她不是很明白闻夜的用意，但是长久以来绝对服从命令的习惯让她没有多言，不再管那像狗皮膏药一样纠缠在跟前的银英新生，毫不犹豫地就往后方撤去。

　　唐嘉泽见闻夜突然间退避，知道对方已经看穿了他的意图，眼底的冷意不由微微沉下了几分，恻恻一笑："想走？没那么容易！"

　　闻夜却显然不想跟他多做纠缠，忽然间气能凝聚在腿部，借助着强化的一瞬间，迅速拉开了一段距离，不再恋战，也和康寒云一样转身就走。奈何他想走，唐嘉泽却不许，当即就又逼近到跟前，意图继续牵扯。

　　局势瞬间的变动让解说员不由愣了一下，但是再看双方的反应，忽然间似是想到了什么，当即让工作人员把全局的画面调了出来。

不出意料，就在这边纠缠的时候，三所军大除了留守据点的人员之外，包括新进场的替补队员也开始朝着帝海军大的据点基地迅速移动着。

很显然，新拿下的六分让他们有了更加强烈的危机感。

解说："看样子三校联盟终于意识到了帝海过大的威胁，他们这是准备直接破坏据点水晶来个釜底抽薪！帝海军大危险了！看得出来闻夜跟康寒云正在飞速撤回，但是他们距离基地还有不小的一段距离，加上唐嘉泽的疯狂牵制，真的能顺利赶上吗？毕竟，帝海这边目前只有一个邴云林留在据点里负责防守，以现在这样严峻的局面，帝海会不会从路景宁跟闻星尘中选择人员进行召回呢？！"

仿佛为了回答他的这个疑问，刚刚切回中路镜头时，闻夜正好打开了通讯，对路景宁两人发出最后的指令："不管发生什么事，不许后撤！注意，加快推进速度！"

通讯器那头，很快传来了路景宁无比愉悦的声音："放心吧队长，拆家，我们是专业的！"

对于这样的处理模式，解说忍不住感到有些担忧："虽然不可否认这次帝海军大的阵容确实强得惊人，但是这种关头居然选择不召人回防，会不会显得有些托大？毕竟据点破坏就意味着全队出局，帝海军大在这种情况下或许可以考虑更为稳妥的……"

他的声音在这里戛然而止。

这时候镜头正好切到了路景宁跟闻星尘所在的上路。

要怎么形容呢……大概就是，所过之处，寸草不生。

在这样冲击视野的画面下，解说员忽然一脸严肃地清了清嗓子，话锋顿转："哦我的意思是，闻夜身为队长，他果然非常懂得在合适的时间做出最合适的决策！"说完，似乎感觉还不够表达自己此时的心情，又掷地有声地说道："让我们期待路景宁和闻星尘的表现，希望他们能够让我们看到什么叫作真正的扭转乾坤！"

路景宁此刻脚踩在一台废旧的机甲上，手里提着一根不知道哪里摸来的粗重金属棍，纤瘦的手腕一抬，就这样无比豪迈地架在了自己的肩膀上，只有那残破的刀身，似乎在昭示着刚才经历过的血雨腥风。

路景宁结束了跟闻夜的通讯后，朝着闻星尘看了一眼："队长喊我们加速。"

闻星尘点了点头，也不废话："那就直接击破水晶吧。"

因为另外那边三校联盟还在集合的过程中，大屏幕上此时的画面正好切在他们身上，冷不丁听到这样的一番对话，所有人的表情都是一脸复杂。

你们当能量水晶是颗白菜呢？想怎么破就怎么破吗？！

但是再看另外那边渐渐已经有会师之势的三校，不得不承认，除了迅速屠掉据点这一选择之外，他们确实没有其他可以走的路了。

必须速战速决！

帝海军大在本届军校交流赛里确实表现得过于强势，身为全场中最为强势的存在，路景宁跟闻星尘简单交流过之后，也再次开始迅速地移动了起来。

如果说在这之前，其他人以为他们只是因为联赛经验不足所以随便说说的话，那么直到这个时候才发现，这两人居然真的直奔穆武战大的大本营去了。

而且是从大路正中央迎面冲去，连迂回都省了。

这么虎的做派，上帝视角的观众们都没看懂，更不用说穆武战大留守据点的防御手了。冷不丁看到视野中出现了两人，他愣了一下，第一反应就是向身在前线的队长请求指示。

三校这边几乎已经完成了集合，此时正准备出击，穆武战大的队长听到询问也有些错愕："你是说，那两人想要冲破我们的据点？这样吧，尽量拦住他们就行，我们这边也加紧一些。"

掐断通讯之后，他看了其他人一眼，忍不住笑道："帝海军大在这时候居然还没把人招回来防守，这托大得有些过分了吧？"

重云防大的人皱了皱眉："三年没见，闻夜似乎比以前更加激进了啊。"

"这是前面两天太过顺利让他们有些飘了？"有人笑出声来，"他们怕是忘了上届交流赛是怎么输的。团队赛足以让所有的一切功亏一篑，本来以为闻夜至少会吃一堑长一智，没想到居然还没学乖？"

解说员听着他们的讨论，不知为什么反倒有些想笑："看得出来三校联盟这次行动是势在必得啊！不过以目前的情况来看，路景宁跟闻星尘已经率先发动了进攻，那么穆武战大的防御手到底能不能顺利地将他们阻挡在基地之外呢？"

观众们面对偏心的解说都感到有些无语，可是当画面重新切换回上路的时候，顿时被这片堪称枪林弹雨的画面惹得齐齐惊呼。

首先看到的是一块巨石在被光束击中后轰然碎裂，四处翻飞的石块当中有两个身影如同鬼魅地飞速移动着。

看起来毫无章法，却精准无误地避开了对面的连翻扫射，不管怎样密集的火力，都没有阻挠他们前进的步伐半分。

解说的声音一改之前的散漫，仿佛瞬间打上了鸡血："路景宁和闻星尘用他们的实际行动向我们展示了什么叫作目中无……咳，雷厉风行。刚确定要直捣据点，就真的选择了迎面应战，年轻人有的时候就应该这么充满激情！"

"不得不说，和他们的移动速度比起来，那些大家伙看起来似乎有些太过笨重了，根本就没能造成半点阻挠效果。穆武战大的操控手是丁溥，应该也是一个大家非常熟悉的名字，他的防守强度在所有军校当中也是非常出名的，可是现在却显得有些力不从心了。"

"漂亮！路景宁顺利躲开了微型追踪器的一波自爆，现在他跟前的是无人机组的扫射拦截。他能避开吗？"解说再次从椅子上站了起来，"哦，他再次避开了！一个漂亮的侧翻，急转身加上掩体的运用，那些无人机似乎都被绕晕了！路景宁的这波走位实在是太秀了，就算在上帝视角也有一种被完全绕进去的错觉，这波走位放在今年的细节回顾里必然能进 TOP10！"

解说员就差兴奋地直接用头磕桌子了："又是一次完美的爆破！闻星尘简直把场地的条件运用到了极致！这已经是穆武战大据点被破坏的第三个重型机械仓了！"

"然而这还不够，他们两人还在继续前进着！实在让人难以想象，这居然是两位大一新生造成的破坏力！他们简直就是移动的人型爆破机！截止目前，穆武战大的据点已经被破坏了近三分之二，实在让人感到怀疑，穆武这边真的可以坚持到三校行动完成吗？！"

这时候，也没人有心思去提醒解说员保持中立立场了。

所有人只看到画面当中随着两个人影穿梭，一波接一波火光直冲天际，巨大的蘑菇云带着浓艳的红色烟雾，几乎将据点顶部的天空染成了一片诡异的红色。

就连他们这些旁观者的内心也仿佛蹿着一团烈火，激情地燃烧了起来。

而这样的爆破仍在继续。这种感觉就像是一团又一团炸开的烟花，不止绽放在穆武的上空，也同样绽放在每个观众的脑海里。

　　这两人真的只是普通的军校学生？把这操作的背景放在任何一场战争中，代入军部前线的顶尖军人，也丝毫没有半点的违和感。

　　而这时候，穆武战大的防御手可没有半点缓冲的时间。

　　他手上毫不停歇地操作着，即使是在虚拟空间当中，过度的紧张感依旧让他可以感受到背脊渗出的层层凉意。

　　虽然之前已经得到了队长的指示，可是看着那两个以远超常人的速度逼近而来的身影，他到底还是按捺不住地再次打开了通讯器，疯狂地求助道："回防！请求迅速回防！基地顶不住了！请求回防支援！请……"

　　话到此刻不由戛然而止，抬头看去，恰好跟一双含笑的眼眸四目相对。路景宁这一路来披荆斩棘，装束上看起来有些狼狈，但是双眸弯起来的时候里面似乎透着一抹过分明媚的光亮，扎得眼睛一下生疼。

　　他就这样站在基地的最后一抬巨型机甲跟前，在两军对垒的严肃场合之下，还不忘非常礼貌地打了声招呼："嗨，真不容易，终于见面了呀！"

　　防御手的嘴角忍不住抽搐了一下，而另外那边，穆武队长听通讯器里突然没了声音，有些急切的声音遥遥传来："基地目前什么情况，请回答！是否确定需要回防，请给明确信息！"

　　防御手沉默了下，轻轻地叹了口气："已经，不用了……"

　　很显然，就算这个时候回来，也已经来不及了。

　　就在跟路景宁进行对峙的时候，现场的镜头忽然切到了中路。

　　这样突如其来的转换，让等待最后拆家画面的观众们忍不住纷纷不满，搞什么！那可是见证历史的时刻啊！

但主办方还是需要一视同仁，这边三校正在联手发动进攻，再不给镜头，实在怕穆武战大的人就得被完全淘汰出局了。

相比起来，解说的反应显然要快得多，他还不忘迅速无比地喝了口茶润了下嗓子，才不徐不缓地开了口："路景宁跟闻星尘的任务可以说是推进得相当漂亮，三校联盟这里的节奏也不慢，这么短短的时间也已经推翻了外围的防御建筑。只不过他们真的来得及吗？毕竟闻夜和康寒云已经顺利地回防了，加上邴云林这个公认的军校最佳操控手坐镇，从现在的情况看，进度似乎并不是非常顺利。"

看得出来中路的战况也非常激烈，但是因为之前有了上路的画面做对比，虽然这边的人数明显庞大得多，但是只说视觉效果，众人居然觉得……其实也就那样吧，嗯，还行。

只能说，路景宁身上到底还是带着一股子其他军校生少见的野性，在这种团队赛中大多数人都会考虑到体能的分配问题，而他却从来不考虑这点，该炸炸，该拆拆，完全只是单纯地为了满足自己的恶趣味似的。

也正因此，反倒引得场内观众随着他的一举一动振奋无比。

同一时段下，两边一比较，中间的战场自然算是和平共处了。

这样一来，节奏就显然没有路景宁所在的上路快了。

穆武战大的队长这时候听到一句"不用了"，虽然依稀感到语调有些不太对劲，可下意识地总是朝着好的方向去想，所以第一反应是，他们的防御手顺利解决了帝海那两个小子了？

然而抬头去看团战积分栏依旧没什么变化，似乎又不是这么回事，可如果不是的话……

他的心里终于有了一丝不好的预感，而且很快就得到了证实。

在这样混乱的场面下，唐嘉泽眼见穆武的队长居然还在原地发呆，忍不住远远地招呼道："穆武的，别留在后面，我们要发动下一波进攻了！"

然后他就看到对方张了张嘴正要说什么，整个身影的轮廓周围忽然间诡异地闪烁了一下，下一秒就这样凭空消失了。

穆武所有队员在一瞬间都被系统抽离得一干二净，只留下一堆装备哗啦啦地掉了一地，为原本炮火轰鸣的战场增添了一抹诡异的背景音。

突如其来的变故让其他人不由得愣了一下，紧接着意识到发生了什么，表情都不可避免地诡异了起来。

下意识地抬头朝积分栏看去，果不其然地看到帝海军大的积分统计数字又跳了跳，从七直接变成了十。

击垮敌方据点水晶，直接获得三分。

观众们：……

还是没有看到那推倒能量水晶的那一幕，到底是谁把镜头切到上路来的？！

解说员："恭喜帝海军大，终于迎来了三校联盟开始瓦解的那一刻，哈哈哈哈哈！"

路景宁并不知道外面因为没能欣赏够他的英姿而差点发生暴乱。

这时候的他正一屁股坐在穆武据点的能量水晶上，语调里透着一丝遗憾："可惜了，虚拟地图里面没有通讯器，要不现在来张自拍什么的，该有多拉风。"

闻星尘在下面随便挑拣了几件装备更换，闻言抬头看了他一会儿，还是捧了下场："不管拍不拍，你都挺拉风的。"

路景宁真是发自内心地觉得闻星尘有时候真的非常会说话，被这么不轻不重地拍了下马屁，连遗憾的心情都消散了不少。

朝身后那片废墟瞥了眼，他对自己的杰作越看越觉得满意："那是，能不拉风吗！这么彻底的拆家技术，除了我，还能有谁！"

闻星尘在他膨胀过度之前非常自然地伸手，将他从水晶上面捞了下来，语调散散地提醒道："收着点。别忘了，你的男神还在等待你去拯救。"

路景宁顿时反应过来，表情迅速严肃："那绝对不能忘了这艰巨的使命！"

闻星尘问："接下来想去哪？"

路景宁毫不犹豫地采取行动："银英！"

闻星尘眼疾手快地伸手扯住了他的领子，无语道："你跑错方向了，是这边。"

"咳咳。"路景宁清了清嗓子，假装什么事都没发生般转身就跑，"赶紧的，快跟上！"

闻星尘看着这个背影忍不住摇了摇头，也迈开了脚步。

路景宁跑了会就稍微放慢了速度，见闻星尘跟上来，不忘提醒道："还是老方法，我负责冲，你负责掩护。气能能不用就尽量别用，悠着点啊战友！"

不知怎的，闻星尘这个时候忽然想起了这人刚才作战时那张牙舞爪的样子，嘴角的笑意难得的有些藏不住："行，都听你的。"

穆武战大的全员出局，导致三校联盟一下子就只剩下了两校。

周围转瞬之间空了一大片，让所有人都不由停下了进攻的步伐，迟疑地停在了原地。

就在几秒钟之前，这些人还信誓旦旦地要击碎帝海军大的能量水晶让他们全员淘汰，现在却忽然发现，比起被围攻的帝海，原来他们可能才是站在悬崖边的那个。

穆武战大留守据点的防御手实力很强，如果帝海那两个新生可以顺利推翻由他看守的据点，毫无疑问也可以同样粉碎其他两所军校的据点。

一想到下一个被系统强制清扫出局的很可能会是他们自己，所有人都不由得打了个激灵，这才发现了一个格外残酷的现实问题——在这场团队赛中，他们甚至还没来得及开始赚取积分。

银英星际大学跟重云防务大学的选手们就这样静默地站在原地，虽然没有人说话，但分明可以感受到周围的气氛已经悄无声息地凝固了起来。

已经拿下十分的帝海军大加上前两天的总积分，已经提前奠定了第一的胜局，那么接下来，便是第二名之间的争夺了。

"注意，这不是静止画面，重复一下，这，不是静止画面！"解说员在一瞬间就已经掌握到了选手们的思想变化，忍不住笑出声来，"看来三校联盟，哦不，现在应该说两校联盟了，两校联盟的选手们终于意识到了自己决策的错误性！可是也已经没有后悔的余地了，现在摆在他们面前的只有两个选择——要么，火速回防，要么，脆弱的联盟情谊就此宣告破裂！"

"可以看得出来，联盟这边的军心已经完全散了，与其硬着头皮粉饰太平，倒不如认清楚自己的立场。团队赛里只存在不同的军校阵营，而在任何的形式主义合作面前，拿到宝贵的积分比任何事都要来得现实！希望这次的比赛可以让这些年轻的军校生学到宝贵的一课；赛场如战场，就是这么残酷！"

虽然这个解说员在观众们心目中早就已经被帝海捕获了，但是不得不承认，这个时候说的话还是有那么一丝道理的。

镜头就这样久久地停留在了两所军校的选手们身上，也久久地保持了那一丝寂静。

这样的沉寂，唐嘉泽的指令下被彻底打破。

只是一个非常简短的字眼："杀！"

虽然没有说明针对的目标，但是所有人莫名地就这样听懂了。

如果说穆武战大的全员淘汰只是一个导火索，那么现在，所谓的三校联盟终于正式瓦解了。再没有人坚持进攻帝海军大的据点水晶，因为这样的操作对争夺积分来说，显然已经没有了任何意义。

两所军校为了争夺交流赛第二的位置，一改之前的和气，开启了一场精彩纷呈的内部厮杀。

即使有思想准备，观众们在这样的反转之下，依旧不可避免地倒吸了一口冷气：真刺激！

解说员一边语速飞快地讲解着场内的战况，一边还不忘抽时间调侃上两句："今天的团队赛可以说是格外别开生面，或许不久的将来也会成为军部历史上的一次经典案例。毕竟，不是什么时候都有机会看到这种大型联盟决裂现场的，这件事情也同样训诫我们，虽然敌人的敌人很有可能会成为朋友，但是不要轻易地相信站在自己身边的敌军盟友，在利益面前，叛变随时都可能存在，所有的联盟都随时可以瓦解！"

说到这里，他看了一眼路景宁和闻星尘的位置，笑眯眯地补充道："不管怎么样，让我们提前祝贺帝海军大获得团队赛的胜利！上届的帝海就是因为团队赛的失利而痛失冠军，而这次，终于用绝对强大的实力证明了帝国第一军校的位置！也相信，曾经在交流赛赛场上释放光芒的每一位同学，将来都能成为一名驰骋沙场的伟大军官！恭喜闻夜，恭喜路景宁，恭喜帝海军大的每一位选手！你们是冠军！"

就当解说慷慨激昂地在进行着总结陈词时，镜头一闪之下转到了路景宁身上。这一回，终于清晰地将他击破银英星大水晶的那一瞬间呈现在了观众们的面前。

现场观众：嗷嗷嗷嗷嗷嗷！帅炸了！

唐嘉泽在系统收回所有移动许可的一瞬间，忍不住狠狠地咒骂了一声。

在休息区里的岑俊风彻底坐不住了，几乎是从椅子上一跃而起："路哥！我以后就是你最忠实的腿部挂件了！！！"

比赛进行到现在，随着穆武战大和银英星大接连淘汰出局，重云防大残留的几个选手身上几乎都是伤痕累累，团队赛，自此也已经接近尾声。

等到闻夜跟康寒云清理掉最后的人员之后，路景宁和闻星尘也像其他两路般如法炮制，粉碎了重云据点的能量水晶。

大屏幕的画面忽然间盛起万千光芒。

屏幕中央帝海军大的校徽后面，出现了一个醒目的"胜利"字样，在此起彼伏的尖叫声当中，让人感到格外热血沸腾。

路景宁打完比赛从虚拟舱里出来的时候，还感到有些意犹未尽，一路都拉着闻星尘轻声嘀咕着。

就在这个时候，忽然间迎面冲来了一个兴奋无比的身影，毫无预兆地就是一个熊抱："啊啊啊啊啊路哥你简直帅炸了！不对，以后我都不能叫你路哥了！应该喊你一声爷！路爷！！！"

岑俊风完全沉浸在胜利的冲击当中："天知道你们到底怎么做到的！这拆家速度，简直神了啊啊啊啊！！！"

路景宁这个时候才感觉到这人真的是一个无畏者，又虎又莽还控制不住力量，硌得他骨头疼，顿时没好气地一把将人推开了：

"叫爷就叫爷，不要动手动脚的，你的路爷拒绝接受这种毫无营养的谄媚！"

岑俊风还想继续往前面凑，后领忽然被人拉住了。

这样的力量落点看起来只是细小的一点，却因为绝对悬殊的力量，锢得他往前移动不了半步。

岑俊风不爽地回过头去，恰好对上了一双要笑不笑的眼眸："既然这么开心，要不，也抱我一下？"

岑俊风在原地站了一个无比标准的军姿："不！不用了！"

这时候，团战的另外三位首发选手也回到了休息区。

闻夜轻轻地拍了拍手，简单地总结道："交流赛，大家都辛苦了。"

康寒云风情万种地嫣然一笑："没有辜负云姐对你们的期望，大家都是好样的！"

纪翰打断了众人的嬉闹，将他们的心思暂时拉了回来。原地集合完毕之后，便带着全体队员一起走上了领奖台。

这时候整个场馆中央已经自动切换成了颁奖的场景，帝海军大众人就这样在万众瞩目下站成了一排，接受了主办方授予的冠军勋章，齐齐围在光彩夺目的奖杯旁边，用力地举过了头顶。

一时间，整个场馆中迅速地绽开了数片礼花，全场再次沸腾，一遍遍激情无比地喊着队员们的名字。

路景宁听到了自己的名字，忍不住拉过闻星尘笑着调侃道："数数？看看我们俩谁更受欢迎一点？"

闻星尘也不知道是不是对这幼稚的游戏不感兴趣，想都没想就应道："不用数，肯定你赢了。"

路景宁嘚瑟一笑："这倒是，我也这么觉得。"

颁奖仪式结束之后，就是漫长的采访时间。

路景宁在这样的场合从来都坐不住，这时候被迫留在位置上，直接就瞌睡连连。听着闻夜还在那边认真地回答着《星报》记者们的问题，干脆趴在桌子上打起盹来。

闻星尘留意到旁边那人越埋越低的脑袋，侧眸看了眼那已经盖上的眼睫，不动声色地往前坐了坐，将路景宁悄无声息地挡了起来。

记者招待会结束之后，路景宁一边往外走一边控制不住地打哈欠。刚到外面，邴云林忽然停下了脚步，笑呵呵地问道："比赛结束了，要出去放松一下吗？"

接连几天的比赛让大家都感到很疲惫，这时候几乎下意识地问道："怎么放松？"

邴云林："刚刚重云防务大学的后勤队联系我了，说是在校外开了个包厢，请了几个学校的交流队一起聚聚。"

有人忍不住露出鄙夷的神色来："就是说银英的那些人也在？那还去什么！"

邴云林微微一笑："据说主要是联谊活动。"

周围短暂地安静了一瞬，下一秒几乎是异口同声："我去！"

而其中，有一个声音显得尤为突兀："去去去！当然要去！"

闻星尘无语地把人给扯了回来："你兴奋个什么劲？"

"那必须兴奋啊！"路景宁一改刚才昏昏欲睡的萎靡，一双眼睛几乎都闪着光，"没听社长说吗？联谊！"

说着，反倒疑惑地扫了闻星尘一眼："你不去吗？"

闻星尘本来想说没兴趣，可是话到嘴边转了转，只留下了轻轻的一句："啊，当然去……"

重云防大的学生会这次做东，请了所有学校交流队的选手们一起在外面联谊。

地点是校门外不远处的一家娱乐场所，直接订了一个VIP包厢，有四五个普通大包的面积，就算塞上六七十人也半点不显拥挤。

路景宁回去休息室里舒舒服服地洗了个澡，这才不徐不缓地出发，却发现其他人居然都已经火急火燎地赶去了。

只是，连闻星尘都已经不在房间里了，倒是有些出乎意料。

路景宁忍不住在心里轻轻地"啧"了一声。

之前装得这么淡定，到了时间还不是跑得比谁都积极！

这个时候VIP包厢里面已经有了不少人，闻星尘坐在沙发边上，手上举着一只透明的玻璃杯，液体的色泽在斑驳的灯光下闪烁着耀眼的光彩。

他的发丝上还留着一丝隐约的湿意，微微垂落下来，不由给人一种比平日里少了几分疏离的错觉。

自始至终他都一个人安静地坐在角落里，可即使这样，周围的目光依旧时不时地会朝他这边偷瞄上几眼。

岑俊风坐在距离闻星尘不远的地方，看得出来在临出门前还特意人模人样地打扮了一番，可即使这样，对比依旧显著。

他所在的区域，比起旁边的闻星尘，待遇可谓是冰火两重天。

高中开始在成绩上完全没有可比性也就算了，就连在这种交际场合的受欢迎度，居然都被碾压得渣都不剩！

岑俊风心里极度不满，不由冷笑着撇了撇嘴角，心道：姓闻的，你就尽管装吧！等会路哥来了你就装不起来了！

也不知道是不是听到了他内心的呼喊，包厢的门被人由外头推开，紧接着，探出了一个金发耀眼的脑袋来。

岑俊风欢呼一声："路哥！"

他这一声叫得其实不算重，很快就湮没在了周围那喧闹的氛围当中，但是在场的大多数都是 A 级以上的气能持有者，听力极佳，闻声后便齐齐地朝门口看了过来。

路景宁还没进门就受到了这样隆重的注目礼，非但没有不好意思，反倒大咧咧地笑了起来："哟，大家晚上好啊！"

很快就有一个女生笑眯眯地给他递了一杯饮料，他非常有礼貌地说了一声"谢谢"。

视线转了一圈，恰好和闻星尘四目相对，路景宁便抬了抬腿走了过去，在沙发旁边坐定，似笑非笑地问道："闻哥，玩得开心吗？"

他刚从外面进来，身上还挂着夜晚的凉意。

闻星尘可以感受到周围的空气似乎也因为路景宁的到来而显得清新了起来，漫不经心地应道："才刚开始，还没玩。"

路景宁喝了一口杯子里的雪梨汁，视线往包厢里面落了一落，眉心顿时拧了起来："唉唉唉，里面这是在做什么？唐嘉泽怎么又往队长旁边凑，是觉得在场上还没挨揍揍舒坦吧？"

闻星尘眼见他说话间撸了撸袖子就要冲过去，没好气地伸手把人给拉住了："社交场合，你别捣乱。我哥他有分寸。"

路景宁虽然也知道是这么一回事，可还是不放心地牢牢盯着里头："你确定不会打起来？"

闻星尘拍了一把他的脑袋，语调非常肯定："只要你不去煽风点火，肯定打不起来。"

岑俊风心情愉悦地看着这两人的互动，心想，有路景宁在场闻星尘终于是浪不起来了，眼见迎面走过来两个女生，他拿了一杯香槟，胸有成竹地迎了上去："两位……"

"不好意思，麻烦让让。"女生们没等他把话说完，就略带歉意地朝他点了点头，紧接着神色略显羞涩地从他身边走了过去。

岑俊风的视线追去，只见那两人直奔路景宁跟闻星尘，声音软得像是要揉出水来："那个，请问可以一起聊聊吗？"

闻星尘看到忽然有人靠近，不由微微地拧了拧眉心，然而拒绝的话还没来得及说出，路景宁在抬头看去的时候，原本紧盯着唐嘉泽的凶悍视线肉眼可见地化为了一腔温柔："当然可以了！"

那两个女生欢喜雀跃地坐到了路景宁身边，岑俊风清楚地看到了这一幕，真是大意了！路景宁的吸引力比起闻星尘根本就有过之而无不及啊！还能不能给别人一点生存空间了！

短短的几分钟时间，路景宁就已经跟这两个女生聊成了一片。

周围的其他人大多都折服于两人在交流赛中的强悍表现，见状都大着胆子围了上来。于是四个人的座谈小队渐渐地壮大了起来，到最后，这么硕大的一个沙发都完全挤不下了。

还有人干脆还拉了椅子过来坐在过道上，时不时地哄笑连连，引得不知情况的人忍不住朝这里看了几眼，还以为是在进行什么多人互动游戏。

闻星尘就坐在沙发旁边有一口没一口地喝着杯里的果汁，眯着眼睛看路景宁花式炫耀。

"那是！我当然是 S 级的了！"路景宁心满意足地听到众人"哇"了一声，作谦虚状摆了摆手，"其实，也不是什么大不了的事。只能说我们老路家的血统优良，才造就了我这么独一无二的存在。"

有个无畏者感慨了一句："S 级浓度的安愈者啊……也不知道气能是什么样的？"

闻星尘本来觉得路景宁这耀武扬威的样子越看越有些傻，冷不丁听到这一句，唇角不由微微下压了几分，然后，便听到路景宁半调侃半认真地问道："怎么的，你们还想体验一下？"

周围人跟着一阵起哄，岑俊风身为一个被冷落的可怜人，本来正高冷孤傲地坐在原地一杯接一杯地喝着闷酒，冷不丁听路景宁这么一句，吓得差点没直接从椅子上摔下去，好不容易累积起来的醉意也被冲走了一大半。

这时候几乎是发挥了人体的极限潜能，他三步并作两步地冲到了路景宁跟前，牢牢抓住了这位大哥的手，仿佛用尽了毕生力量想要让对方感受到自己的真诚："路哥，听我一句，真别闹！"

开玩笑！路景宁这"生化武器"在这种密闭场合一释放，今天好端端的一场联谊会怕是得直接变成一个惊悚无比的事故现场！

路景宁被他这突如其来的一下给彻底逗乐了，一脸嫌弃地把手抽了出来："急什么，说说而已，我是这么没分寸的人吗？"

岑俊风看着他，脸上的表情几度扭曲：难道你不是吗？！

闻星尘垂了垂眼睫，被这么一打岔，嘴角忍不住地浮起一抹笑意。

旁边的一个女生其实关注闻星尘很久了，但见他一直坐在角落里一声不吭的样子，也找不到开口的契机，这时候见他神色缓和，终于鼓起勇气凑了上去，小声地问道："同学，可以……交换个通讯器号码吗？"

路景宁刚刚一脚把岑俊风踹走，正缩回来喝点饮品润润嗓子，恰好听到这么一句，不由抬头看了过去。

闻星尘拒绝的话本来已经到了嘴边，忽然话锋一边，状似漫不经心地问路景宁道："你说，可以吗？"

女生本来羞涩无比，冷不丁听到这么一句，不由好奇地朝路景宁看去。

路景宁显然也没想到闻星尘会问他的意见，看了看这个眼眸如波的女生，又看了看神色依旧淡漠的闻星尘，下意识地脑补了交换通讯代码后"痴情女子薄情郎"的剧码，同情之余心里似乎还有那么一丝若有若无的不爽，于是无比郑重地摇了摇头："我觉得不可。"

路景宁一脸认真地说道："老闻他不懂爱，为了保护自己，你还是不要跟他有太深入的接触为好。要知道，接触越多就陷得越深，身为一个女孩子要注意保护好自己。"说完，还不忘掏出了自己的通讯器，"但是看你这么可爱，这样吧，我们交换一下。"

闻星尘："……"

眼见女生被唬得一愣一愣的，真的把通讯器也拿了出来，他一语调戏谑地打断道："我觉得，你们也不适合交换。"

感受到路景宁的视线和女生一起投了过来，他要笑不笑地勾了勾嘴角："我不安全，他也安全不到哪去。"

女生尴尬道："不好意思，是我冒昧了。"

"唉不是，没有，你听我说……"路景宁见她起身就走，忍不住磨了磨牙，"闻星尘，你几个意思！为什么要打扰我的好事儿？"

然而没等路景宁来得及发脾气，身后忽然炸开了一阵起哄声，将所有人的注意力都吸引了过去。

包厢里面的角落围满了人，哄笑声就是从那里传出来的。

视线从人影之间穿过，可以看到闻夜仰头喝下了满满一杯的红酒，在涌动的酒意下，微微拧了拧眉心。

唐嘉泽就这样站在几步远的地方，居高临下地看着他，眉目间满是戏谑："哟，闻夜，挺能喝啊！还继续吗，可别到时候喝出人命来算我头上，我可担待不起。"

闻夜用指尖拭去唇角遗留下来的酒渍，在他这样的态度下依旧没见半点恼怒，语调平静地道："继续。"

唐嘉泽见他依旧是这副不咸不淡的样子，眼底的眸色又微微冷了几分，嘴角的讥诮更盛："是你自己要紧赶着送死，可别怪我没拦着你。"

康寒云听得直皱眉，大长腿一抬就重重地踹了桌子一脚，冷眸微怒："少废话，继续！今天谁先认怂谁是狗！"

唐嘉泽对她这副态度要笑不笑，身后银英大学的几个队员紧跟着就是一阵鬼叫。

一言不合，娱乐场所里的包厢一角就这么猝不及防地变成了两所军校之间的第二战场。重云防大和穆武战大的人都非常识趣地站在旁边看热闹，谁都没有插半句话。

康寒云挑衅地把银英那些人顶了回去，一回头却凑到了闻夜旁边小声提议道："队长，好汉不吃眼前亏，要不让我来？"

闻夜从刚才到现在确实已经喝了不少了，在周围嘈杂的氛围下酒劲有些上来，闻言摇了摇头："你一个女生，少喝酒。"

康寒云急了："我也不一定会输啊，倒是你……"

她的话没说完，就被突然冲过来的人给打断了。

"银英星大的，我劝你们别太嚣张！以多欺少算什么本事？想打架吗，路哥跟你们玩！"刚才路景宁一抬头就留意到了这里的动静，几乎是毫不犹豫地就冲了过来。跟在他身后的是看起来心情不太愉快的闻星尘，很显然，并不是很乐意往这边凑。

唐嘉泽正重新把酒杯给倒满，差点被他给气乐了："成天就知道打打杀杀的，你到底还是不是一个安愈者？"

路景宁冷笑："呵呵，怎么，羡慕嫉妒恨？"

唐嘉泽只觉得跟这人的脑回路根本不在一个层面上，不耐烦地拧了拧眉心："怎么的，你想替你们队长出头？可以啊，帝海的队伍里还挺有队友爱的嘛！"

"那是当然。"路景宁走近了，不知道谁识趣无比地从旁边推了一把椅子过来，他随手将椅背一拉，就在桌子前坐下了，用力拍了拍桌面，"说吧，银英的，想怎么玩？群殴还是单挑，都随你们，给你们一个在交流赛场外挑战我们的机会。虽然结果注定相同，但也算是满足一下你们耿耿于怀的执念。"

唐嘉泽咬牙："谁耿耿于怀了？"

路景宁说："谁想咬人就是谁。"

原本就剑拔弩张的氛围，在这一瞬间变得更加火药味十足。

康寒云被这转瞬之间的变化给弄得愣了一下，看向路景宁的时候更是一脸惊讶。可以啊小路同学，这挑衅的功夫绝对一流！

唐嘉泽也不知道是不是被他刺激过头，忽然阴恻恻地笑出声来："好啊，既然帝海的这么紧赶着送上门来，那就别怪我们不留情面。今天晚上，谁都别想站着从这扇门里出去！"

路景宁心满意足地听到了他想要的狠话，狂拽至极地挑了挑眉梢："说吧，怎么干？"

唐嘉泽从旁边的同学手中把东西一把抓了过来，重重地砸在了桌面上："那就继续！比大小！"

"好啊，继续……"路景宁下意识地顺着他的话挑衅，这时候不由愣了下神，"你说比啥？"

"比大小啊。"唐嘉泽似笑非笑地看着他，"你们家队长可已经连输十来把了，怎么样，你准备下一个接上？"

路景宁的嘴角抿了抿，难得地被噎了一下，回过头去一脸无语地看向康寒云，小声吐槽道："学姐，你咋让队长跟他们比这个……"

就闻夜那拽劲儿，还跟人玩比大小？

康寒云在他这样的注视下不由有些心虚，咳了一声清了清嗓子道："不怪我，我也是后来才注意到的。"

路景宁陷入了沉默，亏他还以为这边是要干架，就这么一马当先地冲了过来，万万没想到，最后的真相居然这么的……具有冲击性。

　　唐嘉泽见他不吭声，嗤笑一声："怕了？"

　　如果不是他的表情实在是把嘲讽的情绪表达地太过到位，路景宁甚至怀疑这人是不是在侮辱他的智商。

　　他撸了撸袖子，从旁边拿了一个空杯满上："来来来，让你们知道知道不管什么场合，你爷还是你爷。"

　　闻夜拧了拧眉，正准备说什么，康寒云一把将他拉住了："队长，你还是休息会吧，这里有小路呢。"

　　这时候酒精泛上，他确实也感到有些晕眩，就没说什么，重重地往沙发上一躺，垂眸看着路景宁跟唐嘉泽玩上了。

　　也不知道是不是因为交流赛那几天的时运不佳，银英星大在玩骰子的过程中运气简直好到爆棚。

　　唐嘉泽第一把就摇出了豹子，路景宁摇了三个三，在一阵起哄声中把刚满上不久的红酒给仰头干了。

　　第二把的时候唐嘉泽的运气就差了一些，摇出了一个五两个三，不算什么大数字，然而等到路景宁摇完，居然是个顺子一二三，再胜。

　　路景宁连喝两杯，不悦地皱起了眉，见银英星大那些人愈发嚣张了起来，干脆站了起来，一脚踩上了桌子："继续！"

　　第三把的时候，总算是扳回了一城，轮到唐嘉泽干了那杯。

　　就这样一轮一轮地进行着，不知不觉间又有不少人围了过来，看这边两大名校的正面交锋，在热烈无比的氛围中对峙不下，两人又都喝了不少。

　　路景宁虽然没有闻夜这么脸黑，但是运气爆发也就是偶尔的事，针锋相对下，他喝的基本上是唐嘉泽的两倍。

但出乎意料的是，唐嘉泽的状态看起来也已经有些微醉了。

酒量出乎意料地差劲。

路景宁站着的姿势有些虚浮，可看唐嘉泽那摇摇欲坠的模样，笑得那叫一个开心："来啊，继续啊！让你跟路爷玩！玩不趴你！"

唐嘉泽的视线有些迷离，但是凭借着强大的意志力支持，依旧半步不肯退让。

他用力地摇了摇脑袋，尽可能地让自己清醒一些，咬了咬牙道："继续！"

"看你嘴硬到什么时候！"路景宁嗤笑一声，伸手就要去摸骰盅，没想到视线一花，却摸了个空。

他有些不悦地拧起了眉心，眯着眼睛瞄准了老半天，正准备再次伸手去捞，却被人一把拽了回去。

闻星尘的声音从头顶上传来："玩够了没？这么好的机会，也让我玩玩？"

路景宁迷糊的脑子停顿了一下，才后知后觉地反应过来，抬头看去："你想玩这个？"

闻星尘嘴角淡淡地浮起了几分："嗯，想玩。"

唐嘉泽听到两人的对话，嘲讽道："怎么的，玩不过了，居然找人帮忙？"

路景宁这时候的思路倒是特别地清晰："这怎么能算找人呢？本来就是我们两所学校之间的战争，看清楚了我旁边这个，闻星尘，和我并肩作战的最佳战友！"

唐嘉泽说："……你！"

闻星尘把路景宁按回了椅子上，微微俯下身去，话是对对面的人说的："你们愿意的话，也可以换人。"

闻星尘的手掌要宽大上不少，这样盖在骰盅上，仿佛把整个骰盅都覆在了掌心，修长的五指关节分明，每一寸截点都似是一件完美的工艺品。

眼见唐嘉泽被银英星大那边的人连哄带骗地给拉了下去，换了一个新队员上来，路景宁忽然想起一件事来，小声跟闻星尘说："你现在不能喝酒。"

闻星尘轻笑了一声："知道了，我就，稍微玩上两把。"

事实证明闻星尘确实说到做到，玩过几把之后只是小喝了一杯，就把看了半天热闹的邴云林给拉上了场。站起身来的时候，只见路景宁蜷缩在椅子上，醉醺醺地一副随时可能会睡过去的样子。

闻星尘看了一眼时间，随手将外套盖在了他身上，一伸手，就将人从椅子上捞起来："你们玩，我先带他回去了。"

唐嘉泽在旁边休息了一会稍微缓了一点，这时候见两人要走，自然不太乐意："还没比完，这是要逃哪去？"

路景宁本来还迷迷糊糊，闻言似乎被刺激到了，忽然间振奋了起来："来啊，继续啊！你路爷会怕你？"

眼见他又要冲过去，闻星尘一抬手，压着路景宁的脑袋，重新把人给摁了回来，没好气地轻轻拍了一下："安分点。"

路景宁试图挣扎，奈何在酒精的作用下没什么力气，心有不甘地哼哼了两声，居然真的安分了下来。

闻星尘显然对他配合的态度感到很是满意，伸手指了指这个不省人事的家伙，似是非常好心地提醒唐嘉泽道："这家伙一喝醉就喜欢乱放气能，你确定在这种场合，要让他留下来吗？"

唐嘉泽瞬间想到了某些不太好的回忆，脸上的表情微僵。

闻星尘见他似有挣扎，非常适时地给了一个台阶："至于我，就当淘汰出局好了。"

第二天。

返程的轻型舰早就已经在重云门口等着了。

听说昨天的联谊会,两校对垒最后演变成了四校混战。

直接结果就是,几乎所有人都是被从包厢里面横着给抬出去的,当时的场面,也可以说是无比"壮观"。

当然,这些路景宁都不在意,他唯一关心的就一点:"那个唐嘉泽呢?兄弟们把他干趴下了没有?"

"那可不是必须的吗?你是没看到,邴云林一个人就直接把他给灭了。"康寒云笑道,"唐嘉泽那小子也就叫得嚣张一点,实际上根本没什么酒量,结束之前已经跑厕所吐过三四回了。啧啧啧,就这快吐死的样子还要硬撑,真是个要面子不要命的典型。"

路景宁听到唐嘉泽到底还是跪了,顿时满意,拎着行李箱就走上了舰艇。扫了一眼里面的情况,虽然还有不少空位,但还是毫不犹豫地坐到了闻星尘旁边。

路景宁昨天晚上没睡好,基本上刚出发就昏昏沉沉地睡了过去。

闻星尘本来正侧眸看着窗外,忽然感到肩膀上一重,旁边那人睡得正酣,就这样把头耷拉在了他的肩膀上。

闻星尘默然。

等回到帝海军大临时校区已经是傍晚了。

感受到舰艇震了震,路景宁迷迷糊糊地睁开了眼睛,见周围人影来来去去,顿时大大地伸了个懒腰:"啊,到了啊?"

闻星尘站了起来,拎起行李,似笑非笑地看了他一眼:"口水擦擦。"

路景宁眨了眨眼才反应过来，条件反射地在自己的嘴角用力地抹了两把，狐疑："哪有口水？"

"那是因为已经被你蹭干了。"闻星尘轻笑一声，"看到我的外套了吗，你的杰作。"

路景宁保持了惯有的嘴硬："还记得我送你的奖励吗？恭喜你，现在可以好好地享受它的美妙了。"

闻星尘道："那可真是谢谢你了。"

······

轻型舰停靠在临时校区门口，交流队的众人刚从舰艇上下来，就看到了大门口略显浩大的阵势。

以邴沧老校长为首，带着众师生们站成了两列。

他们走近后，齐声道："祝贺帝海交流队凯旋！"

这个时候，关于军校交流赛的具体报道早就已经满天飞了，各场比赛的视频也遍布星网。

毫无疑问，帝海军大的交流队在今年的比赛当中是最耀眼的存在，可以说是出尽了风头，而其中，自然少不了某两位新生的功劳。

纪翰带着交流队队员跟迎接的众人一一客套，邴沧站在最前面，见到路景宁跟闻星尘时，不由露出了欣赏的神色来："后生可畏啊！"

"应该的，应该的。"路景宁笑了笑，一如既往地半点也不知道谦虚，握了握手后又继续来到了下一个人跟前，逐一走了流程。

迎接仪式刚刚结束，只见人群里忽然冲出了一个人影来："路哥！厉害啊你！"

关于于擎苍来给自己接风这件事，路景宁是半点都不感到奇怪，只是看了眼站在不远处的言和彬，忍不住压低了声音问道："你怎么把我舍友也叫来了？你俩什么时候这么熟了？"

"怎么可能！"于擎苍暗暗地朝言和彬的方向看了一眼后，小声说，"言同学这种不食人间烟火的存在哪会跟我熟起来？我每次和他的交流时间不超过五分钟。不过这两天言同学不知道在忙什么，神龙见首不见尾的，今天也亏得是来接你，要不然估计宿舍楼都不舍得跨出一步。"

路景宁听他说完，也想不太明白："有点累，我先回去了啊，改天再聚！"

于擎苍呆住。

路景宁跟于擎苍道了声别，就跟言和彬一起往宿舍走去。

回到宿舍，他才知道言和彬最近宅着都在做些什么了。

路景宁也是第一次见到这种精致程度的实体机甲模型，更不用说是真人大小的了。一时间就连旅途的劳累都给忘记了，忍不住绕在旁边来回看了几圈，新奇地问道："这是你做的？"

言和彬应了一声："嗯，过两天你跟我去虚拟舱里试试我的新机甲，看看还有没有什么需要调整的地方。"

"酷啊！"路景宁再次感慨了一声，看向言和彬的神色都不由崇拜了起来，"不用试，光看你这模型的完整度，要不是认识你，我怕都要怀疑是机甲研究院的新作品了。言和彬，你真的是大一的学生吗？这水平去报名研究院的话，都可以去当预备役工程师了。"

本以为言和彬这种狂热的机甲爱好者，对于机甲研究院也应该存在强烈的兴趣才对，不料在这样毫不吝啬的夸奖下，脸上却没有半点喜悦的表情。

相反的，倒像是完全没听到路景宁说什么一般，语调淡淡地提醒道："后面几天你多抽点时间出来，副社长说了，下个月有一场高校机甲交流会，到时候让你跟我一起去。"

路景宁愣了愣："我们去干吗？"

言和彬说："因为我设计的机甲是全社团最精良的，至于你，自己体会吧。"

路景宁说："那估计是因为我的强大让其他社员都自愧不如。"

言和彬说："就这么理解吧，你开心就好。"

路景宁语塞。

所以牛皮这种东西，绝对不能在言和彬这种人面前吹，一言不合就被呛住，半点体验感都没有。

路景宁在帝海军大里本就出名，经过这次交流赛，各大星网媒体争相报道过之后，知名度更是增加了不知道多少。

刚走进教室，路景宁就听到姜栾遥遥地叫了一声："看，我们的帝海双煞来了！"

路景宁听着周围一阵起哄，走过去后忍不住有些无语地问道："为什么是帝海双煞？"

姜栾调出一篇报道递到他跟前，一副"可不是我凭空捏造"的表情："全星网都这么叫你们，咱也应该紧跟一下潮流对不？"

路景宁看着那报道上面醒目的大字，双唇不由紧紧地抿了起来。

说好的"帝海双雄"呢，怎么就变成"煞"了？弄得他和闻星尘两个跟扫帚星似的，走到哪里哪里就倒霉？

姜栾见他一脸欲言又止的样子，拍了拍他的肩膀安慰道："怎么了路景宁，不喜欢这称呼？我觉得挺好的，一个'煞'字，简直把你唯恐天下不乱的兴趣爱好表达到了极致，哈哈哈哈哈哈！"

笑到一半，他留意到路景宁已经威胁性地眯起了眼睛，非常识趣地清了清嗓子："作为当事人，你也觉得这个称呼还不错，对吧闻星尘？"

闻星尘本来只是靠在椅子上看着两人交锋，闻言淡淡地应了一声："是不错。"

路景宁听着这两人你一言我一语的样子，总觉得是在唱双簧，抬腿一脚把姜栾的椅子给踹开了："你让开，帝海双煞要合体了。"

姜栾眼见他就这样鸠占鹊巢地霸占了自己的位置，眼珠子都要瞪出来了："路景宁，我先来的，你凭什么？"

路景宁冲他露出了一抹灿烂的笑容来："就凭我跟老闻关系好。"

姜栾的嘴角暗暗地抽搐了一下。

闻星尘就这样面不改色地看着姜栾委屈巴巴地离开了，似有似无地勾了勾嘴角，忽然问："我们关系好？"

路景宁眼皮都不眨上一下："那是，帝海双煞。听听，读起来多顺。"

闻星尘反问："难道不是因为接下去的考试？"

路景宁清了清嗓子："这种时刻发挥一下同学之间互帮互助的友谊，难道不是天经地义的事？"

闻星尘没有正面回答，只是不动声色地表扬了一句："古成语学得不错。"

路景宁看他这副态度，有些拿捏不准他的心思了。

但是毕竟有求于人，还是非常能屈能伸地放下了身段："其实我也挺好学的，就是理论课，有些东西对我来说确实不太友好。要不，考完试之后，我请你吃顿饭？"

闻星尘瞄了一眼他："好啊。"紧接着又话锋一转，"但是考试你自己加油。"

路景宁："……"

当天下午的理论课随堂考试，路景宁不出意外地发现那些题目没一道眼熟的，千难万难，总算把考卷给填满了。

分不在高，及格就好。

了结一桩心事，他神清气爽地走出了教室，跟闻星尘约了个时间在校门口碰面。

姜栾路过的时候恰好听到他们的对话，好奇地凑了过来："什么，你们要去外面吃饭？什么时候？为什么不带上我？"

路景宁到嘴边的"滚"字还没说出口，旁边的闻星尘已经不动声色地勾了勾嘴角："带上你？前阵子你勾搭的那个妹子，最近没有去学校门口堵你吗？"

姜栾的脖子顿时一缩："你们去，你们去！"

路景宁听得忍不住地笑，忽然好奇地问道："你怎么这么能追妹子？有什么秘诀吗？"

一说到这个，姜栾一副滔滔不绝的架势："这里面的学问可就大了！首先你要……"

闻星尘忽然抬腿，毫不客气地踹了他一脚："你看，那谁来了？"

姜栾一抬头，冷不丁有个气势汹汹的身影落入眼帘，差点直接跳起来，他当即三步并作两步地转身就跑，边跑边招呼道："路哥，我改天再教你啊！"

路景宁见姜栾就这样跑了，神色间多少有些遗憾，但也没有办法，只能就这样打道回府。

临走之前，他还不忘提醒闻星尘道："约好了啊，可别迟到了。"

闻星尘说："不会。"

路景宁这才安心。

言和彬下课回来，冷不丁看到站在镜子跟前的人，脸上难得

311

露出了一抹错愕的表情："你这是……"

路景宁整理了一下自己堪称华丽的衣服，转过头来朝他露出了一抹灿烂的笑容："言和斌，你回来得正好，帮我看看，我这身衣服怎么样？"

言和彬沉默了片刻，评价道："挺别致的。"

路景宁把这个评价理所当然地理解为了认可，便心满意足地出门了，临走之前还不忘甩一个飞吻："今天约了人，晚饭不用等我了。"

言和彬静静地看着宿舍门关上，许久之后，才后知后觉地抽了下嘴角。

放学后的临时校区大门口，来来往往地有着不少人。

经过这些时间的过渡，大家显然已经渐渐地从海盗偷袭事件的阴影中走了出来。

遥遥地，可以看到校外的站台上一个高挑的身影。

闻星尘穿了一件宽松的黑色外套，双手插着裤袋，就这样靠在广告牌边。可即使只是这样一个几乎静止的动作，都会让周围路过的人停下来多看上两眼。

路景宁到的时候，正好看到这样一幕。

他不由挑了挑眉梢，抬步走了过去。

要说这引人注目的程度，他跟闻星尘比起来可半点都不逊色，再加上今天这身打扮，就像是夜空中最闪亮的那颗星，从宿舍出来到校门口的一路上，几乎是集万千瞩目为一身。

直到这时候，视线流连在他身上的人都不少于二十个。

闻星尘无意中一抬头，就看到了这么一只花枝招展的金孔雀雄赳赳气昂昂地来到了他的跟前。

闻星尘："……"

路景宁笑眯眯地问道："怎么，我这衣服有那么好看？"

闻星尘说："好看是好看，就是……"

停顿了老半天，都没想出合适的形容词来，最后问道："你就准备这么跟我去吃饭？"

路景宁问："怎么样，惊喜吗？"

闻星尘的视线在跟前这人身上转了一圈："确实挺惊喜的。"

一身白色打底的新潮礼服经过精心剪裁，领口处别着粉红色绶带，各种复杂的金色蕾丝镶边加上随处可见的宝石镶嵌，满满的都是扑面而来的新潮时尚感。可是，与其说是出席宴会的正装礼服，倒不如说更像是舞台剧上的宫廷演出服，极尽夸张地吸引着眼球。

要是就这样走进餐厅，估计得被人当作是去卖艺的。

这身招摇过市的行头，也不知道路景宁到底是从哪里找来的，偏偏还透着一股子说不出来的合适感。

这种感觉就好像是把那最耀眼的一面无限放大，最后随着头顶上带着的那顶插满了五彩羽毛的小圆帽，彻底被发挥到了极致。

原本闻星尘一个就已经非常吸引视线了，现在再加上一个行走的聚光灯般的路景宁，可以感受到，周围驻足停留的学生似乎越来越多了。

太招摇了，闻星尘的眉心不由微微拧起了几分。

在路景宁再次开口之前，他已经先一步将外套脱了下来，罩在了这个对自己的招摇浑然不觉的家伙身上。

稳重的黑色，把所有的灿烂不动声色地全部包裹起来。

闻星尘直接无视了他询问的目光："走了，吃饭去。"

……

在餐厅里坐下，闻星尘问："我这已经点了几个菜，你再看看，还要加点什么？"

路景宁接过菜单扫了一眼，选定的菜品几乎都是他自己爱吃的，也确实补充不出什么了，便说："那就来点鸡尾酒吧，听说这里的鸡尾酒不错。"

闻星尘想都没想，直接拒绝了："不行。"

路景宁拧眉："为什么不行？于擎苍都给我推荐过了，说这家的鸡尾酒特别好喝。"

闻星尘说："你喝了酒后做过的英勇壮举，需要我帮你罗列一下吗？"

路景宁无语。

不需要罗列他都知道自己喝醉酒后有多胡搅蛮缠。

可道理虽然都懂，他依旧忍不住小小地挣扎了一下："我保证，今天绝对不会多喝。"

闻星尘说："不行。"

路景宁说："我……"

说到一半，他后头的话硬生生地憋了回去，深深地吸了口气。

闻星尘见他毫无预兆地安静了下来，饶有兴趣地抬头看去，想知道他又在打什么主意，却见路景宁不知什么时候忽然换上了一抹温和无比的微笑。

在这样巨大的态度转变下，即使是闻星尘，也难得地愣了一下。

下一秒，便见路景宁十分可怜地道："闻哥，我只点一杯。"

闻星尘沉默。

路景宁见他整个人似都僵在了那里，心道有戏，声线更加压低了几分："闻哥，可以吗？"

闻星尘依然沉默。

这个戏精，闻星尘表情有那么一瞬间差点绷不住了："那就，

314

只能一杯。"

路景宁见闻星尘答应,整个人都开心了起来。

闻星尘一抬头就见到路景宁笑容灿烂,忍不住伸手在他头上轻轻地拍了一下,语调似是叹息,又像是带着一种头疼的无奈:"你啊,能不能正常一点?"

第十章
更远的目标

那天的晚餐吃得非常愉快，至少在路景宁看来是这样的。

吃完回去，闻星尘将他送到了宿舍楼下，才离开。

不知不觉，交流赛结束后就这样过了一周，那天下午，是室外格斗课程。一整套的体能训练下来，所有人都累得气喘吁吁，全部都横七竖八地躺倒在了地上。

闻星尘用毛巾擦了一把脸，忽然感受到有人轻轻地拍了一下他的肩膀，转过头去时只见路景宁给他递了一瓶水："辛苦了啊，闻哥。"

姜栾在旁边瞧见了，干燥的喉咙滚了滚："怎么还有水喝？我的呢，我的呢？"

路景宁语调散散："小卖部距离不远，现在跑着去还来得及。"

"这么没有人性？"姜栾说着从地面上爬了起来，迅速朝闻星尘扑去，"不问你！我们家闻哥才不会像你这么没有良心！来啊闻星尘，好兄弟，有福同享啊！"

闻星尘余光瞥见这个迎面扑来的人影，微微侧了侧身，不动声色地避开了："路哥已经和你说了，自己去买。"

路景宁在旁边笑得前仰后合："姜栾，为什么非要自取其辱呢？"

姜栾扑了个空，脸上的笑容也耷拉了下去，他有些哀怨地朝闻星尘看了过去："闻星尘，你变了，你以前不是这样的。"

闻星尘还没来得及吭声，就见路景宁笑得一脸嘚瑟："我不要你觉得，我要我觉得。你觉得他变了，只是出于你对他的不够了解，在我心目中，老闻一直都是这个样子，从没改变过！"

没等姜栾反驳，路景宁就已经滔滔不绝地开了口："姜栾，如果我是你，现在绝对已经头也不回地直奔小卖部去了。"

"毕竟，在闻星尘这么优秀的人面前，你的存在是这样渺小，你要是还想往前再继续迈进一步，就不能浪费任何一个可以让自己进步的机会。"

"你以为闻星尘只是让你买瓶水吗？不，他的目光远比这要遥远多了，他要的，是希望你在买水的过程中，可以更加坚定地锻炼自己。"

姜栾说："……啊？"

路景宁眼眸微垂，得意道："不懂了吧？眼界！这就是你和这种顶级无畏者之间最大的差距！闻星尘同学这样良苦的用心，姜栾，你到底什么时候才可以体会到呢？"

姜栾再也听不下去了，嘴角狠狠地抽了一下："你别说了，我自己去买！"

眼见姜栾跑开了，闻星尘终于绷不住笑出声来，一双狭长的眼睛弯弯的，里面似乎带着别样的光色："原来我那一句话里有这么多深意，怎么我自己都不知道呢？"

路景宁见他笑得开心，也不由跟着勾起了嘴角。

也不知道是不是因为彩虹屁拍得顺了，他连话都接得无比自然：

"那只是因为这一切已经根深蒂固地存在于你的内心，太过自然，以至于连你自己都很难察觉。"

闻星尘说："你再说下去，我都要信了。"

路景宁面色不改："既定事实，无须证明。"

接下来的一周，路景宁突然变得忙碌起来了，下课后，连路景宁的影子都没看到过几次。

眼见着铃声一响，某人拎起背包又要夺门而出，闻星尘终于忍不住一把拉住了他的胳膊，问道："你最近好像总是在赶时间，都忙什么呢？"

路景宁眨了眨眼，似乎这才想起来："哦对，忘记跟你说了。我们机甲社马上就要有一个交流活动，我最近跟言和彬做最后的机甲调试呢！到时候我们得代表社团出面交流，我可不能害舍友丢脸。"

闻星尘："……"

路景宁看他没什么反应，疑惑地叫了声："闻哥？"

闻星尘说："去吧，加油。"

"那我走了啊！"路景宁的背影转眼就消失在了门边。

机甲临时调节室里，路景宁正仰头灌了几口体能饮料，旁边，言和彬刚刚结束了最后一次调配，经过这段时间的努力，他终于可以自信地说，这台机甲已经绝对调试到了最完善的状态。

言和彬将手中的数据收了起来，一回头恰好看到坐在那里的路景宁，问："怎么，累了？"

路景宁闻声回过神来："有点。机甲终于完成了？"

言和彬点头："嗯，完成了。"

这时机甲临时调节室的门由外面打开，一前一后进来了两个人。

邴云林见他们站在那里，眉眼里闪过一丝笑意："都准备好了？"

言和彬点了点头。游泽洋走到程序台前迅速查看了一下各方面的属性，评价道："完成度很高。"

这段时间也不知道这位副社长在忙些什么，一直都没有露过面，今天还是路景宁从交流赛回来后第一次碰到他。

闻言，顿时要笑不笑地哼哼了两句："完成度高那是基本的，就是不知道，比起社团里那些无畏者的作品来，又怎么样？"

游泽洋见他阴阳怪气的，眉头皱了皱："这有什么可比的？"

路景宁说："怎么就不能比了？当初报名的时候，副社长不是还特别坚定地表示不准备录用安愈者的吗？那会儿还瞧不上，现在交流会又想到我们了？"

经过海盗一事，两人之间的关系其实算是有所缓和，但路景宁对身份歧视这种事情毕竟特别上心，这时候难得抓到了游泽洋的一个把柄，当然不能错过这么好的机会了。

这时候他的嘲讽技能可以说是火力全开，恨不得让这个平日里张扬跋扈惯了的家伙当场给他们低头认错。

果不其然，游泽洋被他这么一噎，脸上顿时变成了猪肝色："你知道个屁！"

路景宁挑了挑眉："这你就错了，屁都比你知道得多！"

邴云林看着这两人一言不合又开始了，好笑地打断了他们的针锋相对："行了，一人少说一句。"

游泽洋在淡淡的扫视下把话咽了回去。

等全部检查完毕，临走之前，游泽洋忽然在门口停下了脚步，转身看向路景宁："言和彬的这台机甲确实很强劲，但是也意味着对操控者的要求会很高。到时候上了交流会，你一定要注意一下气能的分配，可别……"

话到这里顿了顿："可别丢了我们社团的脸。"

别的不说，对自己的气能路景宁向来信心满满，这时候听游泽洋似乎又在那质疑他的能力，歪着头不以为意地笑了笑："副社长尽管放心，机甲操控，我可是专业水平。"

他说的确实是实话，只不过这样的语调说出来，怎么听都像是吹牛。只见游泽洋拧了拧眉心还要说什么，邳云林拉起他的衣领就把人牵走了："别念叨了，他们自己心里清楚。你不是还有其他事要做？小心耽误了。"

言和彬静静地看着两人离开，忽然开了口："你有没有觉得，副社长好像对安愈者操控机甲这件事，在意得有些过头了？"

"管他干什么？"路景宁显然对此并没有太多兴趣，伸了个懒腰，"怎么样，没其他事了吧？没事就回去吧，好困啊……"

次日下午的专业课，闻星尘问："所以，你是今天出发？"

路景宁说："嗯，估计三天左右就回来了。"

闻星尘算了下时间："也行，正好后面几天我可能也不在学校。"

路景宁愣了一下："要去哪？"

闻星尘眼睫微微垂下了几分："还不确定，或许回家一趟。"

路景宁应道："行吧！那正好，三天后见了！"

闻星尘看着他脸上的笑容，嘴角也勾起一抹极浅的弧度："好，三天后见。"

……

这次的高校机甲交流会安排在第七星系的拉甸星上举行。

当天下午，机甲社总计六人在临时校区门口集合，前往舰艇总站搭乘长途轻舰。

等抵达提前安排好的酒店时，已经入了夜。

路景宁跟言和彬分配在同个房间，休息一晚后，次日一大早在邴云林的带领下前往交流会现场。

拉甸星属于人口密集的主星，博拉市作为星球上的主城，更是人口繁盛，一片欣欣向荣的景象。路景宁坐在飞行器上打了个盹儿，直到听到周围有人惊叹了一声，才懒洋洋地将眼睛睁开一条缝，视线从透明的屏障落下，一个机甲造型的高耸建筑就这样落入了眼中。

帝国发展到现在，总共有九大星系，各个星系崇尚的文明都不尽相同。其中第七星系的机甲技术发展得最为成熟，目前帝国军部的大部分机甲都源自这里的机甲师之手，其中，全星际赫赫有名的机甲师协会也位于拉甸星上，机甲文明之强盛可见一斑。

而这次高校机甲交流会，正是在博拉市最具标志性的建筑"钢铁之躯"之中举办。

路景宁虽然也没少去各个星球溜达，不过博拉市还是第一次来，眼见跟前这个宏伟巍峨的机甲形建筑，顿时也产生了几分兴趣。

这次交流会出席的都是各大高校的代表团，其中也包括重云防务大学的机甲团队。

正好在重云的代表团当中，有个跟路景宁在联谊会上聊过几句的妹子，互相打了声招呼之后，两人有说有笑地攀谈了起来。

听对方提起那天晚上自己被闻星尘抬出去的画面，路景宁不免有些不好意思地挠了挠侧脸："那个……其实我真没喝醉，这样说你信吗？"

妹子见他这微窘的样子，心里只觉得可爱，非常配合地顺着他的话应道："相信，当然相信。"

路景宁不由沉默了，听这哄小孩子的语调，摆明了就是不信啊！

安火站在旁边听到他们两人的对话，忍不住捂着嘴笑出声来："怎么，你们交流赛还有这么刺激的余兴节目？社长回来可没跟我们说过呢！"

邴云林闻言，也轻轻地笑了笑："联谊会而已，有什么好说的？"

在这样一片融洽的聊天氛围中，游泽洋却心不在焉地站在那里，视线在会场内来回扫视着，不知道在找什么。

就在这个时候，大门口走进了一队人，他抬头看去，双唇抿紧了几分。那队人也都是高校学生的模样，但是从出现的那一刻起，场内的其他人都不约而同地停下了交谈，纷纷投去了视线。

妹子本来聊得兴起，这时候也忽然惊叹了一声："是雷霆科研大学的！"

其他人眉目间都有惊叹，唯独帝海军大的几个人神色有些莫测。

路景宁听着这个大学的名字感觉有些耳熟，觉得应该也是一个非常出名的学府，正想问问旁边的言和彬，却见那队人进门之后，忽然抬步径直朝着他们走了过来。

为首的人在距离他们不远处站定，语调淡淡地开了口："之前听说今年你们的限制令提前解除了，我还以为是谣言。没想到，居然还真的来了。"

邴云林不动声色地笑了笑："好久不见，温罕。"

名叫温罕的男人身材高挑，但比起大多数无畏者来，要清瘦一些。

虽然都是文气的类型，但他完全没有邴云林那温文儒雅的感觉，反倒是因为过分苍白的皮肤而透着一种咄咄逼人的凛冽。

他锐利的视线在邴云林的脸上掠过，最后看向了旁边神色严峻的游泽洋，似笑非笑地勾了勾嘴角："所以，刚一解禁就这么迫不及待地出来露面了吗？我要是你们，可还真没这么厚的脸皮。"

按照路景宁对游泽洋的了解，面对这样挑衅，这家伙怎么都应该当场爆炸才对，谁料，这次却只是暗暗地抿紧了双唇，破天荒的一言未发。

然而温罕却似是猜到了他会是这样的态度，并未理会。

视线淡淡地扫过帝海代表团众人，当看到路景宁跟言和彬的时候，才稍稍顿住："安愈者？"

邴云林见他要迈步走过去，不动声色地拦在了他跟前："我们社团的人，就不劳温社长费心了。"

"确实轮不到我管。"温罕抬了抬眼眸，看着路景宁他们，忽然间毫无温度地笑了起来，"只不过，我觉得有些事情，还是应该要让这两位小学弟知道的好。"

除了路景宁跟言和彬之外，这次来的都是大二以上的学生，氛围忽然诡异了起来。

重云防大众人见情况似乎不太寻常，便找了个由头离开了。

路景宁可以感受到包括平日里好脾气的安火在内，所有人看向这个人时，情绪里都充满着压抑和防备。

游泽洋咬了咬牙："温罕，你有怨气冲我来！"

"怎么，怕被人知道？"温罕嗤笑一声，冷冷地反问道，"自己犯下的错，还怕去面对吗？帝海军大的机甲社为什么会被封禁两年，总该要让你们的社员知道原因吧？"

游泽洋的背脊微微一僵。

温罕语调微沉："向来以鼓励多方面发展为宗旨的机甲师协会成立百年来，还是第一次对高校的机甲社团下达这种级别的封禁令。某方面来说，你也算创造过历史了，不是吗？"

邴云林皱了皱眉："温罕，够了。"

温罕冷笑："够？这怎么够？这样处心积虑地想要瞒下去，你们难道还准备让同样的剧码上演第二次吗？"

游泽洋拽紧了双拳，过度用力之下，十指几乎深深嵌入掌心。

路景宁可以看出，游泽洋这家伙，已经快被跟前那人的步步紧逼给彻底弄疯了。虽然对这个副社长并不太满意，但在外人面前，怎么也不能看着自己人被欺负。更何况，这个外人还拿着他当由头进行拿捏，这就让人很不开心了。

于是，他懒洋洋地抬了抬眼睫，毫无预兆地问道："这位雷霆什么大的社长，请问，你家是住在海边吗？"

温罕被这么一打岔，微愣了片刻："什么？"

路景宁慢吞吞地说道："要不然，怎么能管得这么宽呢？"

温罕："……"

路景宁："来交流赛，管好自己团队的事就完了，手伸到我们帝海这边做什么，当我们社长死了吗？"

邴云林看了他一眼。

路景宁视而不见地继续说道："你自己也说了，我们社团已经被解禁了。既然解禁了，那么来参加交流会就是合法合理的事情，你如果不满意，不如直接找机甲师协会反映去？至于之前封禁的事件，我们爱被封就被封，爱多封几年爱少封几年又关你什么事？你这么能管闲事，你家里人知道吗？"

温罕生在书香门第，还是第一次被这么粗暴地对待，气得差点原地晕厥，好半天才憋出一句话来："你知道什么，我是为了你好！"

路景宁微微一笑："谢谢你为了我好，我谢谢你全家。"

温罕强撑着自己的最后一丝理智才维持住了形象，脸色低沉地开了口："你知道你现在在维护的是什么样的人吗？两年前的重大事故，死的可是你们帝海军大的安愈者在校生！而这一切明明可以避免，就是你所支持的这位副社长，为了赢那微不足道的一点荣誉，利欲熏心，没有选择去阻止！"

邴云林说："温罕，我们的恩怨，没必要牵连到新生身上。"

"真的没必要吗？掩盖真相不让他们知道，你们的目的又是什么？"温罕语调沉凝，"所有人都有知情权，有必要让他们看清楚，他们这个所谓的副社长，可是一个为了自己的荣誉，拿别人的性命去轻易牺牲的人！"

游泽洋的眸色分明黯淡了下去，面对这样的指控，却没有反驳半句。

路景宁下意识地跟言和彬交换了一个眼神。

在这样大量的信息下，他们似乎突然间明白了一些事情。

不过这时候并没有时间给他深究，眼见温罕一副不把机甲社众人打入深渊不罢休的样子，他慢吞吞地清了清嗓子，似笑非笑地问道："所以，那又怎么样呢？"

温罕似乎有些没反应过来："你说那又怎么样？"

"对啊，那又怎么样呢？只能说，你真的一点都不了解军人。"路景宁语调淡淡地说道，"如果是上级下达的指令，我们永远都会无条件地服从。你以为的白白牺牲真的是毫无价值吗？你也说了，这样的死亡换来的是绝对的荣誉。军人，从来不会吝啬于去为荣誉而竭力奋斗！如果在这过程中阵亡了，要怪，也只能怪自己的实力不足。反倒是你，以这样自以为是的姿态步步紧逼，很丢人，知道吗？"

见对方似乎依旧不解，他也有些心累地叹了口气，总结道："综上所述就一句话，以前的是非对错我管不着，同样的，我要不要为机甲社卖命，又，关你什么事？！"

温罕被气到极点，脸色铁青地转身走了。

路景宁目送那行人离去，非常好心情地吹了声口哨，笑吟吟地挥了挥手。回头的时候，看到游泽洋表情复杂地看着自己，他忍不住勾了勾嘴角："这么看着我干吗？我只是很烦这种装腔作势的调调而已，跟你没什么关系，不用太感谢。"

两年前到底发生了什么样的事故他确实不清楚，但是，对于这件事他有着自己的判断。

路景宁还记得当初在海盗突袭那日看到游泽洋时的样子，这么一个人，为了保护安愈者同学的性命不惜拼死杀敌，又怎么可能为了所谓的一滴点荣誉去牺牲别人性命？

他愿意相信，那样的游泽洋。

被刚才这么一打岔，所有人的心情似乎都不太美丽，一改初到时的兴奋，就这样来到自己代表团的位置上坐下。

高校机甲交流会第一天的内容是以座谈会的模式进行的，对路景宁来说跟上理论课基本没太大的区别，趴在位置上昏昏欲睡一整天，等到场内掌声响起，才抹了抹嘴角睁开眼睛，一边打着哈欠一边随波逐流地象征性拍了拍手。

第一天就这么毫无惊喜地过去了。

一起在外面吃了顿饭后，安火兴致勃勃地招呼几个人一起去外面逛街，毕竟是在大城市，大家的兴致也都不错，很快就组织了起来，就连言和彬都破天荒地决定一起去看看。

路景宁觉得下午还没睡舒服，就拒绝他们了邀请，准备回酒店房间里去继续补觉，还没走到门口，远远地就看到了靠在走廊边上的那个人影。对于那人会在这里等他，路景宁感到有些惊讶，但似乎，又不觉得那么地出乎意料。

毕竟游泽洋并不是那种藏得住事的人，白天当着那么多人的面不方便多说，就只能借着这种机会私下里来找他谈谈了。

只不过，这人到底还是不够了解他。

路景宁抬步走了过去，没等对方说什么，就先一步开了口："副社长，我不是都跟你说过了吗？真的，不用太过感谢我。"

游泽洋的手里还留有半截烟蒂，全身几乎笼罩在烟味当中，沉默了片刻，道："我想跟你聊聊两年前的事。"

路景宁盯着他那苦大仇深的表情看了一会儿，忽然道："我有一个问题。"

游泽洋说："你说。"

路景宁问："所以，机甲社一直不招安愈者，就是因为那件事？"

游泽洋点了点头："是的，那年……"

"就这样吧。"路景宁没等他开启故事模式，就毫不客气地直接打断了，"我想知道的事都知道了，其他的你不需要跟我交代。"

没有理会游泽洋的愣神，他打开了房门，走到一半的时候停下了脚步，似笑非笑地眨了眨眼："下午我就说过了，两年前的事我管不着，也不想管。我这人其他优点没有，就是不喜欢多管闲事。如果真有兴趣的话，下午直接听那个温罕说就行了，何必绕这么大一个圈子？你说是不是这么一个道理，副社长？"

游泽洋："好像……是没错。"

路景宁挥了挥手："没其他事我就去睡觉了，晚安。"

游泽洋哑然："晚安……"

直到房门关上，他还有些发愣。转角的地方传来一声轻笑："怎么样，我都跟你说了没这个必要，你还不信。"

游泽洋看了一眼从暗处走出来的邴云林，眼眸微微地垂落了几分，没有吭声。邴云林看他这副样子，走过来轻轻拍了拍他的肩膀，递上了一根烟："再来一根？"

游泽洋接过，点上后叼在嘴边，靠着墙壁微微仰了仰头，看着天花板不由出神。

不知不觉间，居然已经过了两年。

这也是，他认识温促的第四年……

温促虽然是一个安愈者，却和他有着一样远大的理想，他们都想要在未来成为一名优秀的机甲操控手，站在战场的最前线，冲锋陷阵，即使不能，也至少要让自己设计的机甲站上星际的舞台。

温促说过，他知道这条路有多艰难，连他的家人都始终持以反对的态度，但是他相信自己，相信有那么一天，这样的梦想一定可以实现！

游泽洋也相信，因为在那一刻，他仿佛在这个人眼里看到了浩瀚星辰。

于是那个学期，他邀请温促加入了机甲社团。

在接下去的两年的时间里，他们一起研究机甲的顶尖技术，一起开发新型机甲模型，一起组队参加各式各样的机甲比赛，一起朝着共同的梦想积极努力着……

直到，由机甲师协会主办的机甲野外挑战赛开启筹备。

和以往所有赛事一样，作为机甲社内最顶尖的搭档组合，唯一的名额毫无疑问地落在了他们身上。

为了迎接这个比赛，他们没日没夜地投入到了新机甲的研发当中，最后，以游泽洋为操控原型，合力研发出了各项指标堪称完美的参赛机型。

本该万事俱备，只是万万没想到，在挑战赛来临的前一天，游泽洋的气能突然出了点问题。温促不放心让他在这种情况下去参赛，提议临时调整，结果那天晚上，两人大吵了一架。

游泽洋甚至记不清当时的具体情况，只记得那满是乌云的天际间没有一颗星辰，温促重重地摔门离开，只留下他一个人在空荡荡的房间，压抑至极。

为了疏解心里难以控制的烦躁，他一个人在房间里喝了不少酒，以至于第二天昏昏沉沉地一醉不醒，最后还是邝云林一脚踹开了房门，才将烂醉的他从床上拖了起来，一字一顿地告诉他，温促独自去参加野外挑战赛了。

游泽洋在那一刻突然清醒，当即发了疯似的冲了出去，直奔现场。

然而，却已经晚了。

为他量身设计的机甲显然不符合温促的操控习惯，而前一天晚上的争执也让他完全忘了要告诉对方，在最后的调试过程中他再一次提升了气能强度等级的阈值。

他本是希望可以在赛场上拥有更高强度的爆发性，来应付随时可能出现的各项危机，没想到此时却成了最大的隐患。

机甲野外挑战赛考验的本就是操控手在各种零界危机下的应急反应，这样凶险无比的实战环境，更是随处都有无法挽救的深渊。

在这种情境当中，阈值的高低根本不容许有半点偏差。

而此时的游泽洋却因为未能及时入场，不管如何跟工作人员解释，只是被认为有意扰乱秩序，一次又一次地被拦在了场外。

最后，他只能这样死死地盯着大屏幕上的直播，寄希望于温促早一些发现机甲数据上的偏差。

然而，最不愿意看到的事情还是发生了。

因为安愈者本身在体能上就有不足，温促在参赛过程中因为过多的气能消耗，最后导致机甲在指标不均下彻底失控。

等他试图联系总观察台请求援助时，一切都已经来不及了。

红色的机甲仿佛折翼的飞鸟，从数千米的高空直坠而下。

此时，它距离终点，只有咫尺之遥。

游泽洋可以感到自己的整个身子，也仿佛跟着画面中的机甲，在无止尽地下坠着，下坠着……

事后，机甲师协会根据残骸调查出了远超出安愈者标准的气能浓度输出。

机甲所要求的气能强度如果偏差过大，很容易造成操作事故。而安愈者的气能比起无畏者来，本就处于弱势。正常情况下，各界机甲组织为了保护安愈者的安全，往往都只会安排一些低级阈值的机甲来提供操控，而这次温促所操作的机甲，明显远超这个标准。

这次事故，让机甲师协会怀疑帝海军大忽视安全隐患强制安愈者选手参赛，当场下达了封禁令。

而游泽洋却已经完全没有心思去关注这些了，或许是因为损坏设备的延迟，他的通讯器里，收到了一条迟来的讯息。

这是温促发给他的最后影像："游泽洋，抱歉，不能将奖杯为你带回去了。以后一定要带着我们共同的理想，朝着更远的目标继续走下去啊！"

最后话音落下的时候，游泽洋感到，整个世界都只剩了一片死寂。

如果没有跟你乱发脾气，如果没有因为怄气而忘记将修改阈值这么重要的事情告诉你，又或者说，如果一开始就没有带你进入机甲社的话，或许，这一切也都不会发生了……

不知道是不是因为过分刺眼的灯光，游泽洋的眼睛眨了眨，视野间忽然一片雾气。

他下意识地想要伸手去捂，却忘记了指间的烟头。忽然蹿上的火苗烫得他下意识松了手，烟蒂就这样落在了地面上。

轻轻跳动了两下，最后悄无声息地黯淡了下去。

像极了围绕在当年那台机甲周围的能源光束，彻底了无生机。

郧云林在旁边轻轻地叹了口气："你早该哭出来了……"

游泽洋的身子微微一震，一米八五的大男生忽然痛苦地抱住了头，顺着墙壁缓缓地蹲坐了下去，无声地痛哭了起来。

　　　　　　　　（第一册完）